マンガでわかる

国

渡邉義浩監修
袴田郁一著
山本佳輝・サイドランチマンガ

ⓘ池田書店

はじめに

「三国志」の面白さは、『三国志演義』にある。本書は『三国志演義』、中でも通行本である毛宗崗本をベースに、三国志をわかりやすく、見どころに焦点を当てて説明したものである。とりわけ、見せ場の場面には、漫画を併用することで、立体的な理解ができるように努めた。

さらに、単に『三国志演義』のストーリーを説明するだけではなく、仙石知子氏に代表される毛宗崗本『三国志演義』に関する最新研究の成果も積極的に取り入れた。歴史としての三国時代を舞台としているが、『三国志演義』は明清時代に徐々に成立した歴史文学である。このため、明清時代の時代風潮を理解しなければ、その面白さがわからないことも多い。なぜ、三国志の英雄の中で、中国の人々は関羽を最も好むのか。実在の小喬ではなく、架空の人物である貂蟬が、なぜ中国四大美女の中に数えられるのか。

たとえば、吉川英治の『三国志』は、関羽を特別に描くことはなかった。明清における関帝信仰の広がりを共有しなかったためである。あるいは、劉安が妻を殺して劉備をもてなした場面に疑問を呈した。割股という明清時代の習俗が耐えがたかったためである。本書は、そうした明清小説としての『三国志演義』が持つ特徴を明確に説明している。

著者の袴田郁一君は、日本文学科で吉川英治の『三国志』を研究したのち、三国・両晋南北朝の貴族制と爵位との関係を調査し、『後漢書』『後漢紀』『三国志』など六朝期の歴史思想の研究に取り組んでいる。もちろん、「三国志」に関わる知識は、『三国志』から『三国志演義』まで広く、深い。今回、とくにお願いをして、本書を執筆していただいた。

本書を手がかりに、「三国志」の世界に興味を持っていただければ幸いである。

渡邉　義浩

はじめに……2

三国志マップ
①192年頃　董卓が暴政を行い、群雄が割拠する……8
②197年頃　英雄たちが各地でしのぎを削る……9
③207年頃　河北を制した曹操が南征を計画する……10
④220年頃　漢が滅び、3つの国が建つ……11

序章　三国志の誕生……12
三国志に込められた思いをひもとく……18

第一章　後漢の衰退と乱世の幕開け

第一話　黄巾の乱……24
党錮の禁◆漢はなぜ衰退したか？……26
黄巾の乱◆黄巾とは何者だったのか？……30

第二話　英傑出星……32
桃園の誓い◆理想のリーダー劉備の正体……34
治世の能臣、乱世の奸雄◆曹操は魔王か？　英雄か？……36
江東の虎◆第三の勢力・孫呉には正統性がない!?……40
督郵を鞭打つ◆演義の張飛は劉備の粗暴さを担う……42

第三話　暴君董卓……44
董卓入城◆暴君董卓を生んだ袁紹の愚策……46
飛将呂布◆呂布は強いだけでなく、美しかった！……48

第四話　呂伯奢殺害事件……50
呂伯奢殺害事件◆露わにされる曹操の奸絶ぶり……51

第五話　反董卓連合……54
汜水関・虎牢関の戦い◆虎牢関で際立つ三兄弟の武勇……58
盤河の戦い◆忠臣趙雲との出会いと別れ……60
孫堅の横死◆孫堅が玉璽を得た意味とは？……64

第六話　美女連環の計……66
美女連環の計◆貂蝉に見る演義の文学性……67
長安の混乱◆評価されない「もう1つの連環の計」……70

第二章　英雄たちの雄飛

第七話　曹操雄飛……74
曹操雄飛◆伝統にとらわれない曹操の革新性……76

徐州大虐殺◆徐州大虐殺は曹操の大汚点？……78

第八話 仁君劉備……80
献帝奉戴◆仁徳の劉備、野心の曹操……82
駆虎呑狼の計◆なぜ劉備は張飛を許すのか？……86

第九話 小覇王の躍動……88
江東制覇◆とにかく画になる孫策&周瑜……89
射戟轅門◆武勇と利己心、呂布の本質……90

第十話 傾城の美……92
宛城の戦い◆曹操が背負わされた罪と罰……93
袁術の最期◆曹・劉・孫の共闘〝袁術討伐〟……94

第三章 曹操が中原の覇者となる

第十一話 呂布死す……98
下邳の戦い◆「義」と対極にあった呂布のもろさ……100
易京の戦い◆袁紹を押し上げた名士の存在……102

第十二話 暗殺勅許……104
曹操暗殺計画◆劉備も加わった曹操暗殺の謀議……106

第十三話 関公三約……108
関公三約◆関羽は曹操ではなく、〝漢〟に降伏した……109
白馬・延津の戦い◆ポイントは関羽の武か、曹操の軍略か……110

第十四話 関羽千里行……112
関羽千里行◆関羽の義と「曹操の恋」……113

第十五話 官渡決戦……116
小覇王の死◆呪殺シナリオを生んだ孫策の欠点……120
官渡の戦い◆曹操を官渡大勝に導いた〝猛政〟……122
袁氏の滅亡◆なぜ名門袁氏は滅びたのか？……124

第四章 三人の英雄が覇を競う時代

第十六話 臥龍出盧……130
髀肉の嘆◆髀肉に感じた劉備のジレンマ……132
新野の戦い◆劉備に欠けていたのは戦略か、戦術か……134
三顧の礼（正史）◆劉備が諸葛亮に懸けた切なる思い……136
三顧の礼（演義）◆ドラマチックに脚色された三顧の礼……138
孫権の自立◆孫権を飛躍させた豊富な人材……142

第十七話　長坂坡の戦い……146
長坂坡の戦い◆史実を超えて躍動する張飛と趙雲……148
第十八話　赤壁燃ゆ……150
劉孫同盟◆降伏か反曹か、決断の決め手は？……154
赤壁の戦い◆正史に「赤壁の戦い」の詳細はない……156
第十九話　荊州争奪……160
荊州攻略◆たしかな根拠地を手に入れる劉備……162
劉・孫の婚姻◆孫夫人はなぜ殉死するのか？……164
周瑜の死◆諸葛亮に出し抜かれ続けた周瑜……166
第二十話　錦馬超……168
潼関・渭水の戦い◆忠臣馬超に〝隠された謀反の過去〟……170
第二十一話　劉備入蜀……174
劉備の蜀入り◆劉備の不義〝蜀獲り〟を考える……176
魏公即位◆なぜ荀彧は魏公即位に反対したか？……178
劉備の蜀獲り◆劉備入蜀を招いた益州の内紛……180
第二十二話　魏王と漢中王……182
単刀会◆関羽V.S.魯粛、単刀会の真相……186
魏の後継問題◆曹丕が後継者となった本当の理由……188
定軍山の戦い◆一度の活躍で名を残した〝老黄忠〟……190
第二十三話　関羽、義神となる……194
関羽の最期◆神となった関羽……196
第五章　そして中華統一へ
第二十四話　後漢滅亡……202
奸雄死す◆今一度問う、曹操は魔王か？英雄か？……203
魏武輔漢◆漢魏の禅譲は偉業か、詭弁か……204
第二十五話　仁君の最期……206
孫呉討伐◆復讐にこだわる劉備は仁者か？……210
夷陵の戦い・劉備の死◆劉備が波乱の生涯を閉じる……212
第二十六話　南蛮平定……214
七縦七禽◆まるで『西遊記』のような南蛮平定戦……216
第二十七話　智絶墜つ……220
出師表◆諸葛亮は滅びを予見していたのか？……224
呉帝即位◆諸葛亮はなぜ呉と同盟を継続したか？……226
街亭の戦い◆馬謖は泣いて斬るほどの人物か？……228

五丈原の戦い◆なぜ天は諸葛亮を見放したのか？……230

第二十八話 司馬氏の台頭……234
正始の変◆むき出しになる司馬懿の野心……235
蜀漢の滅亡◆分裂し、内部から崩壊した蜀漢……238
晋朝の誕生◆晋誕生の裏側にあった曹氏v.s.名士……240

第二十九話 中華統一……242
中華統一◆ついに、中華統一なる！……244

終章 三国志、その後……246

索引……250

COLUMN

1 後漢の政治システムを知る……28
2 人物評価で認められた「名士」が活躍した三国時代……38
3 三国時代の英雄たちが操る魅力的な武器……52
4 後漢・三国時代の軍事制度を知る……62
5 古代中国の社会通念を映し出す貂蝉……68
6 三国時代の地方行政の基本システム……84
7 曹操が讃えた関羽の義とは？……114
8 英雄たちと戦った辺境異民族……126
9 諸葛亮と魯粛、天下三分の計の真相……140
10 演義に込められた明清時代へのメッセージ……144
11 華容道で曹操を逃がした関羽の義を解き明かす……158
12 なぜ英雄たちは特徴的な面構えなのか？……172
13 漢帝国の王国制度と曹操と劉備……192
14 三国志の世界を超えて神になった関羽……198
15 中国儒教の忠と孝の本質を探る……218
16 バージョン違いの三国志演義を読む……232
17 三国志から見た当時の日本、邪馬台国……236

※本書に掲載されている地図は、原則的に譚其驤『中国歴史地図集』（地図出版社）を参考に、後漢時代の行政区分で作成しています。

三国志マップ①

192年頃 董卓が暴政を行い、群雄が割拠する

献帝を連れて長安に遷都した董卓に対し、袁紹らは各地に勢力を築いた。
群雄割拠時代の始まりである。

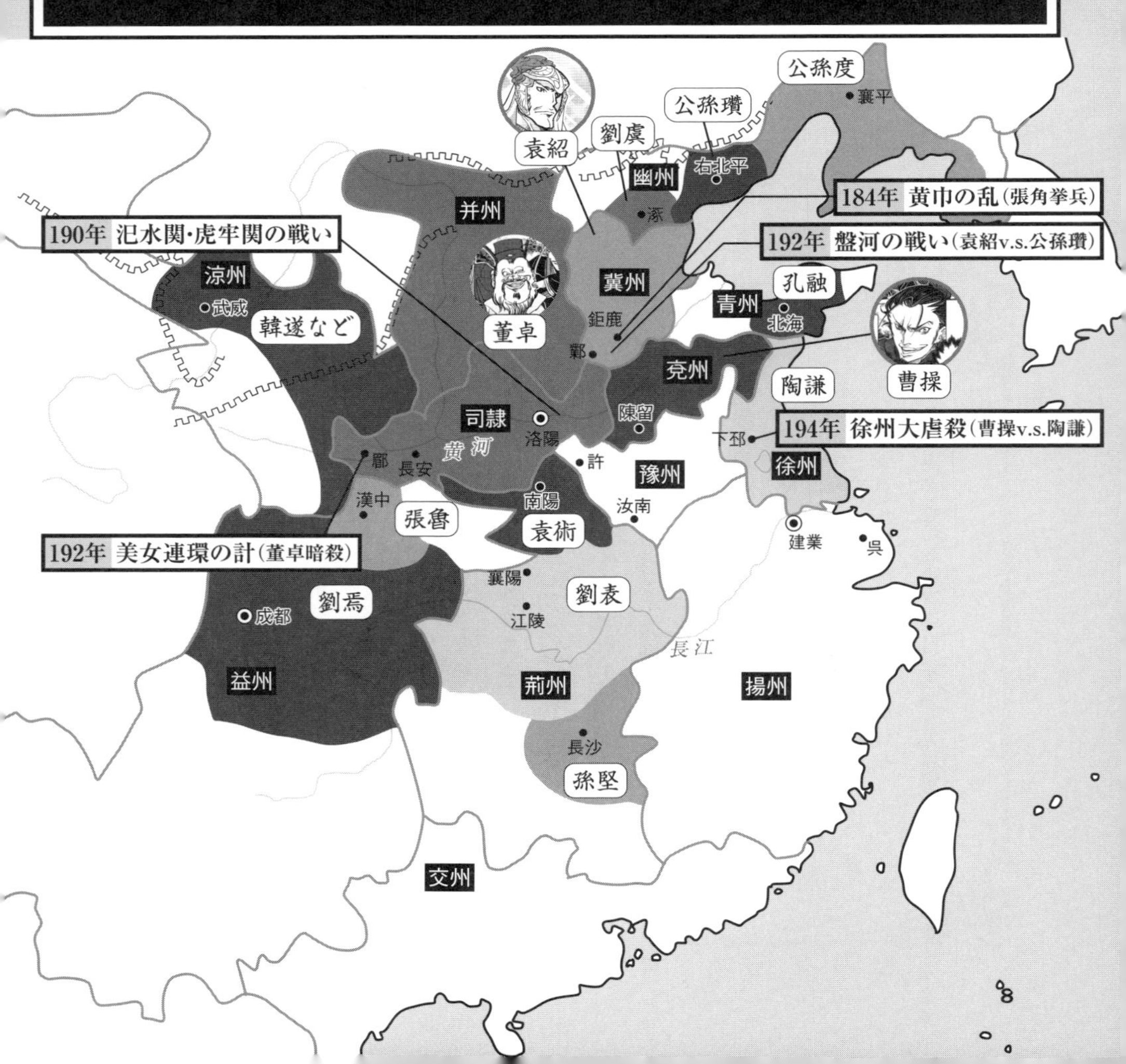

三国志マップ②

197年頃 英雄たちが各地でしのぎを削る

河北では袁紹と公孫瓚が、河南では曹操と呂布が対立。
孫策も江東に覇を唱え、群雄の一人に躍り出た。

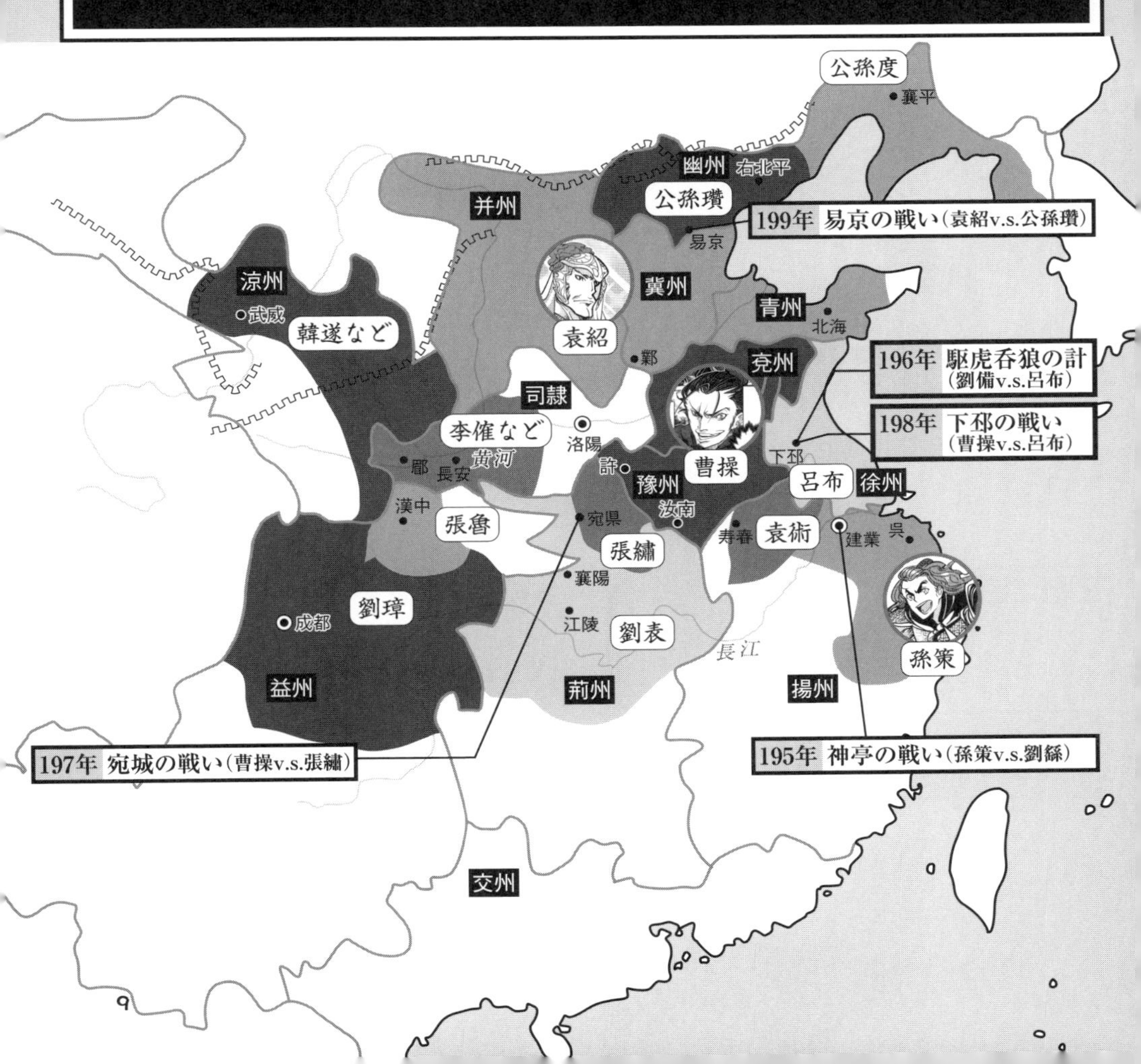

三国志マップ③

207年頃
河北を制した曹操が南征を計画する

袁氏を滅ぼし、河北を制した曹操は、次の狙いを荊州の劉表に定める。
その前線に立つ劉備の運命ははたして──。

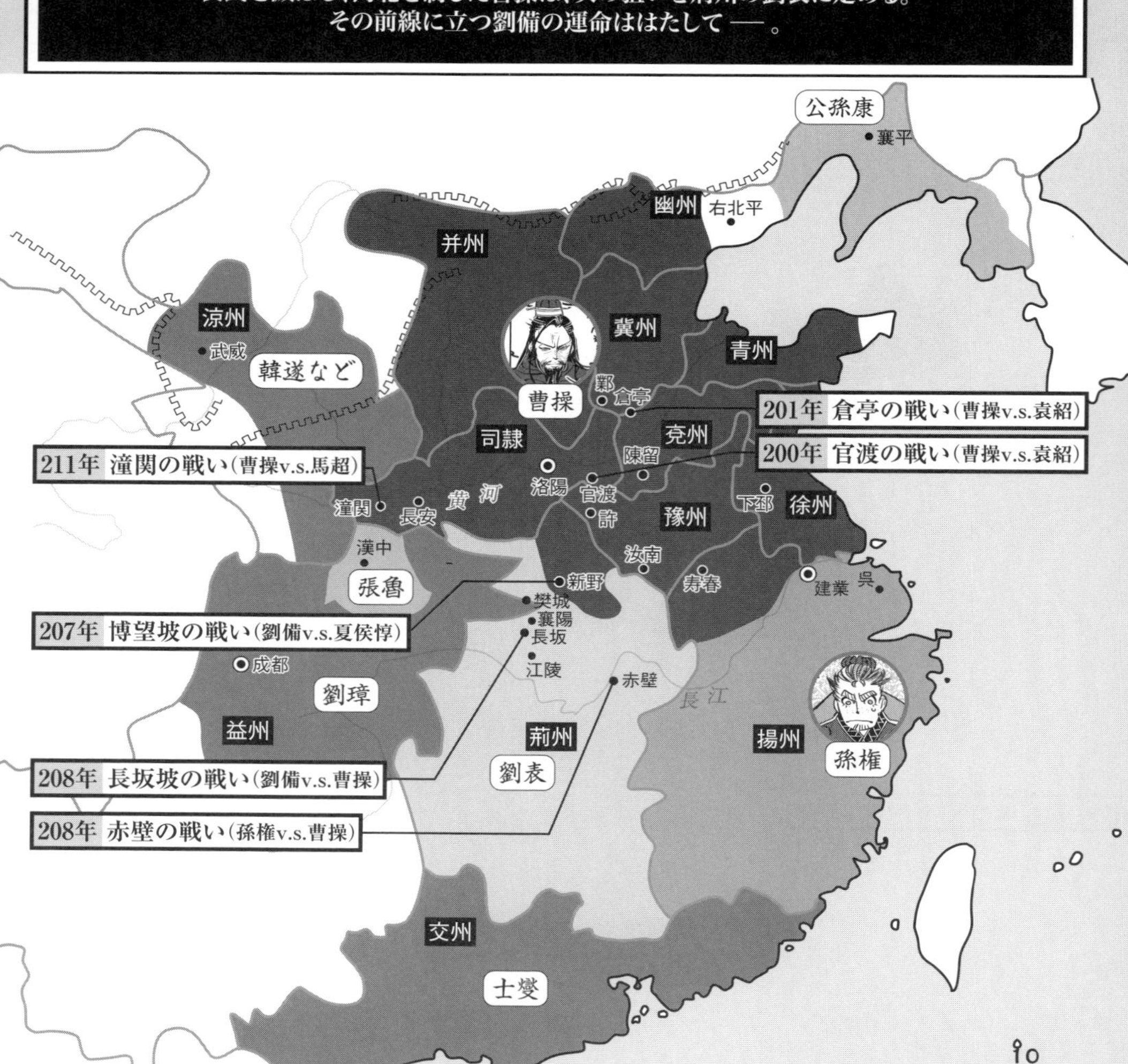

三国志マップ④

220年頃 漢が滅び、3つの国が建つ

後漢を滅ぼした魏の曹丕、蜀を獲得した劉備、呉に独自勢力を築く孫権という、三国が鼎立する時代に突入した。

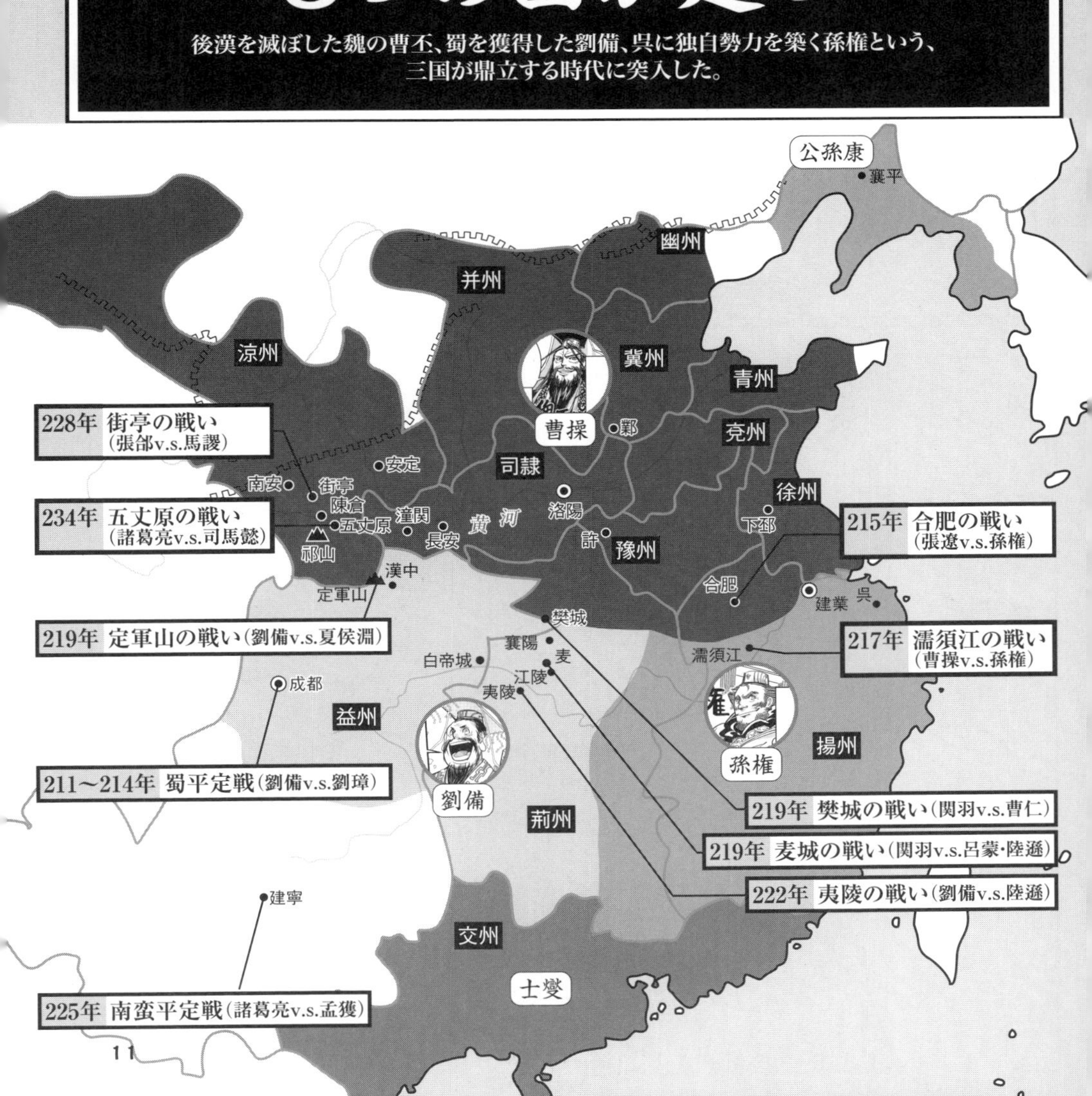

序章　三国志の誕生
三国志の舞台となる三国時代は
漢
魏
呉
蜀
晋
十六国
中国史上初めて3人の皇帝が並び立ち3つの国に分裂した時代である
漢が衰退し魏・呉・蜀という3つの王朝が生まれた
劉備 曹操 孫権などの英雄たちが覇を争う乱世の物語は読む者の心を熱くし現代でも人気が高い

そんな三国時代の物語の源になったのは
陳寿
どうも！正史『三国志』を編纂した陳寿と申します
蜀
劉備
私は劉備様が建国した蜀漢で生まれました
ところが蜀漢は滅亡してしまい
司馬炎
私は統一王朝となった晋に仕えることになったのです

三国時代の歴史をまとめるにあたって三国のいずれが正統な国家かを決める議論…「正統論」が起こった
蜀
陳寿の生まれ故郷で劉備は後漢の後裔
呉
とくに明確な正統性はない
魏
晋の前身で後漢から帝位を譲り受けた
三国のどれを正統な国家とすべきか…
晋…ひいては晋の前身である魏が正統な王朝である…
と書かなければ…でも故郷である蜀漢を悪しざまに記すのは忍びない
…そうだ！蜀書の最後に…「季漢」と載せておこう
季漢
「季漢」とは「漢の末っ子」という意味で…陳寿は晋の正統性を記しつつ
後漢の正統性を受け継いだのは蜀漢であるという劉備の思いを忍ばせた
そうして誕生したのが正史『三国志』である
一方——三国志の物語は
おお 久しぶり叔父さんだよー

ひげひげ！
張飛みたい！
張飛おじさんだ!!
はは！張飛より
酒癖はいいよ
正史『三国志』とは
別に講談や演劇が
つくられるほど
さぁさ！三国志の
講談の時間だよ
三国志の物語は
庶民の間で
親しまれました
ざわ
ざわ
劉備は曹操に
追い詰められ
身ひとつで逃げて
義兄弟とも
バラバラに…
うう…
東南の風が吹いて
火計は大成功！
曹操はボロボロに
なって逃げ帰った！
キター!!
善玉
悪玉
庶民レベルでは
判官びいきの感情から
自然と劉備が善玉となり
その最大の敵役として
曹操が収まった

時代は進み
明の時代――
我が名は
羅貫中
『三国志演義』という
古典小説を書いた
しがない作家だ
羅貫中
歴史とは事実の
記録だけでなく
その是非を判断し
「義」のあり方を
学ぶことが
大切なのだが
義
歴史書は難解で
一般庶民には
読みにくい!!
歴史キライ!!
ならば!! 読みやすく
するために物語に
してまとめ直す!!
オラァァァァ
正史などの記録に
巷間の伝承を加えて
まとめられた読み物として
『三国志演義』が誕生した
三国志って
こういう話だったんだ
面白いねぇー
史実がもとに
なっているから
勉強にもなるね!
それだけ
ではないッ…

※朱子学の思想に基づき…蜀漢を正義とする歴史観や
国家や人のあるべき姿がイキイキと描かれている!!
うおおオン最高じゃあ
知識層
『三国志演義』は民衆だけではなく知識人が読むに足る物語となったのだ
スゲー熱…!!
※宋代以降に主流になった儒教の学派
『三国志演義』が生まれたのは明の時代 モンゴル人の支配を受けた漢民族が
元(モンゴル人)
漢民族
モンゴル人を追い出し漢民族による王朝をつくり出した時代で
明(漢民族王朝)
当時の漢民族は「漢民族のアイデンティティ復活」に燃えており『三国志演義』にもそのような思いが強く込められている
その後 いくつもの出版元を経るごとに改訂が加えられ…
現代に伝わっている『三国志演義』は清の時代に…
この毛宗崗(もうそうこう)が改訂したものです
毛宗崗

清代になると
漢民族のアイデンティティ
どうこうは落ち着き
漢民族のアイデンティティ
「義とは何か?」
という義の追求に
重きが置かれます
「義の追求」
とにかく理想を
追い求めようという
風潮になっていたんですね

メタモル☆フォーゼ!
三国志
『三国志演義』は
小説であるからこそ
読まれる時代によって
民衆にウケるように
変化を続けた
孫呉良いわー
『三国志演義』は単なる
英雄物語ではなく
中国の歴史・哲学・文学
というエッセンスが
いくつも盛り込まれたことで
劉備たんやっぱ!
時代を超えて
人々の心をとらえる
深みを生み出している
曹操カッコイイ!!

序章　三国志に込められた思いをひもとく

三国志の時代とは？

三国志の舞台となる三国時代は、中国史上はじめて魏の曹氏、蜀の劉氏、呉の孫氏という三人の皇帝が同時に立ち、中華が3つの国家に分裂した時代です。英雄たちが覇を争う乱世の物語は、日本・中国を問わず現代でも人気が高く、小説・漫画・テレビドラマ・映画・ゲームなど、幅広いメディアで展開されています。

三国時代は、このような歴史物語としての面白さで注目されるだけでなく、中国史における転換点としても重要な位置にあります。後漢の滅亡（220年）から隋による中華統一（589年）までの約350年、中国史でもっとも長い分裂期が三国時代より始まるのです。

ただし分裂期といっても、ただ混乱していたわけではなく、制度や文化、思想など、あらゆる物事が脱皮しようとしていた時期でもあります。三国時代は、そうした分裂と反転のスタートラインに位置するのです。

正史『三国志』に込められた歴史観

今日の私たちが三国時代の歴史について知ろうとすると き、まず読まれるのが陳寿（233〜297年）の編纂した歴史書、『三国志』です。『三国志』は成立当時から高く評価され、のちに中国における「正史」の1つに位置づけられるようになります。

「正史」とは、「国家の正統を示す歴史書」のことです。しばしば間違われることですが、「正しい史実を記す歴史書」という意味ではありません。ゆえに「正史」は、ただ歴史事実を記録するだけでなく、独特の歴史思想を含みます。

たとえば中国では、「天に二日なく、地に二王なし」と言い、理念上では中国に君臨する国家はただ1つとされています。

このため、三国時代のように複数の国家が同時に立った場合、そのいずれを正統な国家として認めるかという問題が起こります。これを「正統論」と言います。

陳寿も『三国志』を編纂したとき、この問題に突きあたりました。結果、陳寿は魏だけを正統とし、蜀と呉を国家として認めませんでした。これは、陳寿が当時仕えていた晋が、魏の正統を継ぐ国家だったためです。

　では、その国家を正統として認めるかどうかは、具体的に歴史書にどのように表されるのでしょうか。

「正史」はすべて、本紀（皇帝や国家の記録）と列伝（臣下の記録）を中心とする構成となっています。これを「紀伝体」といいます。

『三国志』の場合、本紀で扱うのは魏の皇帝たちの記録だけです。蜀の君主である劉備、あるいは呉の君主である孫権らの記録は、いずれも列伝として扱われます。本紀で扱わないということは、その人物を皇帝として認めないことを意味します。もちろん、劉備・孫権らが皇帝を称したこと自体は記録するのですが、魏の皇帝たちとは体裁を区別することによって、誰が正統な皇帝であるかどうかを表現しているのです。

　ただし、陳寿が面白いところは、魏の正統性を示す一方、自身の祖国である蜀にも配慮をしたことです。

　その工夫の1つが、国号の問題です。劉備の立てた国は一般に蜀と呼ばれますが、劉備は後漢の系統を継承することを主張しましたから、正式な国号は「漢」です。このため劉備の国は、便宜上「蜀漢」や「季漢」とも呼ばれます。

　ただし、劉備が「漢」を称したことを大っぴらにしては、魏の正統性を揺るがすことになります。なぜなら、魏は後漢から帝位を譲られることで成立した国だからです。しかし陳寿は本文中の微妙な表現によって、劉備が「漢」を称していた事実を含ませています。13ページのマンガで陳寿が「季漢」という語を潜ませたのも、その工夫の1つです。一歩間違えば自分の立場を危うくしかねない行為ですが、それでも陳寿は見事な筆法で祖国の正統性を隠し入れました。

　このように中国の歴史書では、表現の微妙な違いによって、編纂者の歴史的評価や歴史観を示します。そして、その伝統は歴史書のみならず、『三国志演義』という歴史文学においても継承されるのです。

三国志世界を広げた裴松之の注釈

『三国志』が今なお高い評価を受けている理由の1つに、裴松之（372〜451年）による注釈の存在があります。

　陳寿の正史『三国志』は、歴史的事実として疑わしい記事を大きく削っており、また魏や晋にとって不都合な記録は避ける傾向にありました。

そこで陳寿から約150年後、裴松之は『三国志』を補うべく膨大な注釈を施しました。その分量は、注釈だけで陳寿の本文とほぼ同じというほどです。

裴松之の注釈は、ほかの歴史書を引用することによって正史『三国志』が採らなかった異説を補う点に特徴があります。このおかげで『三国志』からだけでなく、複数の歴史書の立場から三国時代を見ることができるようになりました。

裴松之が残した異説の数々は、物語の発展にも大きな役割を果たしました。たとえば趙雲は、本文にはほとんど記述がなく、裴松之注の異説によってその英雄像が形づくられました。

羅貫中と『三国志演義』

『三国志演義』は（以下、演義）の作者は、羅貫中という人物だとされています。ただし、今日的な意味で羅貫中を演義の作者と言えるかは微妙です。その理由には、白話小説の持つ性格が関わっています。

「白話」とは、口語（話し言葉）のこと。つまり、白話小説とは、当時の話し言葉で書かれた小説を意味します。『三国志演義』は、白話小説の1つです。

口語の反対を文語（書き言葉）といいますが、近代以前の中国では、科挙（官僚登用試験）に合格した士大夫が書くような「文学」はすべて文語文で書かれました。つまり白話小説は、いわゆる「文学」の中には含まれないのです。

演義を書いたとされる羅貫中も中国社会のエリートたる士大夫ではないため、彼の記録はほとんど残っていません。おおよそ元の末期から明の初期の人で、出身地は現在の山西省とも山東省とも言われています。つまり、羅貫中を演義の作者と言いきれない理由の1つは、羅貫中がどのように演義を書いたかがわからないからなのです。

羅貫中を演義の作者と言えないもう1つの理由は、羅貫中が1から演義の物語をつくったのではないためです。

演義の成立以前から、講談や芝居などを中心にすでにさまざまな三国志の物語が形成されていました。元の時代に出版された『三国志平話』（以下、『平話』）は、そうした演義以前の三国志物語を代表するものの1つです。『平話』は、講談・演劇における三国志物語をまとめて出版したものだと思われます。

羅貫中は、正史『三国志』を骨子としつつ、『平話』をはじめとするさまざまな三国志物語を集大成した人物なのでしょう。

さらに言えば、羅貫中以後も演義は変化し続けています。中国の白話小説は、出版が繰り返される中で、物語の細部が書き換えられることが多いのです。『水滸伝』のように、全体の構成が異なる作品すらあります。演義も版によって特定のエピソードがあったりなかったり、人物像に若干の差があったりします。

現在、広く読まれている演義は、清代の毛綸・毛宗崗父子が改訂した版で、毛宗崗本と呼ばれるものです。本書でも、基本的にこの毛宗崗本に従っています。

「演義」に込められた思想

ところで、そもそも『三国志演義』の「演義」とは、どのような意味なのでしょうか。現存最古の版本である嘉靖本には、次のような序が書かれています。

歴史とは単に事実を記録するだけでなく、その是非を判断して評価を下すことを目的とするのであり、そこには「義」が存在する。しかし歴史書の文章は難解で、その「義」も一般の人にはわかりづらい。そこで羅貫中は、陳寿の『三国志』をもとに、『三国志通俗演義』を編纂した。その文章は難解すぎず、かつ俗すぎない。そして事実を記録して、「義」を明らかにする歴史本来のあり方に近づいた。

つまり「演義」とは、歴史書が示す正しい「意義」を「演釋する（意味をおし広める）」ということであり、『三国志演義』とは『三国志』の正しい意義をわかりやすくして述べる、ということを意味しているのです。

ただし、その『三国志』の正しい意義とは、陳寿が示す歴史観ではなく、『三国志演義』が成立した時代に「こうあるべき」と考えられた歴史観のことです。

その最たる例が、正統観の違いです。陳寿は魏だけを正統とします。これに対して演義は、劉備たちを物語の主人公とするとともに、蜀漢を正統な国家と見なしました。

これは演義が成立する前の三国志物語で、劉備たちを善玉とする見方が定着していたことも理由の1つです。しかし何より、当時の思想界の主流だった朱子学（儒教の一学派）において蜀漢が正統と見なされていたためです。

このように演義は単なる物語ではなく、そこには明確な倫理観や歴史観が込められています。とくに演義の決定版とも言える毛宗崗本は、よりそれを徹底し、正しい義を表現することに執着します。

ただし、演義が優れているのは、それでも物語としての面白さ、完成度をきちんと保っているところでしょう。演義は完成して600年以上がたった現在でも、アジア各国で読み継がれ、多様なメディアに展開しています。時代と空間を超える普遍的な魅力がそこにあるのです。

第一章 世の幕開け

長く中華を支配した
後漢は腐敗し、
末期を迎えていた。
その象徴的な出来事として、
黄巾の乱が起こる。
この乱は後漢の終わりを
世に伝えるとともに、
劉備・曹操・孫堅といった
次代の英雄たちの
登場を促した。

**三国志の物語は、
ここから始まる。**

主な登場人物

劉備（りゅうび）
演義の主人公。漢室の末裔を自称。桃園で関羽・張飛と契りを交わし、黄巾討伐の義勇軍を募る。

張角（ちょうかく）
太平道の教祖。数々の奇跡を起こして信徒を急増させ、その信者たちを束ねて黄巾の乱を起こす。

曹操（そうそう）
宦官の孫。わずか20歳で孝廉に選ばれたエリート。官軍の若き将校として、黄巾討伐に起つ。

主な出来事

黄巾の乱	光和七（184）年
桃園の誓い	光和七（184）年
少帝廃位・献帝即位	中平六（189）年
汜水関・虎牢関の戦い	初平元（190）年
孫堅の横死	初平三（192）年
美女連環の計	初平三（192）年

後漢の衰退と乱

孫堅（そんけん）

江東の武将。賊退治で武功を積み、自らの軍団をつくる。黄巾討伐にも参戦し、その武勇をふるう。

董卓（とうたく）

涼州の雄。袁紹の招きに応じて洛陽に入ると、混乱に乗じて朝廷を制圧し、暴政を行う。

呂布（りょふ）

無類の強さを誇る「飛将」。養父の丁原を殺害し、丁原と敵対していた董卓と親子の契りを交わす。

貂蝉（ちょうせん）

司徒王允の養娘。類いまれな美貌を生かし、義父への孝と漢への忠のため、董卓と呂布との間を切なく舞う。

袁紹（えんしょう）

名門袁家の御曹司。対立する十常侍を滅ぼすためとはいえ、董卓のごとき野獣を都に招き入れる失敗を犯す。

第一話　黄巾の乱
初代皇帝
劉邦
中国に大帝国を築いた漢は一時的な断絶期間を挟んで約400年も続いていた
その末期には外戚（皇后の一族）と宦官（去勢された皇帝の側近）が
宦官
VS
外戚
権力争いを繰り返したことで政治は混乱した
上の連中のせいで政治はめちゃくちゃ！生活は苦しくなる一方だ…‼
太平道・開祖
張角
こうなったらもう張角様にすがるしかねぇ！
張角はある日山菜を採りに山へ入ると…
若き日の張角
張角よ…私は南華老仙と呼ばれる仙人だ
これは『太平要術』なる仙術の指南書…これで民衆を救うのです

『太平要術』を学んだ張角は風雨を呼び起こす力を得る
それによって太平道を開くと
符水を使ったまじないで病の人々を治療していった
張角の奇跡の力に太平道の信者は爆発的に増加
*符水：お札を入れた聖水のこと。
太平道！！
太平道！！
太平道の信徒は十万人を超えたぞ!!もう漢の連中も怖くねぇ!!
漢は終わりだ！役人どもを殺せ！
そこらの集落を襲え!!物資を奪ってこい!!
蒼天已死黄天當立
歳在甲子天下大吉
彼らは信仰の印として頭に黄色い布を巻いていたため
「黄巾」と呼ばれた
オオ…オオオォォォ

漢はなぜ衰退したか？

初代皇帝である高祖劉邦以来、前漢と後漢あわせて約400年続いた漢帝国は、後漢の12代皇帝の霊帝の時代に滅亡の危機を迎えました。**外戚と宦官の権力争い**が大きな原因です。

後漢は代々短命の皇帝が多く、4代皇帝の和帝（在位88～105年）以降、10歳に満たない幼い皇帝が即位することが続いていました。**そのため、皇太后（先代皇帝の皇后）の一族である外戚が幼帝に代わって実際の政治を行っていました。**しかし、やがて成長した皇帝は、外戚から権力を取り戻そうとします。そのとき、皇帝の手足となり、外戚と直接権力争いを行ったのが宦官たちでした。

宦官とは、後宮（皇帝や皇后の住まい）に仕える去勢された男性のことです。宦官は皇帝の身の回りの世話も行うので、権力を持たない幼い皇帝にとって数少ない身近な存在でした。**そ**

人物ファイル

霊帝（156～189年）

名は劉宏。在位167～189年。十常侍の専横を許し、その結果として党錮の禁や黄巾の乱（→30ページ）を招くなど、後漢の衰退を象徴する皇帝。演義でも、十常侍の言いなりになる暗弱さが強調される。ただ、近年の研究では、霊帝の政策の革新性が明らかにされつつある。

人物ファイル

張譲（?～189年）

豫州潁川郡の出身。後漢末期の政治を牛耳った十常侍の中心的人物で、霊帝から「我が父」と呼ばれるほどの権勢を振った。何進を謀殺したあと、袁紹に追われて逃げ場を失い、沼に身を投げて自殺した。演義における十常侍のメンバーは張譲のほか、趙忠、封諝、段珪、曹節、侯覧、蹇碩、程曠、夏惲、郭勝。

のため、外戚を打倒した皇帝は、それに貢献した宦官たちを重用しました。こうして幼い皇帝が新たに即位するたびに、外戚と宦官との間で血みどろの権力闘争が繰り返されたのです。

そして、11代皇帝の桓帝（在位１４６〜１６７年）の時代には、**十常侍**と呼ばれる宦官たちが大きな権力を握っていました。十常侍は皇帝の寵愛を背景に政治権力を独占するだけでなく、人事にも口出しして、自分たちの親族や息のかかった者を高い地位に就けました。

十常侍のやり方に、朝廷の官僚たちも強く反発します。儒教の価値観から見て卑しい存在である宦官が政治を牛耳るさまに失望した彼らは、自分たちこそが**清流**（清らかな存在）であるとし、独自のグループをつくるようになります。

そして、霊帝が即位したとき、宦官と外戚＆清流官僚との対立は頂点に達し、**党錮の禁**という大きな政変が起こりました。清流官僚たちが十常侍の汚職をあばこうとしたのですが、かえって清流官僚たちが処罰される結果となったのです。主だった人物は処刑され、ほかの多くの官僚も朝廷から追放されました。勝利した十常侍は、もはや皇帝すらも自由に操れるほどの絶大な権力を手に入れます。

三国志図解

皇帝の権力をめぐって争う人々

幼い皇帝の即位が続いた後漢では、皇帝の成長ごとに外戚＆清流官僚と宦官による権力争いが繰り広げられた。そのたびに政治は腐敗し、世の中は乱れていった。

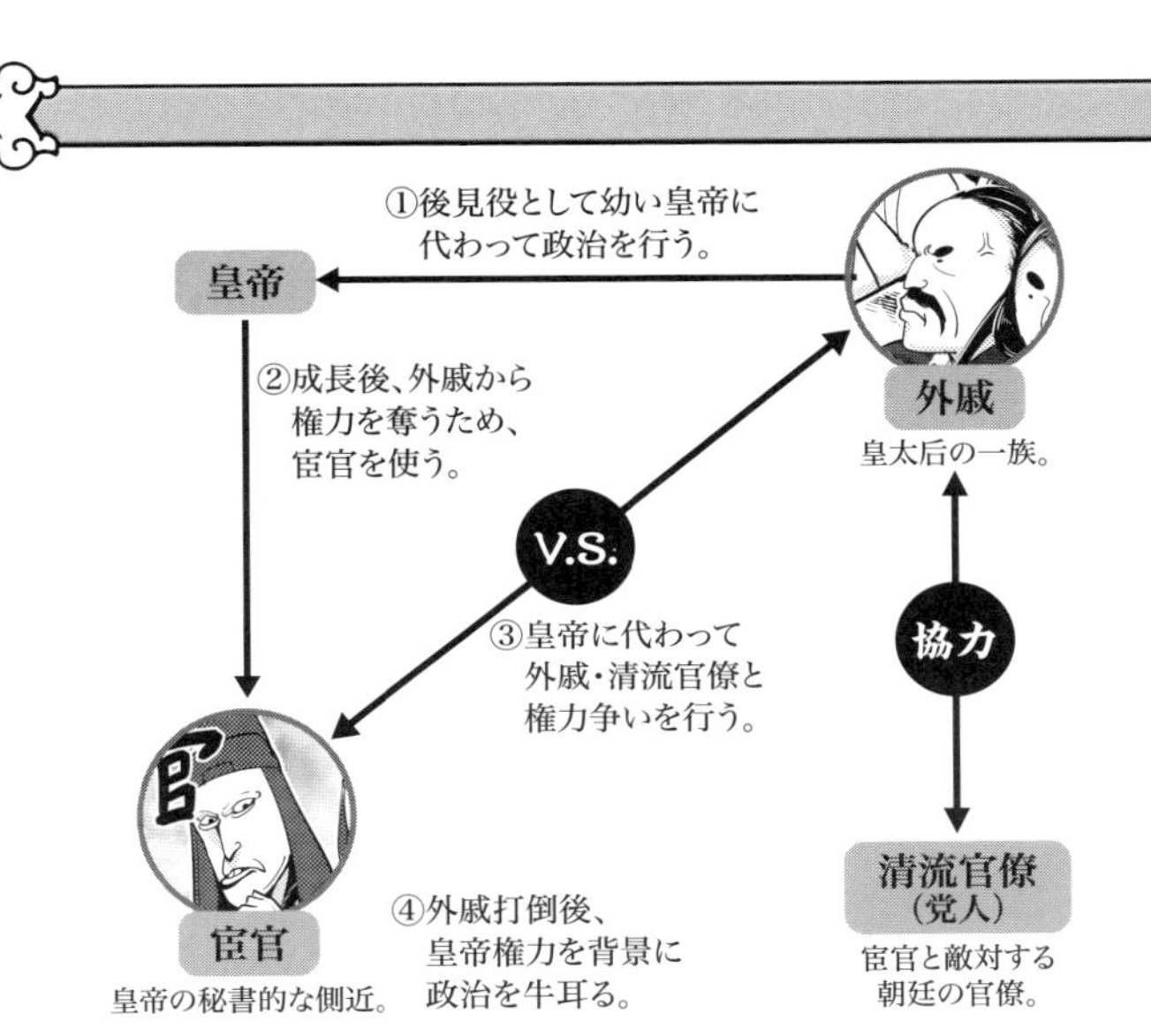
①後見役として幼い皇帝に代わって政治を行う。
皇帝
②成長後、外戚から権力を奪うため、宦官を使う。
外戚
皇太后の一族。
V.S.
③皇帝に代わって外戚・清流官僚と権力争いを行う。
協力
宦
宦官
皇帝の秘書的な側近。
④外戚打倒後、皇帝権力を背景に政治を牛耳る。
清流官僚（党人）
宦官と敵対する朝廷の官僚。

COLUMN 1

後漢の政治システムを知る

後漢の政治システムは「三公九卿制」が基本。これらの役職は物語中、何度も登場するので、基本的なしくみを押さえておこう。

三公九卿と内朝からなる後漢の中央官制

後漢の政治システムは、三公九卿制が基本となる。三公とは、軍事担当の太尉、内政担当の司徒、公共事業担当の司空の総称で、漢の最高職とされた。三公の下で実務を行う官僚が、九卿である。三公と九卿はともに集議と呼ばれる会合で皇帝の諮問に応え、政策決定に携わった。

一方、皇帝が自分の意思をより強く政治に反映させようとしたことから、次第に内朝と呼ばれる皇帝の側近が権力を持つようになる。内朝は尚書令、侍中、中常侍などの官職で構成。後漢では、外戚が尚書令を統率して権勢をふるい、対抗する宦官が中常侍に就いて権力を争った。

三国志の群雄たちはみな漢の官僚！

後漢では、基本的に孝廉をはじめとした登用試験を経て官僚となる。曹操は弱冠20歳で孝廉を通過したエリート官僚であり、劉備や孫堅もまた立場上は後漢の一官僚である。

一般的に孝廉を通過した新米官僚はまず郎（皇帝の近侍）に就き、キャリアをスタート。その後、地方に出て、県や郡の長官を歴任後、中央に戻って九卿や三公に就く。

孝廉は、郡の長官である太守（↓84ページ）の推挙によって行われた。豪族の子弟が多く推挙されたが、これは太守が土着の豪族の協力を得て、地域の統治を行ったためである。

三公九卿制

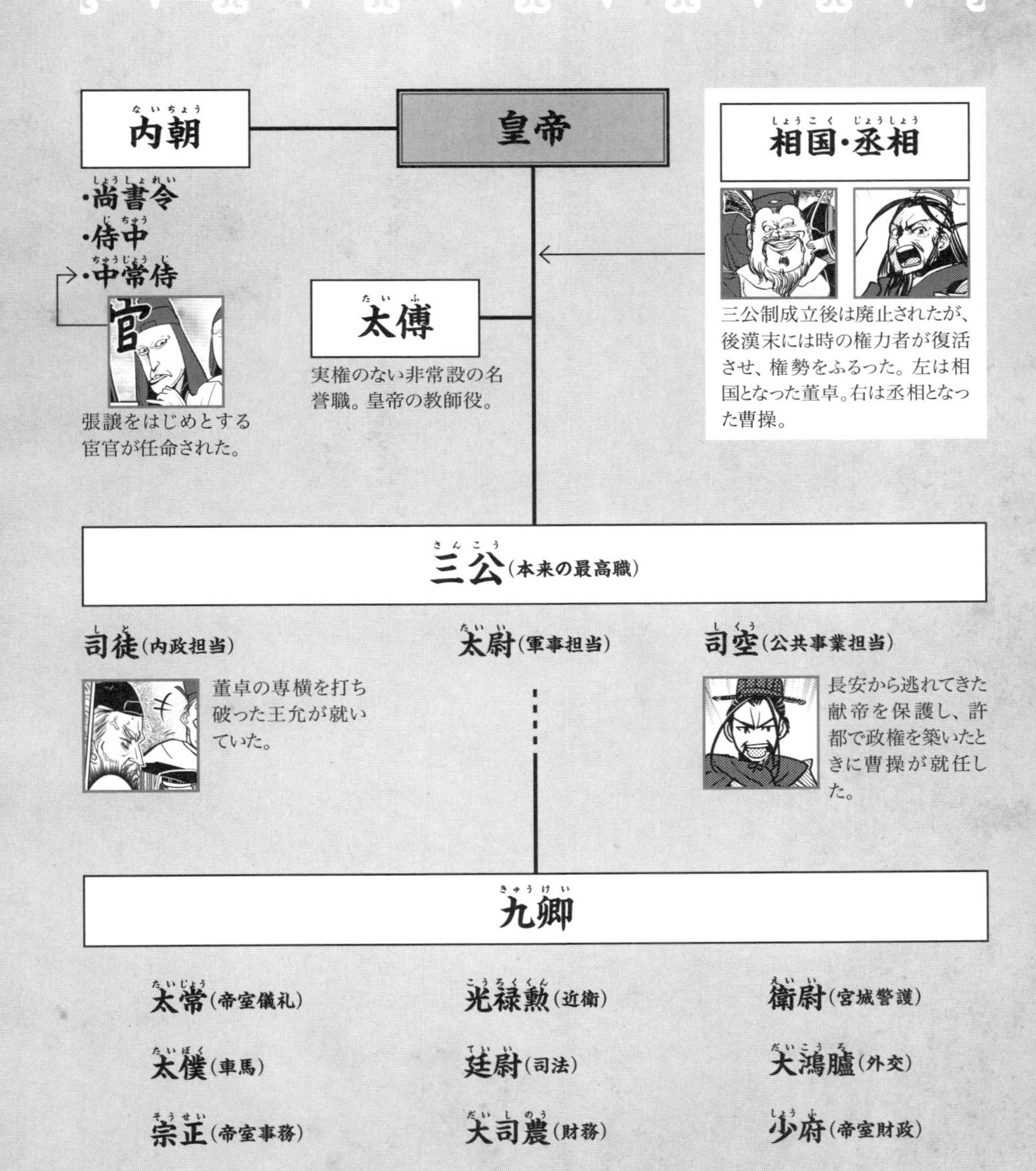
皇帝
内朝
・尚書令
・侍中
・中常侍
張譲をはじめとする宦官が任命された。
太傅
実権のない非常設の名誉職。皇帝の教師役。
相国・丞相
三公制成立後は廃止されたが、後漢末には時の権力者が復活させ、権勢をふるった。左は相国となった董卓。右は丞相となった曹操。
三公(本来の最高職)
司徒(内政担当)
董卓の専横を打ち破った王允が就いていた。
太尉(軍事担当)
司空(公共事業担当)
長安から逃れてきた献帝を保護し、許都で政権を築いたときに曹操が就任した。
九卿
太常(帝室儀礼)
光禄勲(近衛)
衛尉(宮城警護)
太僕(車馬)
廷尉(司法)
大鴻臚(外交)
宗正(帝室事務)
大司農(財務)
少府(帝室財政)

黄巾とは何者だったのか？

絶大な権力を手にした十常侍の栄華も、長くは続きませんでした。乱世の到来が、後漢そのものを吹き飛ばすからです。

184年、太平道の教祖、張角による黄巾の乱が起こります。

正史によれば、張角は**黄老（道教）**を奉じ、懺悔と符水（お札を入れた聖水）、まじないによって病を治したことで信者を増やし、数十万人という衆徒を率いるまでになりました。

彼らは、目印として黄色の巾をつけたことから黄巾と呼ばれました。そして、**「蒼天已に死す、黄天当に立つべし。歳は甲子にありて、天下は大吉なり」**というスローガンを掲げます。蒼天（後漢）の時代は終わった、これからは黄巾の世だという意味です。

張角は自ら「天公将軍」を称し、弟の地公将軍張宝、人公将軍張梁とともに蜂起します。黄巾は全軍を36の方（軍団）

人物ファイル

張角（?～184年）

冀州鉅鹿郡の出身。信者を煽動して黄巾の乱を引き起こし、後漢を窮地に追い込んだ。張角が指導者となった太平道は、後世では中国道教の原型の1つとされる。演義では南華老仙（荘子）から授かった『太平要術』により、風雨を起こす妖術を操る。

クローズアップ

五行思想と「黄天」

五行思想とは、万物は五行の循環（木→火→土→金→水）によって成り立つとする中国古来の考え方。王朝交替も同様で、たとえば漢は赤をシンボルカラーとする火徳なので、これに替わるのは土徳（黄色）となる。張角が黄色を象徴としたのは、黄老（道教）を奉っていたことに加え、こうした五行思想が背景にある。

に分けて、全土12州のうち8州で兵を挙げました。総勢数十万、後漢史上で最大の反乱です。

演義では、黄巾は劉備たちに一方的にやられます。ただし、正史を見る限りでは、一時はかなりの郡国を陥落させるほど、強大な勢力を誇ったようです。とくに黄巾の本拠があった冀州では、皇族の諸王すら何人も殺されています。

それでも後漢側の皇甫嵩、朱儁、盧植といった優れた将軍が奮闘したこと、教祖張角がほどなくして病死したことで、黄巾の乱は同年のうちに平定されます。

しかし、後漢の衰退は誰の目にも明らかになりました。また、黄巾も主な勢力は潰れたものの、残存勢力は多く、このあとも各地で影響力を持ち続けます。

そして、5年後の189年、霊帝の崩御により、時代は本格的な乱世へと突き進んでいくことになります。

演義は、そんな黄巾の乱から物語を書き起こし、さらに**劉備、曹操、孫堅**という三国の主役たちをそろって登場させました。まさしく三国志の幕開けにふさわしい回といえるでしょう。

三国志図解

儒教から悪者とされた黄巾

腐敗した後漢に対し、左図のように各地で蜂起した黄巾だが、演義ではあくまで悪の結社と見なされる。その理由は、彼らが儒教から異端とされる道教を奉じるため。おりしも演義が成立した元代末期～明代初期には、白蓮教という道教一派の反乱が全土を揺るがせていた（紅巾の乱）。演義は、現実の白蓮教と物語中の黄巾の乱とを重ねたのだろう。

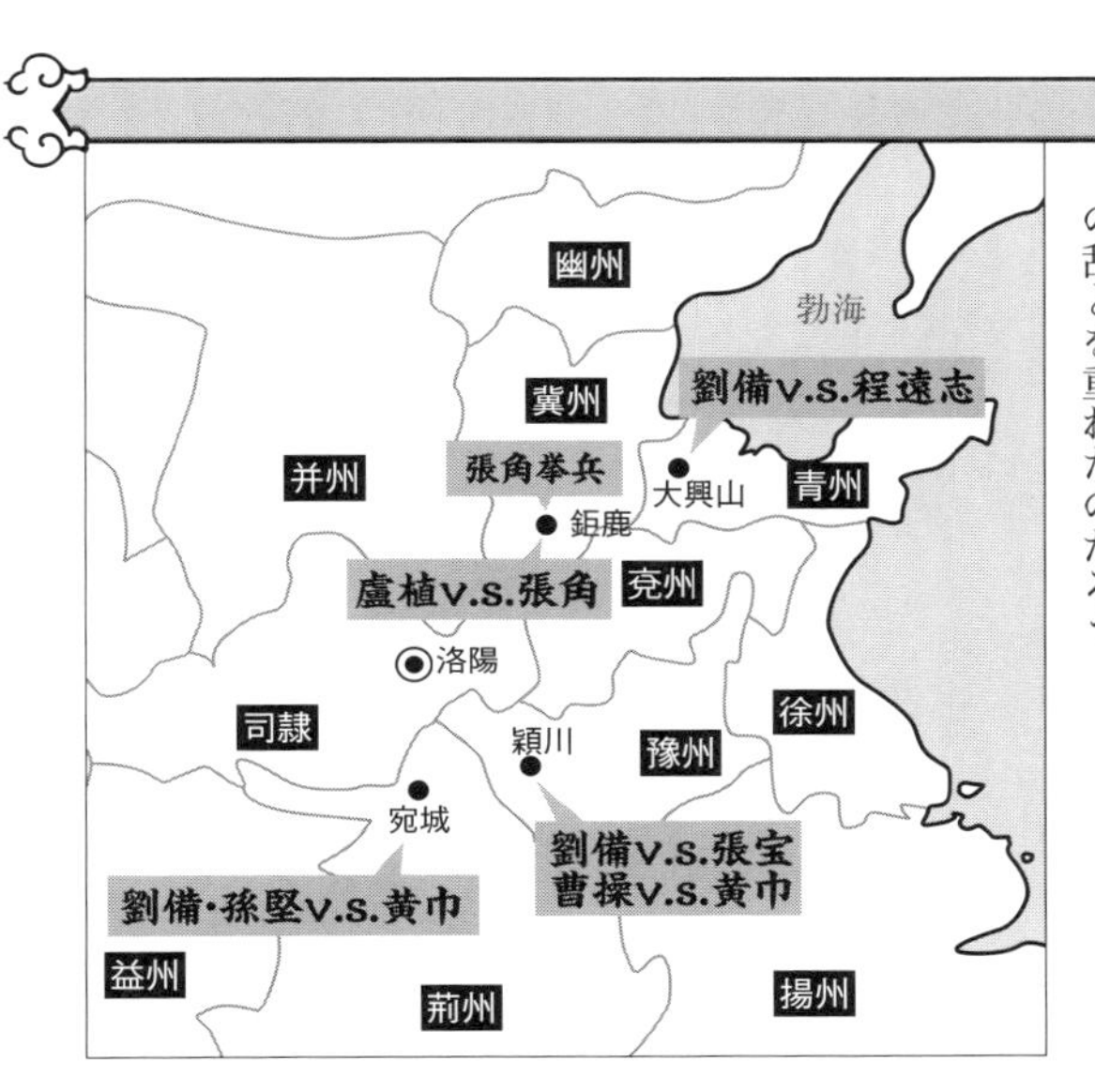

第二話　英傑出星
中国各地で猛威を振るった黄巾の乱だったが次第に状況が変わり始めた
オオオオオ
潁川　黄巾V.S.漢の正規軍
ダメだ！あの部隊強すぎる!! 逃げろ!!
夏侯惇！左翼が崩れたぞ追い立てろ!!
夏侯淵!! 矢を撃ち続けろ右翼の士気をくじく!!
この男──宦官の孫でわずか20歳で*孝廉に推挙されたエリート中のエリート。
歌舞音曲に精通し狩猟を好み酒色を愛する万能の天才…
曹操が黄巾を蹴散らし勇名を響かせ…
乱世来たれり！腐敗極まる国政を正す変革のときだ!!
この曹操が新しき世を創ってみせよう！
曹操
江東からは…
お頭ぁ！どこへ行こうってんです!?
*孝廉：当時のもっとも重要視された官僚の登用制度。

黄巾退治だ!!
暴れだしたやつらはぶっ倒さねぇとな
てめぇら！ 俺についてきやがれ!!
孫堅
海賊退治で名を馳せた孫堅が黄巾討伐に参加…
そして…涿県
おめぇらみたいな豪傑がついてきてくれるなんて俺ぁ幸せ者だ！
兄者に頼まれちゃ仕方ねぇ
黄巾討伐…腕が鳴る！
…黄巾討伐は始まりでしかねぇさ
雲長、翼徳！
今はむしろ売りだが俺の先祖は高祖劉邦！
漢の苦境を俺達三人が助けてやるのさ!!
出たよアニキの持ち話!!
義兄弟の契りを結ぼうぜ！
生まれた日はちがえど、願わくば同じ日に死なん!!
酒だ酒だ!!
漢の復興!! でっけぇ夢だが俺らならやれる！
劉備
劉備の義勇軍も黄巾討伐に参加…張角が死ぬと黄巾の勢いは急速に衰えていった

理想のリーダー劉備の正体

劉備は字を玄徳といい、幽州涿郡涿県の出身です。身長七尺五寸、腕は膝の位置より長く、耳は振り返れば自分で見られるくらい大きかったといいます。

劉備は前漢の6代皇帝景帝（在位前157～前141年）の末裔を称していましたが、少なくとも劉備の頃には没落し、早くに父を亡くしたため、母とともにむしろを売って生活していました。曹操や孫堅に比べると、かなり低い出自です。そのため、劉備は曹操のような父祖の財産やコネも、孫堅のような信頼できる一族も持ちません。**代わりに劉備を支えたのは、関羽や張飛などアウトローの豪傑たちでした。**

劉備が関羽・張飛と義兄弟の契りを結んだ桃園の誓いは、演義による創作です。ただし、正史には「劉備は二人とともに寝て、恩は兄弟のようであった」とあります。また、演義の前身となる物語が生まれた宋や元の時代では、軍人や賊、商人など

人物ファイル

関羽（?～219年）
字を雲長。司隷河東郡の出身。演義では長身九尺、なつめのような赤い顔と長い髯が特徴。82斤（約50キログラム）の青龍偃月刀を使う。また、武威のみでなく、義を重んじる厳格な人物。歴史上の関羽は一将軍にすぎないが、後世に神格化され、現在でもアジア各地で祀られる。

人物ファイル

張飛（?～221年）
字を益徳（演義では翼徳）。幽州涿郡の出身。演義では身長八尺、どんぐり眼に虎鬚という豪傑。得物は一丈八尺（約6メートル）の蛇矛。抜群の武勇で大暴れする一方、酒好きで落ち着きがなく、失敗もよくする。演義きってのトリックスターである。

の間で、仲間同士で義兄弟の契りを結ぶ習慣が広まっていました。こうした人々は、当時の三国志物語の主な受容層でした。桃園の誓いは、彼らの習慣を反映して生まれたのでしょう。そしてのちの時代では、劉備三兄弟は義兄弟の理想とされました。

正史によると、若い頃の劉備はあまり学問をせず、音楽や美しい衣服を好み、豪傑と交わり、若者たちは争って劉備と親しくしたそうです。また、旗揚げ当初の劉備に従ったのは、関羽など社会階層の低い者たちでした。まるでヤクザの親分です。

一方、演義の劉備は正史のような強さは鳴りをひそめ、もっぱら泣いて情に訴えるばかり。**仁の人ともいえますが、泣いてばかりの姿は、涙で天下をとったと言われるほどです。**ただし、演義の劉備のような「弱い主人公」はほかにも存在します。『西遊記』の三蔵法師しかり、『水滸伝』の宋江しかり、むしろ白話小説の主人公の典型なのです。

能力より仁徳を重んじる中国では、演義の劉備こそリーダー像の理想とされました。本人が何かをするのではなく、仁徳や人望によってまわりの優れた臣下を動かす。これこそが求められる君主像なのです。演義が書かれるにあたり、劉備はその主人公として、中国の読者が好む英雄へと姿を変えたのです。

三国志図解

さまざまに変化する劉備のキャラクター

中国の文学者魯迅が、「演義の劉備は温厚に見せようとして、かえって偽善者のようだ」と言ったように、近代では仁者としての劉備は不評のようだ。最近の作品では、任侠の大親分とされたり、腹に一物抱える油断ならない男とされたりと、一癖ある描かれ方が多い。本書のマンガにおける劉備は、そんな劉備像の変遷を踏まえて、正史と演義双方を参考にしたキャラクターとなっている。

正史の劉備

学問よりも音楽やファッションを好み、豪傑と積極的に交流し、社会のつまはじきにあっていた若者から慕われた。任侠の大親分のような豪快さがある。

演義の劉備

無私の心で漢室の再興を目指す仁者として描かれている。己の無力さに涙するたびに、その志や仁徳に共鳴した人々が奮起し、助けてくれるという不思議な魅力を放つ。

治世の能臣、乱世の奸雄

曹操は魔王か？ 英雄か？

光和七（１８４）年

演義／第一回

演義を現在のかたちにした毛宗崗は、演義には三人の絶がいると述べています。すなわち**智絶の諸葛亮**、**義絶の関羽**、そして**奸絶の曹操**です。

曹操は字を孟徳といい、豫州沛国譙県の出身です。祖父の曹騰は当代随一の権勢を誇った宦官で、父の曹嵩も太尉という三公の筆頭にまでのぼった人物です。名門とまでは言えませんが、劉備とは比べものにならない家柄の生まれでした。

曹操は若い頃から才気に溢れる一方、放蕩三昧の振る舞いを慎みませんでした。そのため、世間はなかなか曹操を評価せず、橋玄などわずかな人だけが曹操を認めたといいます。

あるとき、曹操はその橋玄の勧めで、人物評価で名高い許劭を訪ね、自分の評価を求めました。許劭ははじめ評価することを渋りますが、曹操が強いて尋ねると、**「君は治世の能臣、乱世の奸雄だ」**と答えました。曹操は大笑いしたといいます。

人物ファイル

夏侯惇（？～２２０年）

字を元譲。曹操のいとこで、曹操の旗揚げから従う。演義では豪胆な猛将として描かれているが、正史では主に後方統治を任された。曹操の信頼はあつく、曹操の寝所に出入りすることを許されたほど。最期は曹操のあとを追うように死去。

クローズアップ

叔父をあざむいた少年曹操

ある日、道で叔父と会った曹操は、わざと麻痺症にかかったフリをした。叔父は慌てて曹嵩に知らせたが、曹嵩が見てみると曹操は普段通り。曹操は、「叔父さんは私を嫌っているので、そんなデタラメを言うのでしょう」と言った。曹操は日頃、父に告げ口する叔父をわずらわしく思い、こんな芝居を打ったのである。以降、曹嵩は叔父の言うことを信じなくなった。

曹操が喜んだのは、名士である許劭に評価されたこと自体に社会的な価値があったからです。それにしても、「平和な時代では有能な臣下だが、乱世では奸雄だ」とは的を射た評価です。史実上の曹操は、ほかの三国志の人物とは明らかに一線を画す英雄です。曹操がいなかったら、中国の歴史はもっと別なものになっていたかもしれません。それほど、曹操の革新性が時代に与えた影響は大きいのです。正史『三国志』を編纂した陳寿は、曹操を**「非常の人、超世の傑」**と評しています。尋常の人ではない、時代を超越した英雄という意味です。

ただし、時代の最先端を行く人を、同時代の人が評価するのはむずかしいもの。常識を次々とくつがえすので、普通の物差しでは測れないのです。**ゆえに、曹操は雄（傑出した存在）でありつつも、「奸（よこしま）」に見えるのです。**そして、仁君を理想とする中国では、曹操のような変革者は好まれません。演義が曹操を悪役にしたのは、そうした理由もあります。

それでも演義は曹操を単なる悪者にするのではなく、その非凡な能力を認め、人間味豊かな英雄として描き出しました。主人公である劉備側がそうそうたる顔ぶれですから、悪役もまた曹操のような非常の人でないと務まらないのでしょう。

三国志図解

曹操に下されたさまざまな評価

曹操の人物評としては有名なのは、左に挙げた橋玄と許劭のもの。正史『三国志』の陳寿を含め、共通するのは曹操には時代を変革する可能性を秘めた人物であるという点だ。

橋玄

天下は乱れようとしており、当代一の才の持主でなければ救うことはできない。天下を安んずるのは君だ（正史『三国志』）

君は乱世をまとめるのに必要な当代きっての才覚を持っている、という意味。世間の評価に対し、曹操のことを高く評価した。

許劭

君は治世の能臣、乱世の奸雄だ（孫盛『異同雑語』）

平和な時代では有能な臣下だが、乱世では奸雄だという意味。

陳寿

非常の人、超世の傑（正史『三国志』）

尋常の人ではない、時代を超越した英雄という意味。

COLUMN 2

人物評価で認められた「名士」が活躍した三国時代

中国史の主役は、常に士大夫という儒教を修めた知識人層だった。三国時代は、そうした士大夫像の典型が見える時代である。

お互いに評価し合うことで名士という立場を確立する

後漢末、清流官僚たちは国家のあり方に失望し、次第に国家権力から距離をとって自分たちの徒党を組んだ。この集団を「党人」と呼ぶ。

党人のアイデンティティは、自己の名声だった。たとえば、ある士大夫は漢の官僚という身分を捨てて、党人の中心的存在であった李膺（？～169年）という人物に殉じたことで、党人たちから高く評価された。こうした名声を自己の存立基盤に置く士大夫のことを、本書では「名士」と呼ぶ。

彼らは互いに人物評価をすることで、互いを名士として認め合った。そのため、ある人物が名士として名士社会に承認されるには、名士からの人物評価を受けることが第一であった。これが、曹操が許劭に人物評価を求めた理由である（↓36ページ）。

「治世の能臣、乱世の奸雄」と評価された曹操は笑って喜んだというが、重要なのは名士の許劭から人物評価をされたこと自体にある。曹操は、名士から名声を得ることで、自分も名士として認められたのだ。

群雄は勢力拡大のため名士ともせめぎ合っていた

こうした仲間内の人物評価で社会的に認め合った名士たちに、もはや後漢の権威は必要ない。このような名士特有の権威は、地域社会を実質的に支配する豪族層に強い影響力を持った。豪族は名士を支持することで、自らも名声を得ることを期待したのだ。たとえば、呉の魯粛はもともと地域の富豪だったが、名士である周瑜を経済的に支援することで名声を得た。

このため、各地に立った群雄たちは名士たちの協力を必要とした。名士が協力してくれれば、自勢力を安定支配することができるためである。ただし、名士が群雄の権力に従うとは限らない。そのため、群雄は名士との微妙なせめぎ合いを繰り返しながら、自分の権力を広げようとしていた。三国時代の群雄の勢力争いの裏には、このような群雄と名士との関係があるのだ。

名士社会の成り立ちと群雄との関係

名士から人物評価を受けることで、その人は名士として認められた。乱世に立った群雄たちは、勢力拡大のため名士の協力を得ることに腐心した。

曹操

許劭

名士社会

曹操は、名士である許劭の評価を受けた。彼も名士だ

群雄は名士たちの協力を得て、乱世に立つ！

曹操

孫権

袁紹

公孫瓚

など

たとえば……

袁紹

名門である家柄と名士を尊重する態度で、名士からの支持を得た！

公孫瓚

自分の権力に従わない名士よりも、経済力の高い商人を重要視！

河北で覇を争った両雄だが、名士の支持を得た袁紹が勝利した

江東の虎　光和七（184）年

第三の勢力・孫呉には正統性がない⁉

演義／第二回

孫堅は字を文台といい、揚州呉郡富春県の出身です。

正史によれば、「おそらく孫武（孫子）の子孫だろう」とのことですが、詳しいことはわかりません。

孫堅は若くして武勇に富み、17歳の頃、旅先で海賊を一人で退治し、おおいに名をあげたといいます。それからは会稽の許昌討伐、黄巾討伐、涼州征討、長沙の区星討伐と、賊退治に東奔西走して武功を積みます。とくに黄巾討伐では、郷里の近しい朱儁の配下として目覚ましい功績を挙げています。まさしく**武勇一本でのし上がった英雄**なのです。

ところで、のちに孫堅の子・孫権が建てる孫呉という国は、三国の中で少し特殊な立場にあります。たとえば、建国の経緯について、曹魏は後漢から禅譲を受けたこと、蜀漢は漢の復興を大義に建国しています。**一方、孫呉には曹魏や蜀漢のようなはっきりとした正統性の根拠がありません。**

人物ファイル

韓当（?～226年）

字を義公。幽州遼西郡の出身。孫堅・孫策・孫権の三代に仕えた宿将。各地を転戦すること40年余り、赤壁の戦いや夷陵の戦いなど多くの合戦で功績を挙げた。演義でも、董卓の乱から夷陵の戦いまで長きにわたり孫呉を支える。

クローズアップ

孫堅の海賊退治

孫堅が17歳のときのこと、海賊が商人を襲っているのに出くわした。孫堅は単身進み出ると、剣を手にして岸に上がり、手を振って合図をするフリをした。それがあたかも兵士を指揮しているかのようだったので、海賊たちは官兵が来たと思い込んで逃げ散った。孫堅はそれを追い、首1つを持って戻ってきた。こうして若き孫堅は、おおいに名を上げたという。

また、蜀漢が天下の再統一を国の方針に掲げたことに対し、孫呉にはあまり中央志向が見られません。さらに蜀漢に比べて、領内の諸豪族の力が強かったのも孫呉の特徴です。つまり、孫呉は曹魏や蜀漢の間に積極的に割って入ることはせず、天下をめぐる争いからある種の自由な立場にあったのです。

演義はそのような孫呉を、蜀漢（劉備）の味方でもなく敵役でもない、第三極として位置づけました。**演義の物語としてのおもしろさは、第三極である孫呉が引き起こす三つ巴のストーリー展開にあると言えます。**

ただし、それと同時に、演義における孫呉はしばしば蜀漢の引き立て役にもされました。孫呉の初代皇帝となる孫権しかり、周瑜しかり、魯粛しかり、みな道化役として徹底的にコケにされています。このことから演義の作者・羅貫中は孫呉が嫌いだったと言う研究者もいますが、どうでしょうか。

そもそも演義以前の物語において、孫呉はもっと露骨な道化役でした。たとえば、孫堅は口ばかりで武勇はからっきし、張飛にやりこめられて赤っ恥をかくという役回りです。それに比べれば演義の孫堅は、扱いはともかく彼個人は勇猛なる名将とされていますから、まだマシではないでしょうか。

三国志図解

三国における正統性と志向の違い

三国時代は曹魏、蜀漢、孫呉という三国に分かれて天下を争った時代だが、積極的に覇を競ったのは曹魏と蜀漢で、孫呉は双方とつかず離れず、第三極として動き続けた。

曹魏

正統性　後漢最後の皇帝・献帝からの禅譲を受ける。

志向　天下の中心である中原を支配。

蜀漢

正統性　劉氏の末裔として漢の再興を目指す。

志向　中央志向で、中原回復を目指す。

孫呉

正統性　明確な正統性を持たない。

志向　中央志向は薄く、自勢力の維持に努める。

督郵を鞭打つ

中平二（185）年

演義の張飛は劉備の粗暴さを担う

桃園に誓いを結んだ劉備たちは、義勇兵を募って幽州太守劉焉のもとへ行き、各地の黄巾討伐に乗り出しました。北は幽州、南は荊州まで転戦する劉備たちの活躍はまさに八面六臂のごとし。潁川では妖術を操る地公将軍張宝を討ち破り、南陽では孫堅と共闘して黄巾残党を一網打尽にしました。しかし劉備たちは、黄巾と戦う中で、官軍の腐敗も目の当たりにします。恩師の盧植は無実の罪に問われ、董卓は劉備に命を救われたにも関わらず、正規の官軍ではない劉備たちを卑しんで侮辱しました。

そして、乱の収束後、黄巾平定に大きな功績を立てたはずの劉備ですが、後ろ盾を持たないため、なかなか恩賞をもらえません。十常侍にやっかい払いされるかたちでやっと得た官も、冀州安喜県の尉（軍事担当）という地方の下役人。それでも劉備は文句を言わずに着任し、善政を敷いたため、たちまち領

人物ファイル

盧植（？～192年）

字を子幹。幽州涿郡の出身。劉備や公孫瓚の学問の師にあたる。各地の乱の鎮圧に功績をあげるだけでなく、経学者（儒教経典の学者）としても卓越した文武両道の人物。黄巾の乱では、張角相手に優位に戦いつつも、視察に訪れた宦官に賄賂を贈らなかったために職を解かれた。

クローズアップ

正史に見る劉備たちの活躍

正史には黄巾の乱での劉備たちの活躍について、「先主（劉備）は配下を率いて校尉の鄒靖に従って黄巾賊を討伐し、安喜県尉に任命された」としか記録されない。上記のような黄巾平定における劉備の大々的な活躍は、すべて創作なのである。

民はその徳を慕うようになりました。

ところがある日、郡から督郵（監察官）が派遣されます。督郵は横柄に振る舞い、劉備が功績を偽っているとか皇族の名を騙っているとかと侮辱してきます。さらには賄賂を贈らなかったという理由で劉備の罪をでっち上げようとしたので、とうとう張飛の怒りが爆発します。

張飛は督郵を縛り上げると、柳の枝でめった打ち。仁徳深い劉備はあわてて張飛を止めますが、またしても官の腐敗を目の当たりにして怒りを感じていたのは劉備も同じです。**関羽の助言もあって劉備は、ここが自分のいるべき場所でないことを悟り、苦労の末に就いた官を捨てて出奔するのでした。**

なお、演義では張飛のしわざとなっている督郵への鞭打ちですが、**正史によれば督郵を打ったのはほかならぬ劉備自身です。**督郵に面会を拒まれたため、押し入って縛り上げ、杖で200回も打ちすえたとあります。無頼者の大親分らしい劉備像です。

演義は、劉備を仁君に描くため、督郵を打つ役割を張飛に移しました。このように演義全体を通して張飛は、劉備の力強く、ときに乱暴な側面を、仁者となった劉備に代わって担う役回りとなっています。

クローズアップ

莽の張飛の本領発揮

劉備に代わり大暴れする張飛だが、演義の原典である『平話』ではもっとすさまじい。『平話』では、劉備を侮辱するのは定州太守の元嶠という上役で、激怒した張飛は太守の屋敷に忍び込んで元嶠のほか、兵士20人を殺害する。さらにその捜査に現れた督郵が無実の劉備を引っ立てようとすると、またしても張飛は激怒。督郵を縛り上げて殺し、首と手足をバラバラにして門に吊るした、とある。

これを見ると、演義がいかに正史に寄せて書いたかがよくわかる。『平話』の張飛は明らかにやりすぎである。

ただし、このような張飛こそ民衆が求めた英雄の姿だった。『平話』を受容したのは、知識人ではない一般庶民である。全編を通して大暴れし、権力者を暴力ひとつで成敗する張飛に、庶民たちは喝采を送ったのだろう。

『平話』は演義に比べるとあまりに荒唐無稽で、物語の完成度としてはおおいに劣る。しかし、粗雑であるがゆえに、読み手の想いがありありと映し出される。『平話』ならではの魅力である。

第三話 暴君董卓
霊帝が崩御すると劉弁を支持する外戚と劉協を支持する宦官との間で後継者争いが起こる
何進大将軍!! 各地の群雄を招集し宦官どもを駆逐しましょうぞ!!
袁紹め 血に飢えた群雄どもを都に呼び寄せてしまうぞ……!
袁紹
弁皇子
協皇子
曹操
の外戚
何進・何皇后
宦官
十常侍
劉弁が少帝として即位したものの何進は十常侍に暗殺される
さらにその報復で十常侍も虐殺され…
十常侍虐殺
何進暗殺
混乱の中で行方不明となった少帝と劉協を保護したのは…
皇帝陛下に協皇子! この混乱、私が鎮めて見せましょう…!

そして…
この董卓が!! 皇帝の保護者になろうじゃねえか!!
并州刺史
董卓
董卓は二人を保護すると軍を率いて宮中に乱入
さらに少帝を廃位し劉協を皇帝にしようと画策する
董卓! 何度言えばわかるのだ! 臣下の分際をわきまえよ!
少帝はアホだ! 賢い劉協を皇帝にするべきだろォ!?
執金吾
丁原

ザリ
ぐぐっ…
その蛮行許せぬ!!
丁原と我が養子！
絶大の腕力!!
弓馬に優れし
中華最強の戦士!!
飛将呂布が
いる限りは…ッ!!
カッ
丁原の養子
呂布
残念だったなぁ
丁原…ご自慢の
呂布はすでに…
この董卓の
配下に迎えて
いたのだ!!
ゴトッ…
ポタ…ポタ…
あの丁原という男
排除したいが
養子の呂布が強すぎる
じゅるり…
…なんとか
ワシの部下に
できぬものか…!!
呂布殿ほどの
戦士は
優れた主の下で
働くべきだ!!
そうすれば
金も女も
望むがままですぞ!!
あの馬良いな！
赤兎馬
董卓軍軍師
李儒
呂布を養子とした
董卓は強大な軍事力で
宮中を完全制圧
劉協を即位させて
献帝とし独裁を
開始したのである
献帝

暴君董卓を生んだ袁紹の愚策

霊帝には、**劉弁**と**劉協**という二人の皇子がいました。劉弁は何皇后が生んだ嫡子で、外戚である大将軍何進や袁紹たち士大夫がバックにいます。しかし、愚鈍でした。対する劉協は幼くして聡明で、霊帝も後継者に考えており、董太后（霊帝の母）や十常侍も支持していました。朝廷はまたも外戚＆士大夫と皇帝＆宦官で二分されたのです。

その後、霊帝が崩御すると、何進たちは劉弁（少帝）を即位させて実権を握り、劉協派の董太后や宦官を粛清します。しかし、十常侍はたくみに何皇后（何太后）に取り入って難を逃れました。袁紹は何進の手ぬるさを批判しますが、優柔不断な何進は宦官の皆殺しにまでは踏み切れません。

あくまで宦官一掃にこだわる袁紹は、何進に決心させるため、地方の諸侯を味方にして朝廷に呼びよせる策を勧めます。

これが愚策でした。盧植や曹操らは、かえってより大きな混乱

人物ファイル

何進（?～189年）

字を遂高。荊州南陽郡の出身。もとは屠殺業（家畜をほふって食肉にする仕事）を生業としていたが、後宮に入れた妹（何皇后）が霊帝の寵愛を受けたことで外戚として出世する。後漢では、皇后は特定の名門から輩出されるのが通例で、何進のような低い出自の外戚は異例であった。

人物ファイル

董卓（139～192年）

字を仲穎。涼州隴西郡の出身。武芸に優れ、西の異民族である羌族と親しく交わった。中央の混乱に乗じて朝廷を掌握し、相国に就いて暴政を敷いた。袁紹たちが挙兵すると、洛陽を焼き払って長安に遷都し、ますます暴虐の限りを尽くした。最期は王允に誅殺された。

を招くと忠告しますが、何進と袁紹は聞く耳を持ちません。

一方、進退きわまったのは十常侍です。身の危険を察した彼らは、先手を打って何進をだまし討ちにしてしまいます。何進は、その慎重さゆえに自滅したといえます。

当然、何進を殺された袁紹たちは反撃に出ます。兵を率いて宮中に押し入り、宦官を皆殺しにしたのです。宮中は混乱の極みに達しました。

この混乱に乗じて現れたのが西涼（せいりょう）の実力者・董卓（とうたく）です。董卓は袁紹の策で何進に呼び出された諸侯の一人でした。**董卓は少帝と劉協を保護すると、強大な武力を背景に朝廷を制圧します。**曹操たちの恐れたことが現実になったのです。

董卓は迅速（じんそく）でした。亡き何進の軍勢を吸収して武力を強めると、少帝の廃位と劉協の即位を断行しようとします。皇帝廃立（はいりつ）は国家の大事ですから百官は反発しますが、董卓が武力をちらつかせればどうしようもありません。董卓に毅然（きぜん）と反抗したのは、**呂布**（りょふ）を養子とする丁原（ていげん）ただ一人。しかし、その呂布が董卓の工作で丁原を裏切ると、もう誰にも董卓を止められません。

こうして全権力を掌握した董卓は劉協（献帝（けんてい））を即位させ、さらに少帝を殺害。後漢は、ここに事実上滅亡するのです。

三国志図解

霊帝の後継者をめぐって争う外戚と宦官

後漢の腐敗を招いた外戚と宦官による権力争いだが、霊帝の時代にはその後継者争いという要素も加わり、混乱の極みに達した。最後は外戚と宦官の共倒れから、董卓の台頭を許す結果となった。

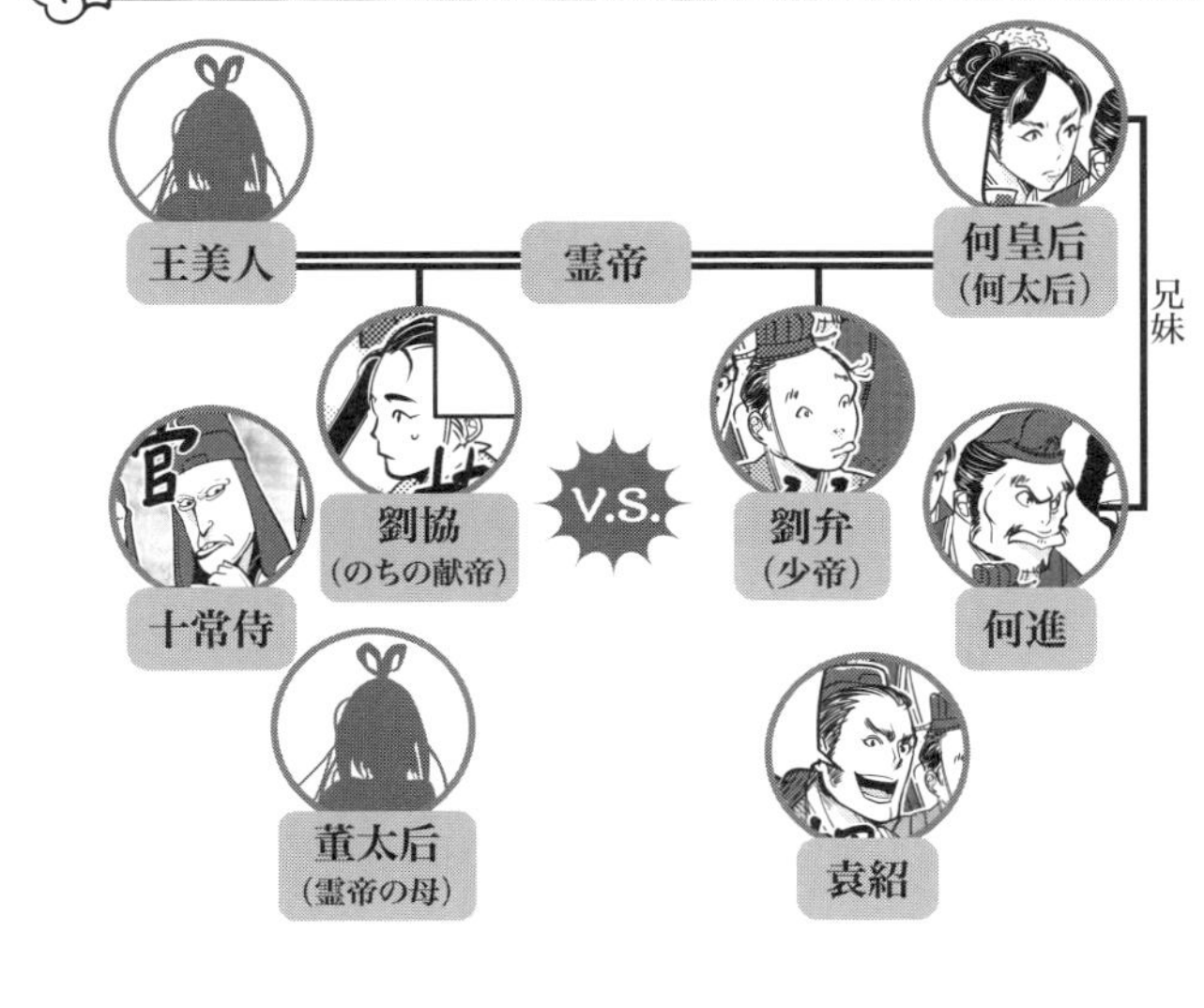

飛将呂布　中平六（189）年

呂布は強いだけでなく、美しかった！

演義／第三回

呂布は字を奉先といい、并州五原郡九原県という、現在の内モンゴル自治区に含まれる地域の出身です。

古来、繰り返し中華をおびやかした匈奴などがそうであるように、北方の騎馬民族は精強で知られました。呂布もおそらくそうした文化を濃く受けて育ったのでしょう。正史には、呂布は並はずれた腕力を持ち、馬術と弓技を得意としたことから、「飛将」と称されたとあります。また、呂布が名馬赤兎を駆る雄姿を見て、当時の人は**「人中に呂布あり、馬中に赤兎あり」**と語ったといいます。

演義でも、その強さはいかんなく発揮されています。虎牢関で劉備三兄弟を相手にして互角以上に戦ったり、曹操配下の許褚や典韋たちに6人がかりで挑まれたりしたほどです。**武力でいえば、呂布は間違いなく三国志で最強の武将でしょう。しかも、呂布は強いだけでなく、美しいのです。**

人物ファイル

李儒（?〜?）

廃された劉弁（少帝）の側近で、その毒殺に関与した。演義では大きく設定を変更して、董卓の娘婿にして、その知恵袋として登場。的確な献策で董卓の暴虐を支えた。董卓死後、骨の髄まで恨みを抱く民衆に喰い殺されるという凄惨な最期をとげた。

クローズアップ

赤兎馬ってどんな馬？

史書に名前まで残す名馬は、そう多くない。呂布の赤兎は、その代表である。演義での赤兎は、全身は燃える炭のような赤毛で、日に千里を駆けるとされる。大宛（現在のウズベキスタン）の汗血馬のイメージを踏まえたのだろう。のちに曹操から関羽に贈られ、関羽死後は呉の潘璋のものとなったが、赤兎はエサを食べず、餓死して関羽に殉じた。

「身の丈は一丈、腰回りは十囲、弓技・馬術に熟達し、眉目秀麗である」（演義第三回）

「呂布は束髪金冠を戴き、百花を縫った戦袍を羽織り、唐獅子模様の鎧を着け、獅子をあしらった玉帯を締め、奔馬に跨り、手には方天画戟。そのさまはまさしく天神のようであった」（演義第三回）。

呂布の威風堂々たる様子が描かれるとともに、それが「眉目秀麗」で「天神のよう」であったとされています。関羽や張飛など、ほかの豪傑にはない描写です。

この呂布の美しさは、おそらく美女連環の計（↓66ページ）に関係するのでしょう。呂布と貂蝉との関係は、たとえかりそめのものであっても、男だらけの三国志では貴重な男女の悲恋です。絶世の美女とされた貂蝉にふさわしいように、呂布も美化されたのだと考えられます。

美丈夫としての呂布のイメージは、日本ではあまり広まっていないようですが、中国では今でも根強く残っています。2004年に製作されたドラマ『三国志 Three Kingdoms』で呂布を演じたのは、見事な肉体美を披露したイケメン俳優ピーター・ホー（何潤東）でした。

三国志図解

「鳳儀亭の密会」に見る美丈夫・呂布

左は演義の「美女連環の計」の挿絵で、呂布が董卓に隠れて貂蝉と会っていた鳳儀亭の密会を描いたもの。この挿絵のように、ほとんどの場合、呂布には髭が描かれない。

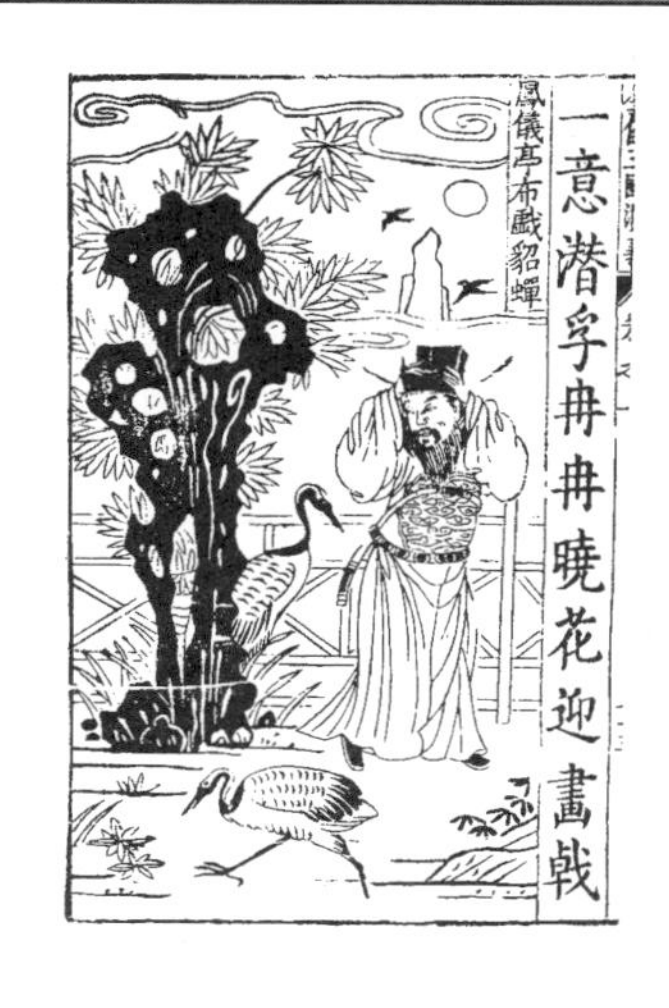

酒池肉林じゃあ
金と女を
差し出せぃ!!
董卓……!
私欲に走る巨悪!!
董卓暗殺は不首尾に
終わったが必ず
挽回してやる!!
董卓暗殺に失敗し
都を脱した曹操は
陳宮の助けを受け
故郷に向かう
第四話
呂伯奢殺害事件
貴公の志に
感じ入り申した!
同志にしてくだされ
陳宮
うむっ!
呂伯奢
よう来られた
その途中
旧知の呂伯奢に
かくまってもらった
だが呂伯奢が
外出すると――
なんと…!?
刃を研ぐ音が
聞こえる…呂伯奢め
殺られる前に…殺る!!
チャン
曹操殿!宴の用意が
してありますぞ!!
我らは勘違いで
この者たちを
殺してしまった…!
ぎゃああああ
…ならば呂伯奢も
殺さねばならぬ
なっなぜ…!?
罪を重ねる……!?
呂伯奢は家人を
殺されたと知れば
我らに追っ手を
仕向けてこよう
こんなところで俺は
死ぬわけにはいかぬ!!
大志のためには
犠牲もいとわぬとは…!
雄なれど奸!
ついてはいけぬ…
曹操は戻って来た
呂伯奢をも手にかけ
逃亡したのである
ククク

呂伯奢殺害事件　中平六（189）年

露わにされる曹操の奸絶ぶり

演義／第四回

董卓暗殺に失敗し、逃亡した曹操はかくまい、もてなそうとしてくれた呂伯奢とその家人たちを殺害します。家人たちこそ早とちりでしたが、呂伯奢は故意に殺しています。さらに驚く陳宮に対し、曹操は**「私が天下の人に背こうとも、天下の人に背かせはしない」**と言い放ったのです。曹操の本性を知った陳宮は、曹操のもとを去りました。

呂伯奢一家の殺害は、曹操の奸雄としての本性が明らかにされる重要な場面です。これまでの曹操は、一貫して「能臣」として描かれていました。それがこの場面で初めて、己のような優れた人物が生き残るためには、罪なき恩人をも平然と殺害する本性が露わになるのです。

毛宗崗も、この曹操の所業を「悪の極み」と批判しています。ただし、曹操の悪のスケールが常識の範囲を超えていることも指摘しています。まさに曹操の「奸絶」たる所以です。

呂伯奢殺害事件の真相は？

呂伯奢殺害事件には、次の3つの異説がある。のちの時代になるほど、話に尾ひれがついていくのがわかる。演義は『異同雑語』の記録を採用し、曹操が呂伯奢を故意に殺す脚色を加えた。

三国志図解

①『魏書』／曹魏の王沈
呂伯奢の子どもたちが曹操の馬や荷物を奪おうとしたので殺した。

②『魏晋世語』／西晋の郭頒
家人の様子に疑心暗鬼になった曹操が子ども ら8人を殺した。

③『異同雑語』／東晋の孫盛
食器の音を聞き、はかられたと勘違いした曹操が子どもらを殺し、「私が他人に裏切られようとも、他人に私を裏切らせはしない」と言った。

▼

『三国志演義』
『異同雑語』をベースに呂伯奢の殺害を脚色し、さらに第三者として陳宮の存在を加えることで、曹操の残虐性を強調した。

COLUMN 3

三国時代の英雄たちが操る魅力的な武器

演義には、その英雄を象徴するさまざまな武器が登場する。実在したものもあれば、物語の中で創作されたものもある。

双股剣（劉備）

劉備が使う二振一対の剣。双剣は女傑の武器と相場が決まっており、劉備の女性性を示す1つと言える。主役が女性性を帯びるのは白話小説の典型。日本のドラマで女性が三蔵法師を演じることは、理由のないことではない。

青龍偃月刀（関羽）

演義では、冷艶鋸と名づけられた大刀。日本の薙刀に近いが、重さ82斤（約50キログラム）もあり、演義でもっとも重い武器である。関羽を象徴する武器で、関帝廟の周倉像がこれを持って侍ることでも知られる。『水滸伝』には、魯智深が100斤の禅杖を打たせようとして、「関王様（関羽）の刀だって82斤なのだから」とたしなめられる場面がある。関羽が三国志を超えて、敬愛されていることがわかる。

蛇矛（張飛）

丈八蛇矛、丈八点鋼矛とも呼ば

れ、長さは一丈八尺（約6メートル）。これは通常の長柄武器の倍近い。刃の部分が蛇行した形状なのは、蛇の字に引きずられた後世の創作。

方天画戟（呂布）

戟は矛と戈とを組み合わせた形状で、刺すことも薙ぐこともできる理想の馬上武器。『水滸伝』で呂布をモデルにする好漢の呂方が方天戟を持つように、呂布を象徴する武器と言える。

青釭（趙雲）

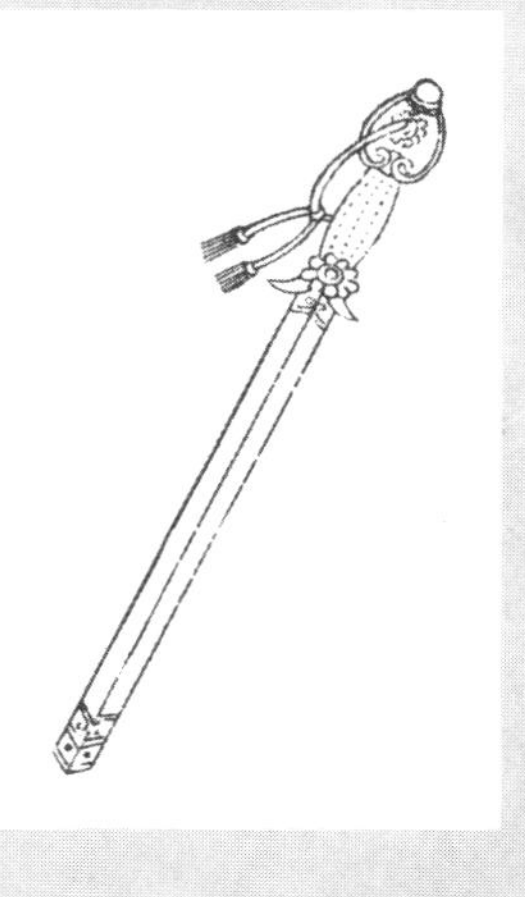

趙雲が長坂坡で敵将夏侯恩から得た諸刃の剣。鉄を泥のように斬る宝剣とされる。普段の趙雲は槍を愛用するが、演義中で二度、いずれも阿斗（劉備の子）が関係する場面でこの青釭を使っている。つまり、阿斗という未来の天子の神秘性を象徴するアイテムなのである。

双戟（典韋）

典韋は重さ80斤の双戟を使う。これまでの武器が演義の虚構であるのに対し、これは正史に記録がある。三国時代の80斤は約18キログラムになり、尋常の重さではない。演義では、宛城の戦いで双戟を奪われた典韋は、なんと敵兵の体を双戟の代わりにして奮闘する（右の写真）。

陳宮に去られた曹操は一人で郷里に帰った
第五話
反董卓連合
ガカッ
諸侯を結集し董卓を討つ…！
曹操は父に頼み挙兵のための兵を募った
どうかお力をお貸しください
何かやらかすとは思ったが董卓退治とはな…
好きになさい
曹操の父
曹嵩
「董卓討つべし」!!立てよ群雄!!
夏侯惇
李典
曹洪
「反董卓連合」を結成するのだ!!
曹操は諸侯に檄文を飛ばし自らも挙兵
楽進
曹仁
夏侯淵
そして「四世三公」の名門出身である袁紹が連合軍の盟主となる
袁紹
黄蓋
韓当
おいテメェら!!魔王董卓をぶっ飛ばしに行こうぜ!!
黄巾討伐で名を挙げた孫堅など十七諸侯が「反董卓連合」に参加
程普
孫堅軍
その中には公孫瓚のもとに身を寄せていた劉備一党の姿もあった
公孫瓚と劉備一党
よっしゃあ漢室の危機だ!!気合入れてこうぜ！

「反董卓連合軍」は
洛陽に向けて進軍
汜水関の守将華雄と
対峙した
汜水関
反董卓連合軍
先鋒の孫堅は精兵を率い
初戦は勝利を
収めるものの…
守将
華雄
虎の用兵！とくと
味わうがよい!!
兵糧担当の袁術から
食料が届かず
空腹となった
孫堅軍は華雄に
蹴散らされてしまう
スマンスマン
手違いがあってなぁ
後将軍
袁術
我らの手柄を
妬んでわざと兵糧を
送らなかったな!!
おのれ
いつか吠え面
かかせてやるァ!!
ガルル…!!
反董卓連合の
武将が華雄に
次々と討たれた…
そのとき！
なんだ
コイツら
華雄一人に
ビビってるたぁ
情けねぇ!!
俺の義弟!! 関雲長が
華雄を討ち取って
ご覧に入れやしょう!!
関羽
寒いから
出撃前に熱い酒を
飲んでいくがよい
スッ…
華雄を討ち取った
あとに頂戴しましょう
ガカカ
ガカカッ
むっ 華雄様が
返り討ちにして…
ガカカ
ガカカカッ

ザザ
ガ…
ガッ…
ザン
なんと! 酒が冷えぬうちに討ち取ったぞ⁉
しかし関羽は袁紹ら諸将から「まぐれだ」とあなどられた
気にするな関羽! しかし関羽はもちろん
その豪傑を従えているキミもすごい男だ! 覚えておくぞ劉備!
俺は無視か⁉
汜水関を突破した反董卓連合は虎牢関に向かうがそこには…
りょ呂布だぁ!! 呂布が出たぞーッ!!
虎牢関の戦い
あんなバケモノにかなうわけがねぇ!!
呂布は鬼神のごとく暴れ回り反董卓連合は…
ギャァーー
名のある武将も次々と討ち取られていった…
ガッ
ガッカ!!
ははッ白馬将軍⁉ 凡愚が大層な名前じゃないか⁉
公孫瓚殿が危ねぇ!! 雲長!! 翼徳!!
助太刀に参る
オオオオ
ガカ

ゴ――ッ
おいおい
三人がかりかよ
ダセェ真似しやがって
三人ともその素っ首
跳ね飛ばして
くれるわ!!
ガギギッ
呂布といえど豪傑三人を
討つことはかなわず撤退
それを知った董卓は
退却を命じた
こうなっては
仕方ない
長安に遷都するぞ!!
金目の物を根こそぎ
奪ったら…洛陽に
火を放つのだ!!
洛陽炎上
追撃だ!!
復興が
先だ!!
洛陽に入城した
反董卓連合の諸侯は
積極策と慎重策で
対立してしまう
孫堅は洛陽に残り
その復興に
尽力した
曹操は深追いして
呂布に大敗したとか…
孫堅様!! 井戸から
すげぇモノが
見つかりました!!
おいおいこれぁ…
伝国の玉璽じゃねぇか…
皇帝になれと
いうことかッ!?
伝国の玉璽を発見した
孫堅は天命を確信
あやしむ諸将を
無視して帰国した

虎牢関で際立つ三兄弟の武勇

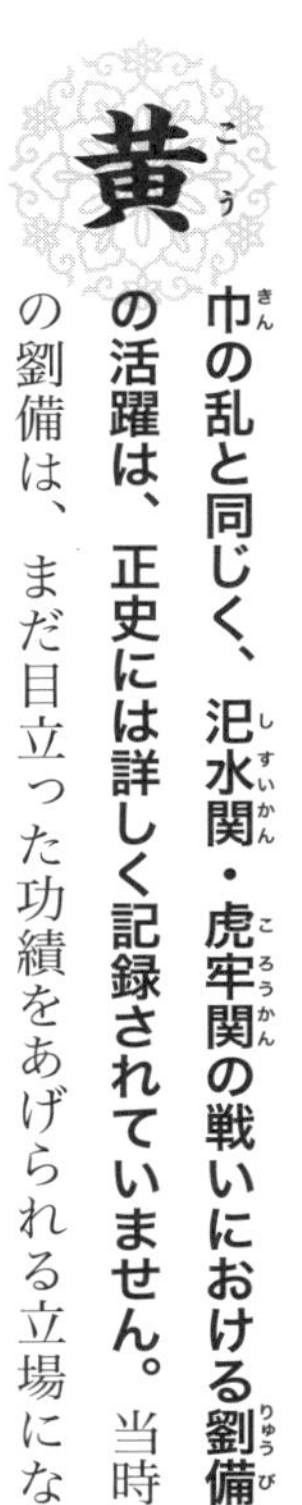

黄巾の乱と同じく、汜水関・虎牢関の戦いにおける劉備の活躍は、正史には詳しく記録されていません。当時の劉備は、まだ目立った功績をあげられる立場になかったのです。しかし、この大戦に物語の主役が不在というわけにはいきませんから、演義は大胆な虚構でその晴れ舞台を用意します。

最初の活躍は、汜水関での華雄との戦いです。虎とも称された孫堅を撃退し、さらに差し向けられた連合軍の猛将を次々と斬る華雄に、諸侯は恐れおののきます。

そこへ、さっそうと名乗りを上げたのは関羽。**連合軍の諸侯は馬弓手（下級武官）にすぎない関羽をあなどりますが、それを尻目に関羽はわずか一刀で華雄の首級を挙げてみせます。**出陣前に用意された燗酒は、まだ温かいままでした。

ここで興味深いのは、曹操の立ち位置です。曹操だけは燗酒

人物ファイル

袁術（?～199年）

字を公路。袁紹の異母弟（従兄弟とも）。名門袁氏の出身で、若い頃は侠気があることで知られた。群雄割拠の初期に、袁紹と並ぶ大勢力を築く。しかし皇帝を僭称したことで周囲の支持を失い、最期は曹操・劉備軍に滅ぼされた。その残存勢力の多くは孫策に吸収された。

クローズアップ

正史では連合軍に参加しない四諸侯

左図の十七諸侯の顔触れはほぼ正史のとおりだが、この中で馬騰・公孫瓚・陶謙・孔融が参加することは演義の虚構である。演義では、この四諸侯はいずれも劉備の盟友として登場するため、それにふさわしいよう反董卓＝漢の忠臣という人物像を与えたのだろう。

を用意して関羽の出陣を祝い、また関羽が功を立てれば、陣中に見舞いを届けさせて劉備たちを労いました。のちのちまで続く関羽と曹操の奇縁は、このときに始まります。

続く虎牢関の戦いでは、いよいよ呂布（りょふ）が出陣します。天下無双の呂布は、華雄より数段上の猛将です。その呂布に、今度は劉備三兄弟が全員で相手をします。三兄弟と同時に戦い、なおしのぐ呂布の武はもはや人外の域です。虎牢関の戦いは、演義の中で呂布の強さがもっともしっかり描かれる場面です。

ただし、この場面の主眼は、呂布の強さではありません。**演義にとって重要なのは、主役である劉備三兄弟の勇です。呂布の強さを誇張して盛り上げることで、それすら退けた三兄弟の勇ましさを強調しているのです。**

また、この場面には演劇時代の名残とも言うべき手法が見られます。４人がそれぞれ特徴的な武器（→52ページ）で戦うことは、その１つです。登場人物に視覚的にもはっきりとした特徴を備えさせていることは、この物語がもともとは舞台上で観客に見せることを意識していた名残でしょう。演義が、演劇や講談を集約するかたちで成立したことをうかがわせます。

三国志マップ

反董卓連合に参加した十七諸侯（演義）

演義で、曹操の檄に応じて集まったのは左の17人の諸侯たち。ほとんど太守クラスで、これから物語の中心を担っていく人物が多く含まれる。劉備三兄弟は、縁故のある公孫瓚のもとで連合軍に加わった。

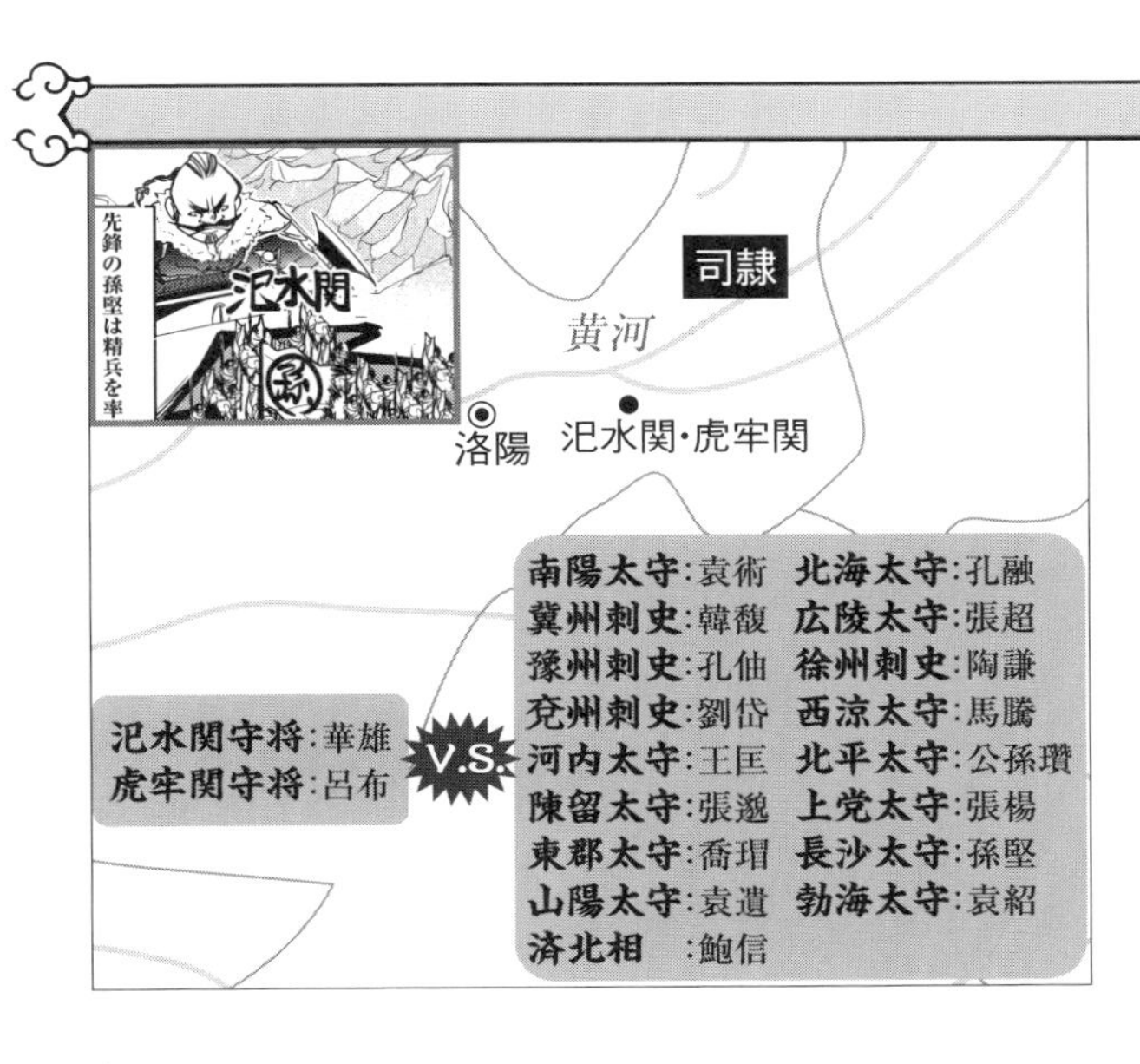

盤河の戦い

初平二～三（191～192）年

忠臣趙雲との出会いと別れ

演義／第六～第七回

董卓を洛陽から追い払った諸侯ですが、次第にその連合にヒビが入り始めます。結局、どの諸侯も董卓を討つことよりも自分の利益が第一なのです。

そうした連合の様子に失望した曹操は、単独で董卓軍を追撃して大敗。洛陽の再興に尽くしていた孫堅はひそかに**伝国の玉璽**を得ると、逃げるように本拠に帰ります。こうして反董卓連合は崩壊し、ほかの諸侯も自領に戻り、各地で自立しました。**群雄割拠の時代の始まり**です。

中でももっとも大きな勢力を築いたのが、淮南を支配した袁術と河北を支配した袁紹です。

袁紹は反董卓連合に参加していた冀州牧の韓馥をだまし、その地位を奪い取りました。さらに、その過程で交わした幽州の公孫瓚との約束を守らなかったため、公孫瓚の怒りを買い、両者は盤河を挟んで開戦することになります。

人物ファイル

公孫瓚（?～199年）
字を伯珪。幽州遼西郡の出身。北方の異民族である烏丸との戦いで活躍した将軍。烏丸との戦いではいつも白馬にまたがり、さらに騎射を得意とする精兵を選りすぐって、これを白馬義従と名づけて敵を恐れさせた。劉備とは、ともに盧植のもとで学んだ同窓。

人物ファイル

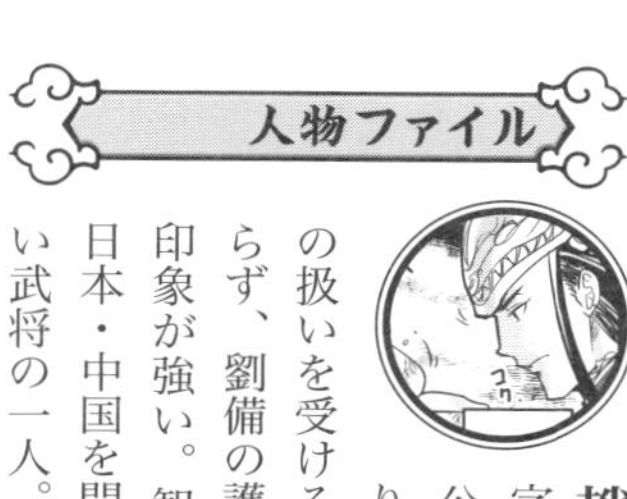

趙雲（?～229年）
字を子龍。冀州常山郡の出身。公孫瓚の滅亡後、劉備の武将となり、関羽・張飛とともに兄弟同然の扱いを受ける。戦場での華々しい活躍のみならず、劉備の護衛を任されるなど、親衛隊長の印象が強い。智勇を兼ね備える完璧の武人で、日本・中国を問わず三国志でもっとも人気が高い武将の一人。

公孫瓚は精強な騎兵を持ち、白馬将軍の異名をとるほどでしたが、袁紹軍の強さはその上をいきました。二枚看板の**顔良・文醜**の前に公孫瓚軍は危機に陥ります。そこへ突如現れた一人の若武者が公孫瓚のピンチを救いました。趙雲です。趙雲はもともと袁紹の武将でしたが、袁紹の不義を見て公孫瓚のもとに馳せ参じたのです。さらに劉備が関羽と張飛を引き連れて、かつての学友である公孫瓚を助けに来たことで戦局は硬直します。しかし、戦いはあっけなく、董卓の仲裁というかたちで終わりました。

趙雲は、公孫瓚もしょせん袁紹と同じで、私欲にとらわれた人物だと知り、幻滅します。対して、戦いの中で意気投合した劉備たちに惹かれます。それでも、忠義を重んじる趙雲は一度忠誠を誓った公孫瓚のもとを離れるつもりはなく、名残りを惜しみつつ劉備と別れました。劉備もまた趙雲の人柄を敬愛していたので、涙にくれつつも、いつの日かまた見える日があるだろうと告げて、公孫瓚のもとに趙雲をとどまらせました。

趙雲はこののち、公孫瓚が袁紹に滅ぼされるまで仕え続けます。趙雲がふたたび劉備のもとに現れ、その忠臣になるのはこの9年後、官渡の戦いのときのことです。

三国志マップ

盤河を挟んで対峙する袁紹と公孫瓚

袁紹は韓馥から冀州を奪うため、公孫瓚と「一緒に冀州を攻めて、その土地を折半しよう」と約束する。しかし、冀州を得たあと、その約束を守らなかったため、公孫瓚の怒りを買い、対立することになった。

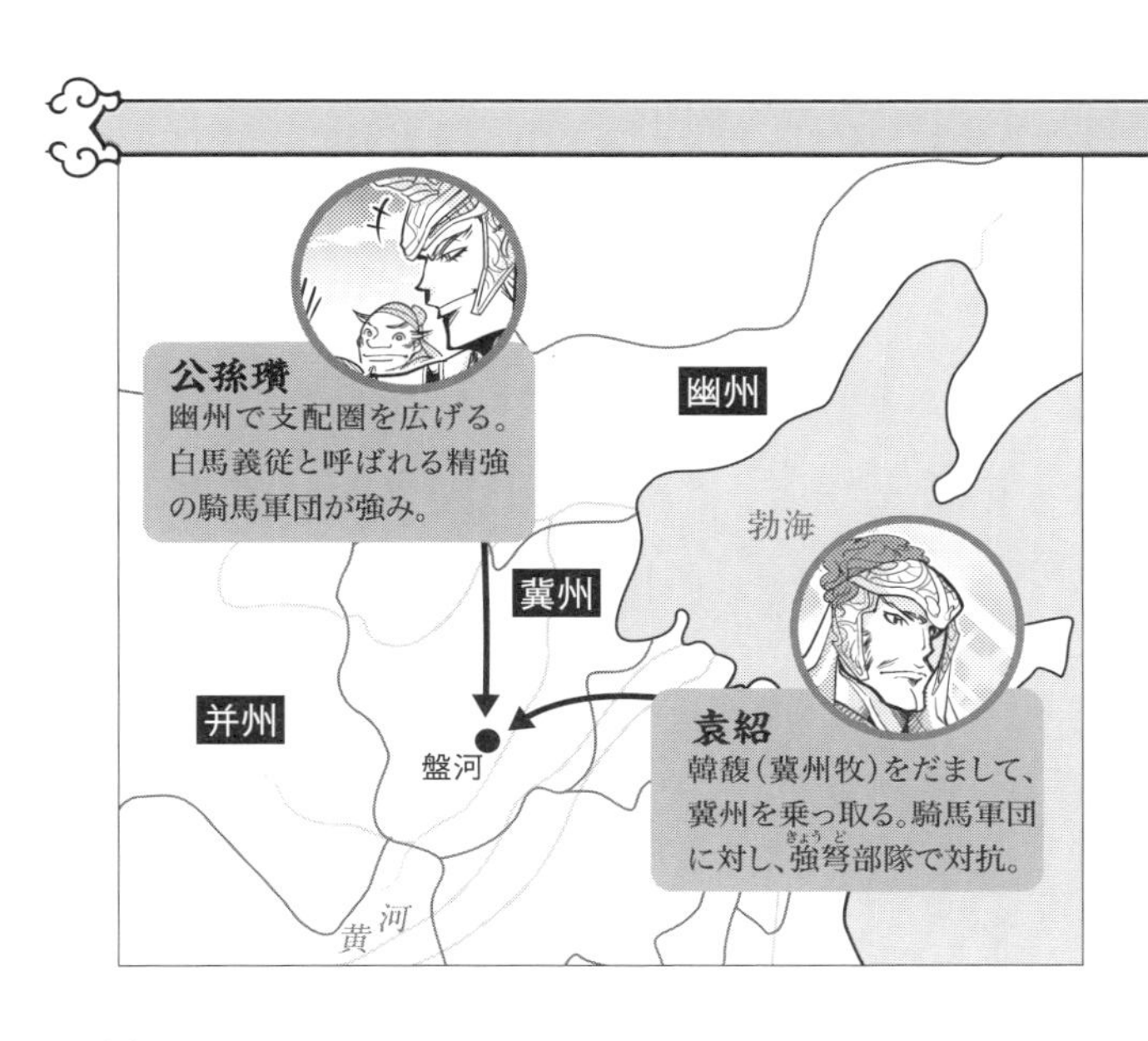

公孫瓚
幽州で支配圏を広げる。白馬義従と呼ばれる精強の騎馬軍団が強み。
幽州
勃海
冀州
并州
盤河
袁紹
韓馥（冀州牧）をだまして、冀州を乗っ取る。騎馬軍団に対し、強弩部隊で対抗。
黄河

COLUMN 4

後漢・三国時代の軍事制度を知る

世が乱れた後漢末・三国時代では、軍隊のあり方が重要になる。都督制は、そうした時代に生まれた新しい軍事体制だった。

さまざまある後漢の将軍号

漢の軍隊は、将軍・中郎将・校尉・都尉・司馬によって指揮された。将軍の最高位は大将軍であり、これは中央行政の最高権力者が就くことが多かった。後漢では、時の外戚が任じられることが慣例とされた。その下には、驃騎将軍・車騎将軍・衛将軍、左将軍・右将軍・前将軍・後将軍と続く。

将軍には自分の府（役所）を開き、そこに属する官吏を任命する権限があった。たとえば、曹操の幕下に加わった当初の荀彧は、奮武将軍であった曹操の司馬として仕えた。また、諸葛亮は署左将軍府事として、劉備の左将軍府を統括した。

方面司令官として創設された都督

さらに乱世が深まると、遠征する将軍により大きな権限が与えられるようになる。

将軍として指揮権に加え、「節鉞」という司令権（配下の軍へ直接命令する権限）、「都督」という軍政権（担当地域に軍事政府を置く権限）が与えられたのだ。そして自らの府を開き、方面軍司令官として遠征地に君臨した。こうした三国時代より始まる方面軍司令官のあり方を都督制度と呼ぶ。

都督の中には州牧を兼任する者も多かった。群雄の多くはこうした官職を兼ねることで、自らの支配権を得たのである。

後漢・三国時代の軍事制度

将軍として指揮権に加え、「節鉞」という司令権（配下の軍へ直接命令する権限）、「都督」という軍政権（担当地域に軍事政府を置く権限）が与えられたのだ。それらに加え、州牧も兼任して府を開き、方面軍司令官として遠征地に君臨した。

身分 高 → 低

すべての将軍職は非常設

将軍職	説明
大将軍	将軍の最高位。皇帝の外戚が就き、政治を仕切った。
驃騎将軍 車騎将軍 衛将軍	三公（28ページ）クラスの将軍。
左将軍 右将軍 前将軍 後将軍	九卿（28ページ）クラスの将軍。
撫軍将軍 中軍将軍 鎮軍将軍	君主の代理として各地に派遣される将軍。
四征将軍 四鎮将軍 四安将軍 四平将軍	方面司令官として遠征軍を率いることが多い将軍。
雑号将軍	その他の将軍号の総称。直属軍の指揮権のみを持ち、方面司令官に属して戦う将軍。
⋮	

妹が霊帝の皇后となったことで、外戚として大将軍となった何進。

将軍の下に位置する常設の武官

武官	説明
中郎将・校尉・都尉・司馬	黄巾の乱時に実質的な司令官であった皇甫嵩は中郎将だった。

節鉞

配下の軍へ直接命令する権限。

都督

担当地域に軍事政府を置く権限。

孫堅が玉璽を得た意味とは？

演義／第六～第七回

話を少し戻し、董卓が長安へ退いたあとのこと、洛陽に入った**孫堅**が都の復興作業をしているとき、ある井戸から**伝国の玉璽**を発見します。**秦の始皇帝以来、代々の皇帝に伝えられてきたという皇帝の証しです**。玉璽の入手を天命ととらえた孫堅は、すぐさま本拠地に帰って帝業を立てようとします。

しかし翌日、病気を理由に連合から離脱しようとした孫堅に対し、袁紹は「その病の原因はわかっているぞ」と言い放ちます。玉璽のことは袁紹にも知られていたのです。しかし孫堅はあくまでシラを切り、天に誓って**「もし私がそのような宝物を隠しているなら、私はいずれ刀と矢のもとで死ぬだろう」**と宣言。ほかの諸侯のとりなしでその場は収まりますが、孫堅は逃げるように洛陽を離れました。これに怒った袁紹が荊州牧の**劉表**に要請して孫堅の帰路をさえぎらせたので、孫堅はやっ

人物ファイル

劉表（142?～208年）
字を景升。兗州山陽郡の出身。劉備と同じく前漢景帝の末裔で、かつ清流官僚の流れをくむ名士として若い頃から名声があった。荊州牧として、20年も荊州を安定して治めた。劉表の病没は、河北を制覇した曹操の南下、ひいては赤壁の戦いの引き金となった。

クローズアップ

伝国の玉璽ってどんなもの？

皇帝の用いる玉製の印璽を玉璽という。孫堅が得たのは漢の皇帝の玉璽である。大きさは四寸四方で、つまみには五匹の龍が彫られ、印面には「受命於天、既寿永昌（命を天より受け、既に寿は永昌ならん）」と刻まれるとある。演義では、秦の始皇帝がつくらせ、高祖、王莽、光武帝と歴代の皇帝に伝えられてきたものとされる。

とのことで江東に帰ることになります。

孫堅が玉璽を手に入れたことは、正史の注に引かれる韋昭著の『呉書』に見えます。**『呉書』は呉を正統とする史書ですから、呉の正統性を示すために、孫堅が皇帝の証しである玉璽を入手した話を記したのでしょう。**しかし正史の注釈者である裴松之が批判するように、これでは孫堅が漢の宝物を奪い取った不忠者になり、かえって孫堅の名声を損なうことになります。

『呉書』に対し、**演義は呉を「僭国（勝手に皇帝を名乗る偽国家）」としていますから、この孫堅の「不忠」を格好の材料として物語にとり入れ、**さらに玉璽をめぐる孫堅と袁紹の争いと、孫堅が図らずも自らの死を予言する脚色を加えました。

はたして、連合の崩壊からほどなく、先の報復のために劉表を攻めた孫堅は、圧倒的優位に戦を進めながら、思わぬ罠にかかって横死します。37歳でした。江東の猛虎と謳われた巨星のあっけない最期でした。

孫堅の跡を継いだ長男の孫策は、このときはわずか17歳。父の軍団を維持できず、やむなく父の同盟相手であった袁術に身を寄せることになります。こうして江東の雄は、いったん物語から姿を消します。

三国志マップ

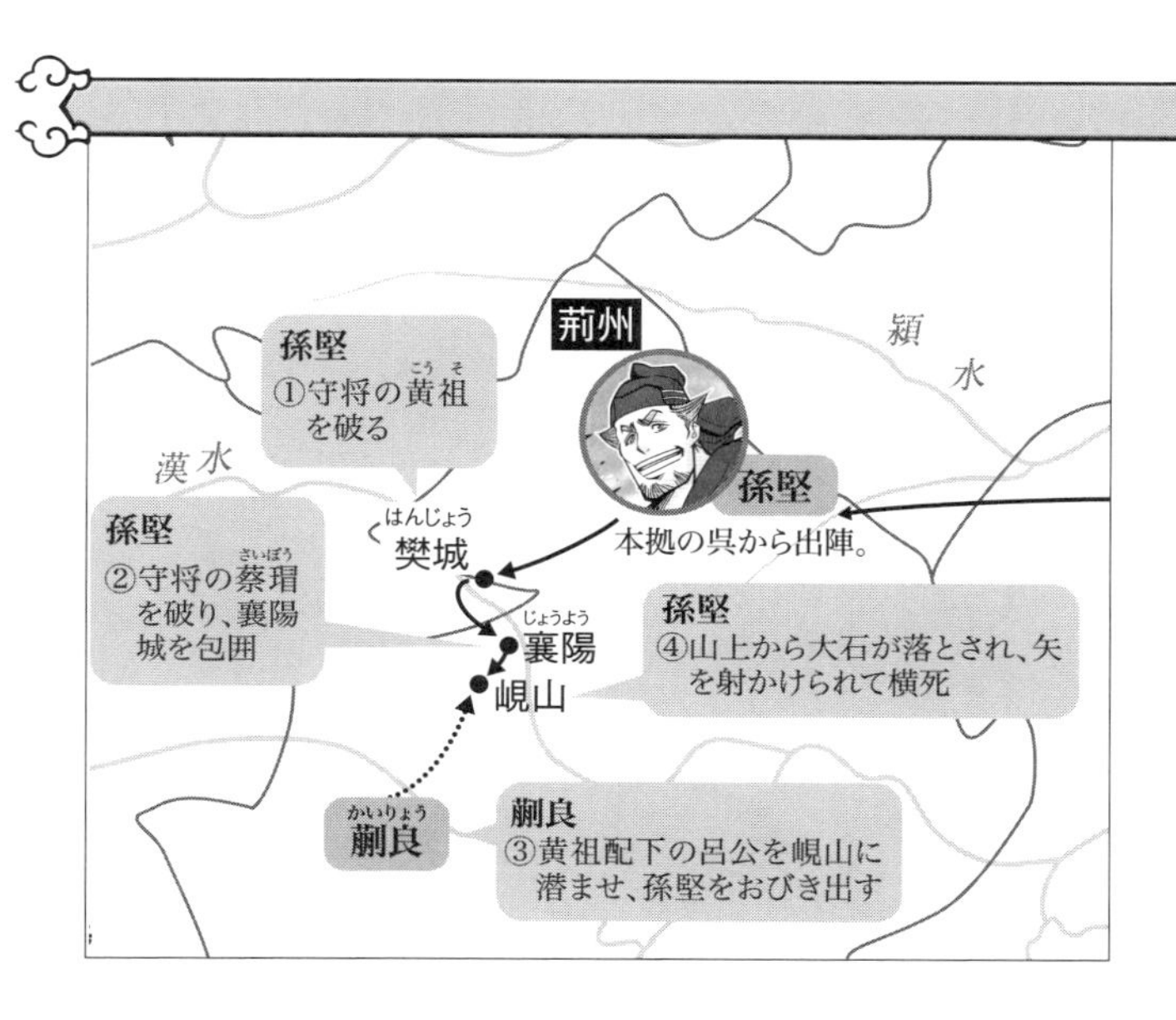
荊州
潁水
漢水
孫堅
①守将の黄祖を破る
孫堅
本拠の呉から出陣。
孫堅
②守将の蔡瑁を破り、襄陽城を包囲
樊城
襄陽
峴山
孫堅
④山上から大石が落とされ、矢を射かけられて横死
蒯良
蒯良
③黄祖配下の呂公を峴山に潜ませ、孫堅をおびき出す

劉表軍の罠にはまる孫堅

孫堅は洛陽からの帰路を襲われたことに報復すべく、荊州の劉表を攻めた。緒戦から連勝するが、敵将の策にはまって戦死。図らずも、袁紹に見得を切ったとおりの死に様となった。

第六話 美女連環の計
長安に遷都した董卓は暴政を行って人々を苦しめた
司徒 王允
どんな手を使ってでも董卓を誅殺せねば!!
漢室の未来のためだ! 呂布と董卓を仲たがいさせてくれ
父上のためなら何でもやりまする
これで身寄りのない私を育ててくれた義父に恩が返せる…
閉月美人 貂蝉
貂蝉殿…俺は貴女に惚れてしまったのだ
戦しか能のない男だが妻になってほしい…!
はい 謹んでお受けします
王允にこんな娘がおるとは
この董卓様の妾にしてやろう
ニヤリ
義父上!! 貂蝉を返してくれ
呂布…あきらめろ
「獣臭い呂布の妻にならなくてよかった」と——
いつもワシに…
それ以上! 豚臭い口を開くなぁああ!!
董卓を殺害した呂布は都から追放され貂蝉を連れて中原をさまようのであった

美女連環の計

初平三（192）年

貂蝉に見る演義の文学性

演義／第八～第九回

わずか16歳の**貂蝉**が**董卓**と**呂布**の二人を翻弄する**美女連環の計**は、演義きっての名場面です。貂蝉は2つの顔を使い分けて二人の対立をあおり、見事に呂布を裏切らせてみせました。**天下の諸侯の誰もが討てなかった暴君は、たった一人の美女のために滅ぼされたのです。**

ただし、貂蝉は実在の人物ではありません。呂布が董卓の侍女との密通の露見を恐れたという正史の記録をもとにした架空の人物です。貂蝉の物語は古く、『平話』や雑劇の時代には、すでに美女連環の計が存在しています。ただし、ストーリーは単純で、貂蝉は王允の計略に利用されるだけの存在です。

演義では董卓も呂布も狡猾であるため、その間をたくみに立ち回る貂蝉に大きなスポットがあてられます。貂蝉が両者を狂わせていく過程がていねいに描かれるところに、演義の洗練された文学性を見ることができます。

人物ファイル

王允（137～192年）

字を子師。幷州太原郡の出身。司徒。清流官僚を代表する剛毅の士。演義では、漢の破壊者たる董卓を討ったとして高く評価される。しかし最近の日本では董卓の人気が高いためか、王允は矮小な策謀家とされることが多い。漫画『蒼天航路』はその典型。

クローズアップ

蔡邕を処刑した王允

王允は、旧董卓一派をきびしく処罰した。その中には、後漢きっての大学者・蔡邕もいた。蔡邕は、漢の歴史を書き継ぐことで罪をつぐなうと誓い、百官もその才を惜しんで助命を嘆願する。しかし王允は、蔡邕を処刑。王允は、自分たちへの誹謗が後世に残されると言い、次第に支持を失っていった。

COLUMN 5

古代中国の社会通念を映し出す貂蝉

正史には登場しない貂蝉。彼女の姿には、単に計略に身を捧げた女性の悲哀だけでなく、古代中国を支配した儒教の価値観が映し出されている。

貂蝉は儒教の忠孝を体現している

儒教では女性の美しさは、色として否定的に見られる。傾城の美女と言うように、女性の美が君主をおぼれさせるためである。美女連環の計は、そうした色を戒める意味も持つ。

しかし一方で、演義は当の傾城の美女貂蝉をきわめて高く評価する。その理由は、貂蝉が連環の計に協力した動機にある。

貂蝉の行動は、自分を育てた養父王允への恩がえしであり、かつ漢を救う義挙でもあった。

儒教において、孝と忠は、もっとも重んじられる。貂蝉は、自分の身を犠牲にしてその孝と忠を実践したのである。

ただし貞節の問題は残る…

ただし貂蝉は、計略のためとはいえ、董卓と呂布という二人の男に通じる不貞を犯す。

近代日本人の吉川英治は、この貂蝉の貞節問題に悩んだ。そのためか、吉川の『三国志』では、貂蝉は美女連環の計のあと自害する。そうしなければ、貂蝉の貞節が説明できなかったのである。

しかし、演義は貂蝉の不貞を問題視しない。それが、歌妓（歌い舞う芸者）という貂蝉の身分に関係する。なお演義以前の貂蝉は、呂布の元妻と設定される。たしかにそのほうが、呂布が董卓に怒りを向ける理由がわかりやすい。

しかし貂蝉を呂布の妻としたならば、貂蝉は夫以外の男（董卓）に通じた不貞者になる。これに対し歌妓は、当時の社会通念として貞節の期待が小さく、複数の男に通じても、それは許容されうる不貞だった。演義は、貂蝉の立場を書きかえることによって、貂蝉に不貞との非難が及ばないようにしたのである。

孝、忠、貞、色。貂蝉は、当時の中国の社会通念が複雑に絡み合って生まれたキャラクターなのである。

儒教の価値観と貂蝉の設定

儒教の価値観

○ **孝**（父母や先祖に尽くすこと）
忠（主君や国家に尽くすこと）

⟷

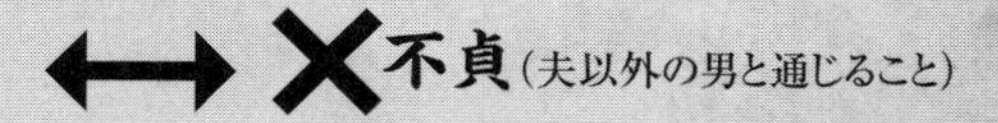

では、孝忠のために呂布と董卓に通じる不貞を犯した貂蝉は……？

［『三国志演義』以前の貂蝉］
もともと貂蝉は呂布の妻だった
→ 呂布が董卓に怒りを向ける理由は生まれるが、貂蝉は不貞の非難を受けてしまう！

［『三国志演義』の貂蝉］
貂蝉は歌妓である
→ 歌妓は貞節の期待が低いので、不貞の非難も回避できる。

［吉川英治『三国志』の貂蝉］
計略を果たしたあと、貂蝉は自害
→ 命を引き替えにしなければ、貂蝉の不貞は説明がつかなかった！

評価されない「もう1つの連環の計」

初平三～興平二（192～195）年

演義／第九～第十・第十三回

董卓亡きあと、政治を動かしたのは王允たち官僚でしたが、それも長くは続きませんでした。王允はあまりに厳格にすぎたため、やがて支持を失います。さらに長安城外にいた李傕や郭汜たち董卓軍の残党を一切ゆるさなかったことから、かえってその逆襲を招いてしまいます。たのみの呂布が李傕たちに敗れると、長安はあえなく陥落。**呂布は南に逃れ、王允は李傕たちに惨殺されました。**

政権を奪った李傕と郭汜の暴虐はかつての董卓以上で、何人もの重臣が殺害されました。太尉の楊彪は、一計を案じて李傕と郭汜を仲違いさせようとします。自分の妻を通じて、「郭汜が李傕の妻と浮気している」と郭汜の妻に吹き込んだのです。嫉妬深い郭汜の妻はすぐに信じ、夫を李傕のもとへ行かせないよう李傕からの贈り物に毒を仕込むなど、夫と李傕が対立するように仕組みます。こうして、両者は殺し合うほどに憎むよう

人物ファイル

李傕（?～198年）・**郭汜**（?～197年）

董卓生前は、ともにその一武将にすぎなかった。董卓が誅殺されると、李傕・郭汜は残兵を集めて長安を陥落させ、政権を奪取した。政治をほしいままにしたが、ほどなく自滅するかたちで政権は崩壊。最期はそれぞれ討死した。

クローズアップ

董卓の遺骸に向けられた怒り

董卓の遺骸は、長安の市場にさらされたが、あまりに肥満だったため、そのへそに灯心を刺して火をつけたところ、ろうそくのように燃えた。のちに李傕が董卓の木像を彫って埋葬しようとしたが、葬儀の最中に大雷雨が起こって木像はバラバラに砕けた。三度やり直したが、ついに葬ることはできなかった。董卓に対する天の怒りは、これほど強烈だったのだ。

になりました。しかし、むしろその策が利きすぎて、予想以上の泥沼の争いを引き起こしてします。

長安城下は大乱戦になり、多くの住民が略奪にあって殺されました。**李傕と郭汜は、献帝や百官を奪い合って人質にする始末。長安は完全な無政府状態に陥りました。**

ところでこの楊彪の計略は、女性によって権力者を対立させる点で、連環の計に似ています。しかし、招いた結果は正反対でした。毛宗崗はこれを「王允は婦人（貂蝉）を使って董卓・呂布を対立させ、楊彪もまた婦人（郭汜の妻）を使って李傕・郭汜を対立させた。同一の行為でありながら、王允は乱をやや平らげ、楊彪は乱をますます激しくした」と批評します。

楊彪の計略が失敗とされる理由は、郭汜の妻の嫉妬心を利用したためです。**女性の嫉妬は、明清時代の社会通念では非常に強く忌まれていました。妻が嫉妬をすれば、夫は妾をとることができず、家の存続が危ぶまれるためです。**中国では、家の断絶は祖先への最大の不孝とされます。そのため、嫉妬は女性がもっとも犯してはならない悪の1つとされたのです。演義はこうした社会通念を利用することで、物語に説得力を持たせるとともに、女性の悪を戒めました。

三国志図解

楊彪による「もう1つの連環の計」

楊彪は李傕と郭汜を仲違いさせるため、女の嫉妬を利用した「もう1つの連環の計」を企てる。しかし、結果はさらなる混乱を招いただけで、秩序を取り戻すことはできなかった。

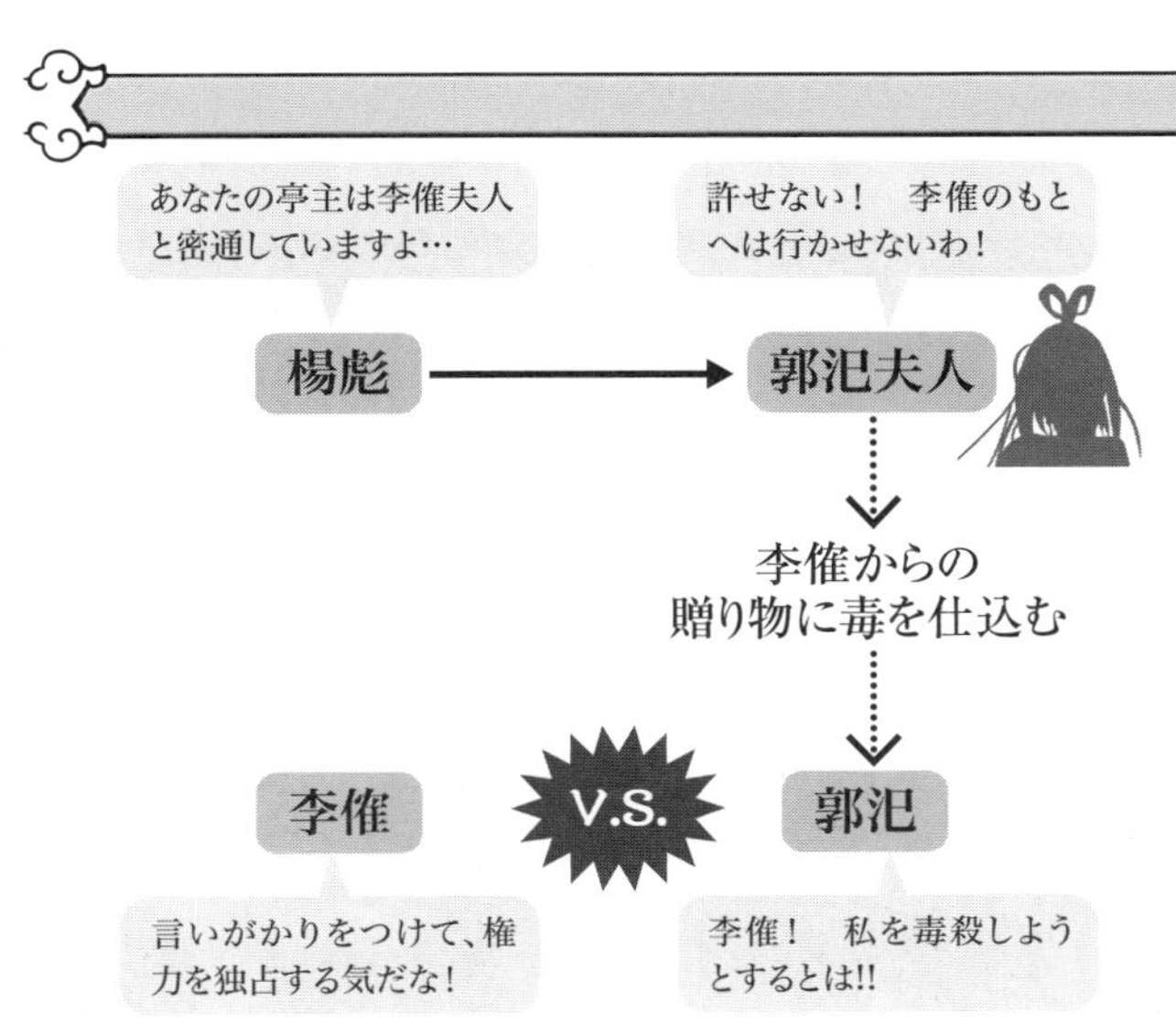

第二章

董卓の死後、
英雄たちは各地に散らばり、
独自の勢力を築き始める。
曹操は独自の政策で頭角を現し、
献帝を保護して崩れかけた
後漢に手を差し伸べる。
一方、劉備は仁徳を慕われ、
徐州の民の上に立った。
**群雄割拠時代の
始まりである。**

主な登場人物

劉備（りゅうび）

演義の主人公。曹操に攻められた陶謙を救うため、徐州を訪れる。陶謙の死後、民に求められ徐州牧となる。

曹操（そうそう）

劉備のライバル。革新的な政策によって勢力を伸ばす。逃れてきた献帝を保護し、群雄の中から頭ひとつ抜け出る。

陶謙（とうけん）

徐州牧。領内で曹操の父が殺されたため、それを理由に曹操に攻められ、それによる心労がたたって死去。

主な出来事

徐州大虐殺　興平元（194）年
劉備の徐州牧就任　興平元（194）年
曹操による献帝保護　建安元（196）年
射戟轅門　建安元（196）年
孫策の江東制覇　建安二（197）年
袁術の皇帝僭称　建安二（197）年

英雄たちの雄飛

献帝（けんてい）

後漢の皇帝。董卓の死後、わずかな近臣とともに長安を脱出。洛陽に戻ったあと、曹操の保護を受ける。

呂布（りょふ）

董卓暗殺後、その残党に攻められ、長安を落ちのびる。曹操と争って敗れ、徐州にいる劉備の保護を受ける。

孫策（そんさく）

父孫堅の死後、袁術の保護下にあったが、玉璽と引き換えに得た軍勢で、江東を席巻。小覇王と称されるまでになる。

鄒氏（すうし）

傾城と謳われた美女。甥の張繡を降伏させた曹操に見初められ、不貞を犯す。

袁術（えんじゅつ）

名門袁氏の出身で、袁紹の異母弟。淮南に大勢力を築き、玉璽をもって皇帝を僭称するも、曹操らに攻められて没落。

第七話　曹操雄飛
連合軍解散後
兗州牧として群雄の
一人となった曹操は
勢力を拡大していく
典韋
荀彧に登用を任せて
これだけの逸材を
集めることができたぞ！
王佐の才
荀彧
程昱
許褚
劉曄
荀攸
郭嘉
兗州の統治が
軌道に乗った
曹操は
家族を呼び寄せるも
途中の徐州で
賊に殺されてしまう
殺したあとで
財を持ち運べ！
徐州牧陶謙め…
俺の家族を
殺すとは…
思い知らせてくれる
曹操の恐ろしさを…
ゴゴゴ
曹操は父の死の責任を
陶謙に押しつけて
徐州攻めを決行
オオオオオ
徐州の民も
陶謙と同罪だ!!
陶謙に自らの行いを
思い知らせるのだ
そっそんなの
言いがかりだし
民は関係ないだろ!?
徐州牧
陶謙

曹操軍は行く先々で徐州の民を虐殺し陶謙はその暴虐ぶりに戦慄して震え上がった
ワシはとんでもない男を敵に回してしまった…!!
た、助けてくれい…
陶謙が隣国の公孫瓚に救援を求めるとそこには劉備一党がいた
曹操殿は賢い人だ話せばわかってくれるさ
曹操殿 民を殺すのは仁義に反するぜ
私は実の父を殺されたのだ
何も知らぬくせに口を挟むな劉備!!
そうだとしても放ってはおけねぇよ!!
曹操との戦いを決意した劉備が待ちかまえていると…
あれ…曹操軍はどこに消えちまったんだい
呂布が曹操の本拠に攻め入ったとか徐州は救われましたな…
今回のことでわかったワシには国を治める器がない…
おいおい
劉備殿 徐州を頼む… ワシに代わって…
しっかりしなよ!!
陶謙は心労で倒れ恩人である劉備に徐州を託そうとしたのである

曹操雄飛 初平三～四（192～193）年

伝統にとらわれない曹操の革新性

演義／第十回

史

実において、兗州に拠点を築いた頃の曹操は、のちの政権の基盤となる政策を次々打ち出しています。

その第一が**青州兵の獲得**です。かつて天下を震撼させた黄巾の残党たちは、依然として各地にいました。青州からやって来て、兗州牧の劉岱を攻め殺した青州黄巾もその1つです。曹操は兗州牧の後任となると、**苦戦の末に青州黄巾を降し、さらにその精鋭を選んで自らの軍団に組み込みました。**その数は兵卒30万、民100万人にも及んだと言います。

この時代、群雄が黄巾残党を吸収する例は珍しくありません。のちに益州で劉備を苦しめる東州兵も、益州牧の劉焉が黄巾残党を組織したものです。ただし、曹操の場合は規模がケタ外れでした。彼らは青州兵と呼ばれ、こののち曹操が死ぬまで、曹操軍の主力として活躍します。

第二が**人材の登用**です。演義でも描かれたように、初期の曹

人物ファイル

荀彧（163～212年）

字を文若。豫州潁川郡の出身。清流官僚の流れをくみ、「王佐の才（王者を補佐する才）」と評価された名士。はじめは袁紹に仕えたが、その才を見限って曹操に出仕。曹操は、「我が子房（高祖・劉邦の参謀張良）」と喜んだという。侍中・尚書令として、外征する曹操に代わって朝政を仕切った。しかし、のちに漢をめぐって曹操と対立。

人物ファイル

程昱（?～?）

字を仲徳。兗州東郡の出身。兗州牧になった曹操に招かれ、覇業の初期を支えた名士。立派な風采の持ち主だが、強情で人と衝突することが多かったという。演義では、曹操配下を代表する策謀家。徐庶を騙して寝返らせたのも程昱の策略だった。

操政権を支えた人材の多くがこの時期に加わっています。その筆頭格が**荀彧**(じゅんいく)です。

かつての清流官僚の流れをくむ荀彧は、典型的な**名士**です。名士とは、**自己の名声を基盤に活動する人たち**のこと。名士たちの最大の武器は、名士間の人脈がつくる人的ネットワークにあります。荀彧は、その人的ネットワークで培われた情報網で曹操の基本戦略を立案するとともに、多くの人材を曹操に推挙しました。曹操は誰より人材を愛し、重んじた英雄ですが、それを可能にしたのが荀彧を筆頭とする名士の力なのです。

第三は**屯田制**(とんでんせい)です。当時、豪族が土地を独占し、農民が土地を失う問題が深刻化していました。農民が自分の農地を失って流民化すれば、それだけ国家の税収は落ち込みます。しかし、豪族の土地所有を制限することも簡単ではありません。

これに対し曹操は、乱世で荒廃してうち捨てられた土地に着目しました。**荒れ地を整備して流民に与えることで、税収を確保したのです。**曹操の屯田制は、豪族の土地に手を出さずに済み、流民に農地を持たせることができる画期的な政策でした。

曹操の革新性は、伝統や前例にとらわれず、乱世に適した統治システムを果敢に推進したことにあるのです。

三国志図解

投降か契約か？　異質な青州兵

青州兵（青州黄巾）は、曹操の覇権確立に不可欠な軍事力となった。しかし、両者は本当にただの主従関係だったのか疑問も残る。曹操の死後、青州兵が魏を去ったように、青州兵は曹操に投降したのではなく、何らかの契約を結んで曹操に従っていたのかもしれない。

青州黄巾

黄巾の残党。青州から兗州に流れ込み、兗州牧の劉岱を殺害。

V.S.

曹操

劉岱の死後、兗州牧に就任。青州黄巾の鎮圧を行う。

降伏？

青州兵

- 味方兵士からの略奪も黙認された。
- 信仰や集団の維持を認められた。
- 曹操の死後、鐘を鳴らし、「天下は乱れるぞ」と叫びながら、故郷へ去った。

徐州大虐殺は曹操の大汚点？

兗州を確保した曹操は、ほどなく徐州の陶謙と対立し始めます。**曹操は反董卓連合以来、袁紹の影響下にあったため、袁術派である陶謙との対立は必然でした。**曹操の父である曹嵩が徐州領内で殺されたことは、その中で起こった悲劇でした。

曹嵩殺害の経緯は、史料によって記録が分かれます。**ある史料では陶謙の思惑によるものとされていますが、別の史料では陶謙の部下による造反行為だったとされています。**いずれにせよ、曹嵩の死が、曹操による徐州大虐殺の引き金になりました。

徐州大虐殺は、曹操最大の汚点です。基本的には曹操に不都合な記録を避ける正史ですら、「曹操軍が通るところは殺戮される者が多かった」「死者は万を数え、その死体で河が堰き止められた」と書いています。よほど、このときの曹操は冷静さを欠いていたのでしょうか。

人物ファイル

陶謙（132〜194年）

字を恭祖。揚州丹陽郡の出身。温厚篤実という演義中の人物像に反し、正史には相当の偏屈ぶりや野心家としての様子も記録される。また、天子を僭称した闕宣、当時としては珍しい仏教を信仰する笮融など、ひと癖ある賊とも結んで勢力を拡大した。

クローズアップ

群雄を二分した袁紹と袁術の対立

群雄割拠の初期、もっとも大きな影響力を持っていたのは袁紹と袁術である。やがて両者が対立を始めたため、群雄の多くも袁紹派と袁術派に分かれた。袁紹派は曹操や劉表など、袁術派は孫堅・公孫瓚・陶謙などである。当時、公孫瓚のもとにいた劉備が陶謙の救援に現れたのも、こうした対立構造があったためである。

この蛮行は、後々まで大きな傷跡を残しました。諸葛亮や魯粛がそうであるように、蜀漢と孫呉の中枢に徐州出身者が少なくないのは偶然ではないでしょう。**彼らは徐州大虐殺から逃れて南へ去った名士たちなのです。**曹操がついに天下を統一できなかったのは、この虐殺のために反曹の念を持った有力者が南へ流れていってしまったためではないか、とも言われています。

曹操を悪玉として描く演義では、その悪事を強く非難するとともに、より曹操の悪辣さが目立つような脚色をしています。

虐殺のきっかけになった曹嵩の死については、陶謙の部下の造反によるものとする史書の記録が採用されています。同時に**陶謙を清廉な仁君として描くことで、陶謙に言いがかりをつけて大虐殺を断行する曹操の悪と、陶謙に味方する劉備の善とが明らかになる工夫もしています。**この徐州虐殺は、曹操と劉備が対決する最初の場面ですから、そうした描き分けによって、両者の物語上の役柄が明確になるようにしているのです。

毛宗崗もまた、きびしく曹操を責めます。父の仇討ちを力説する曹操に対し、「ところで呂伯奢一家はどうやって恨みを雪ぐのだろう」と、曹操が呂伯奢一家を皆殺しにしたことを引き合いに出して、痛烈な皮肉で曹操を批判しています。

三国志図解

歴史書に見る徐州大虐殺の記録

魏側で編纂された『三国志』と、呉側で編纂された『呉書』とでは、陶謙かその部下かで、直接の加害者が異なる。演義は、事件のきっかけについては『呉書』のものを採用しつつ、さらに『魏晋世語』の下線部を取り込んで、曹氏の情けなさを演出した。

正史『三国志』／陳寿（西晋）

曹嵩が陶謙に殺害されたため、曹操は復讐を誓った。

『魏晋世語』／郭頒（西晋）

曹嵩一家は陶謙が派遣した兵を迎えと勘違いして警戒せず、殺害された。曹嵩は妾を連れて塀の穴から逃げようとしたが、妾が太っていたため脱出できず、厠に逃げたところを殺された。

『呉書』／韋昭（孫呉）

陶謙は部下を曹嵩の護衛につけた。しかしその部下は曹嵩を殺害すると、その財物を奪って逃亡した。曹操は陶謙に責任を負わせ、討伐した。

「劉備!!」
「劉備」
「劉備!!」
陶謙は徐州を劉備に託して病没
劉備は曹操を憎む徐州の民からもおおいに歓迎された
国を奪うみてぇで心苦しいが…!!
期待に応えなきゃ男がすたる!!
徐州の民は任せろ!!
第八話
仁君劉備
徐州牧になった劉備のもとへ曹操に返り討ちにされた呂布が保護を求めて訪れた
曹操の留守を狙って蜂起したのですが撃退されてしまいました
呂布の軍師
陳宮
曹操は悪逆の徒!
劉備殿! ともに曹操と戦いましょうぞ
おい兄者! 呂布は二回も父親を殺したんだ信用ならねぇよ
人が助けを求めてきてんだ放っておけねぇよ!
呂布殿は董卓を殺して漢の危機を救った大英雄だ! 歓迎するぜ!
…かたじけない
ところで長安の献帝陛下はどうされてるんだい?
俺が董卓を殺すと董卓の部下だった李傕と郭汜が権力を握った…
やつらは能がない連中だから長安は大混乱に陥っている…
郭汜
李傕

皇帝は政争を嫌がって長安を脱出したらしいが
無事かはわからん
洛陽
苦労してたどり着いた洛陽は廃墟に…
陛下！李傕と郭汜の軍が迫ってきておりまする！
せっかくここまで逃げてきたのに
献帝側近
洛陽にたどり着いた献帝は近くで勢力を築く曹操に助けを求めた
曹操殿！李傕らを追い払ってくだされ！
ザザ
曹操は献帝保護を決め李傕らの軍勢を一蹴！献帝は安心したものの
陛下には許に移っていただく
ン！
何⁉ 漢の都はこの洛陽であるぞ！
こんな廃墟で皇帝をお守りできるか！
バ
曹操は自領内の許に新しい都を築いて遷都ここを許都と改めた
嫌じゃあ～
衰えたりとも漢室の権威は健在だ利用させてもらう
曹操は司空に任命され自らの統治の正統性を確保した

献帝奉戴

興平元～建安元（194～196）年

仁徳の劉備、野心の曹操

劉備の仁徳に感銘した陶謙は、劉備に徐州を譲ろうとしますが、劉備はあくまで断ります。徐州救援に現れたときも、曹操を退けたときも、さらに陶謙が危篤になったときも断り続け、陶謙の側近や関羽・張飛から勧められても頑として頷きません。**とうとう陶謙が死去しても承知せず、最終的に徐州の民から求められたことで、ようやく徐州牧を引き受けました。**こうして劉備は、ついにほかの群雄に肩を並べうる広大な拠点を手にします。

さて、陶謙が三度も譲ってやっと受けた劉備ですが、その過程はあまりにまどろっこしく、張飛でなくとも「もらえるならもらっちまえ」と言いたくなります。たしかに中国では、三度申し出をされて初めて受けるのが礼とされています。しかし、それにしてもこのシーンはていねいに描かれすぎている印象があります。毛宗崗ですら、「本心か、うわべか」と言うほどです。

人物ファイル

献帝（181～234年）
名は劉協、字を伯和。霊帝の皇子。在位189～220年。後漢最後の皇帝で、董卓や曹操のあやつり人形となり、実権を持つことは最期までなかった。曹丕に禅譲したあとは、山陽公として余生を全うした。演義では、劉備が守るべき存在として肯定的に描かれる。しかし現代の三国志作品では、曹操再評価の影響で、瀕死の漢にしがみつくおろかな君主とされることもある。

人物ファイル

孔融（153～208年）
字を文挙。豫州魯国の出身。孔子の20代目の子孫。機知に富み、文学の才に長けた。しかし傲慢な性格で、たびたび曹操を揶揄して激しく対立。赤壁の戦いの直前に処刑された。演義では、劉備の盟友としても登場。劉備に徐州を受けることを勧めた。

演義／第十二～十四回

演義は劉備の仁徳をよほど念入りに描きたかったようですが、さすがにこれでは「仁者と描こうとして、かえって偽善者のようだ」と言われても仕方ないかもしれません。

一方、一年がかりで兗州から呂布を追い出した曹操は、荀彧の進言を受けて、流浪の献帝を保護することを決めます。後漢の皇帝という大義名分を手に入れることで、群雄たちから一歩抜けた立場になろうとしたのです。

なお正史では、この時期に献帝奉戴を考えていたのは曹操だけでなく、袁紹も配下から勧められたとあります。しかし、袁紹は結局この意見を退けました。かつて項羽が一度擁立した義帝を殺めて名声を失ったように、このような権威を抱え込むことは、あるときには大きなリスクも生むからです。そして、それだけのリスクに見合うほどの権威が、このときの漢と献帝にまだあるかという点も、おそらく疑っていたのでしょう。

それでも曹操は、徐州大虐殺で失った名声を取り戻すため、あえて漢と献帝を利用する道を選びます。曹操が最終的にどこまで野心を抱いていたかはわかりませんが、**少なくともこの選択によって、曹操は自分の代で漢を滅ぼすことはできなくなったといっていいでしょう。**

三国志図解

献帝奉戴のメリット・デメリット

董卓の台頭以降、多くの群雄たちが漢は終わったと考えていた。しかし、曹操はあえて献帝を抱き込むことで、名声を取り返し、勢力拡大に利用した。

メリット

- 「漢復興の旗頭」という大義名分を得る。
- 献帝を後ろ盾に、ほかの群雄よりも一段上の立場になる。

↓

曹操

徐州大虐殺の失敗を挽回すべく、献帝奉戴を決断。勢力を着実に広げていく。

デメリット

- 献帝をないがしろにすれば、名声を失うおそれがある。
- 自分の代で漢を滅ぼすことはできなくなる(皇帝になれなくなる)。

↓

袁紹

デメリットのほうを重く見て、献帝奉戴を拒否。独自の大勢力をつくるが、最後には曹操に敗北。

COLUMN 6

三国時代の地方行政の基本システム

地方行政は州・郡・県が基本で、州刺史(州牧)、郡太守、県令(県長)が行政を担う。さらに州牧の権限を広げたことで、群雄が台頭した。

州・郡・県が基本システムとなる

漢の地方行政は、全国を州・郡・県に区分し、中央から官僚を長官として派遣する郡県制を基本とした。ただし州は広大なので、実質的には郡が地方行政のかなめとなった。

郡の長官を太守といい、県の長官を県令または県長という。また郡のうち、皇族が諸侯王として領有する郡は、国という。国に太守は置かれず、代わりに諸侯王の宰相として相が中央から派遣され、太守同様に国の行政を担当した。

次第に州牧が台頭し群雄のように振る舞う

しかし後漢末から三国時代では、郡単位では地方の動乱に対応できなくなったため、州により大きな権限が与えられるようになった。

通常、州には刺史と呼ばれる監察官が派遣されたが、この時期の刺史は徴兵権と徴税権を得るなど、強い統治権を持った。職名も州牧となった。

兗州牧となった曹操、冀州牧となった袁紹のように、群雄の多くは各地の州牧を称した。建前上、彼らはあくまで後漢の一官僚である。それでも、彼らはその地位を自身の子へと世襲させていき、やがて官僚の枠を超え諸侯のように振る舞うようになったのだ。

こうして州牧制の導入は、結果として各州の独立状態を招くことになったのである。

三国時代の州区分と地方行政システム

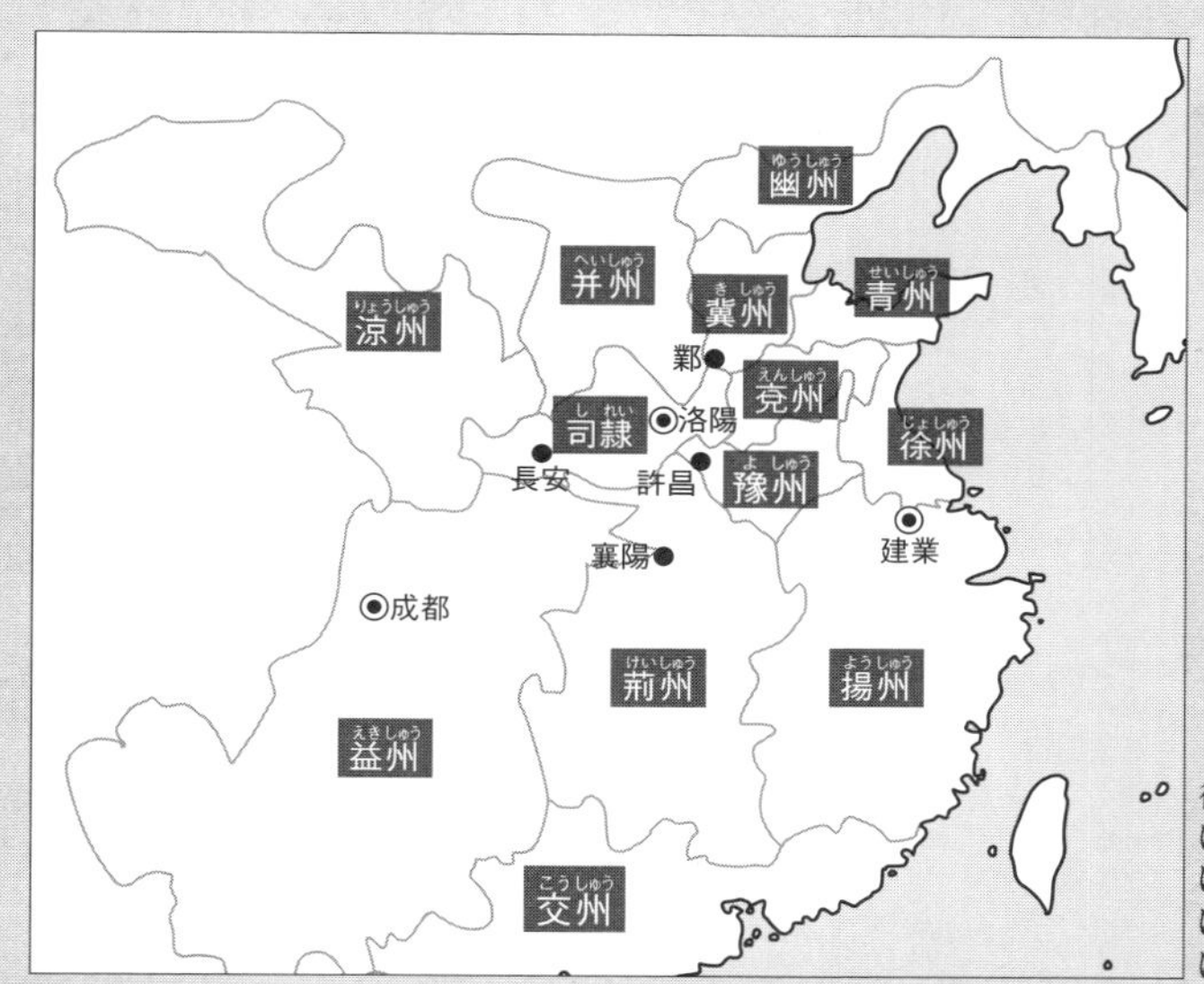
幽州
并州
冀州
青州
涼州
鄴
兗州
司隷
洛陽
徐州
長安
許昌
豫州
建業
襄陽
成都
荊州
揚州
益州
交州

後漢の領土は13の州に分けられていた。さらに州は郡（あるいは国）に区分され、郡・国は県に分けられた。

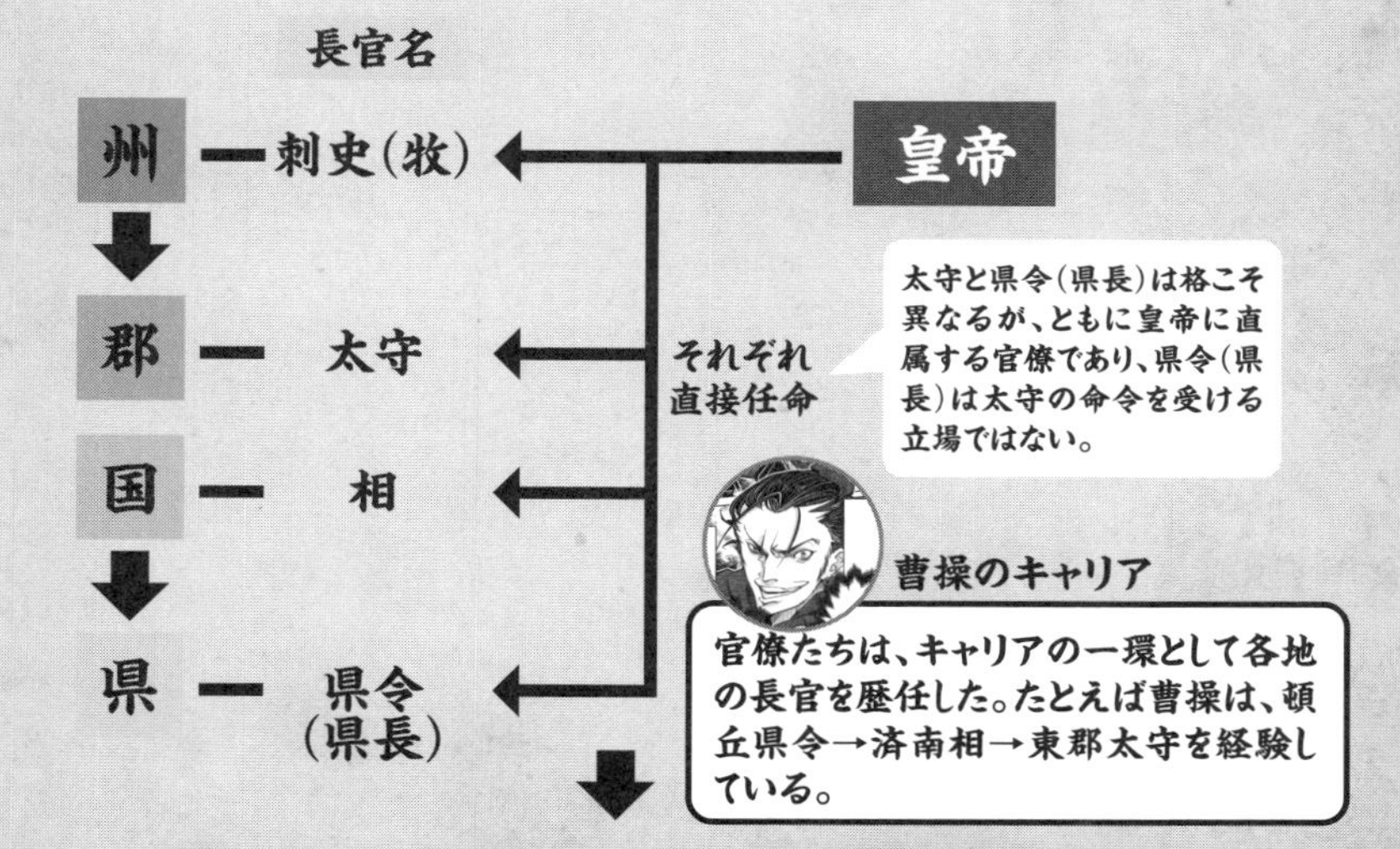
長官名
州 ― 刺史（牧）
郡 ― 太守
国 ― 相
県 ― 県令（県長）
皇帝
それぞれ直接任命
太守と県令（県長）は格こそ異なるが、ともに皇帝に直属する官僚であり、県令（県長）は太守の命令を受ける立場ではない。
曹操のキャリア
官僚たちは、キャリアの一環として各地の長官を歴任した。たとえば曹操は、頓丘県令→済南相→東郡太守を経験している。

皇帝がすべての行政長官を直接支配することで、
中央集権体制を実現する。

なぜ劉備は張飛を許すのか？

曹操は徐州の劉備と、そこへ身を寄せた呂布を警戒します。そこへ、荀彧が両者を自滅させる策略を献じました。一度目の**二虎競食の計**こそ失敗しますが、二度目の**駆虎呑狼の計**は、劉備の仁と呂布の貪欲さをついた巧妙な策謀でした。劉備は計略を見抜きつつも、袁術を攻めよという勅命には逆らえず、呂布を徐州に残して遠征します。

このとき、徐州の留守を任されたのは張飛でした。心配する劉備に対し、張飛は禁酒の誓いまで立てて、徐州を任せるよう豪語します。その言葉通り、はじめこそ真面目に務めを果たそうとしていた張飛でしたが、結局は酒を飲んで大失態を犯し、周囲の支持を失います。**そして、張飛から理不尽な刑を受けた曹豹は怒り心頭で、ひそかに呂布を城に誘い込むのです。**

利に聡い呂布がこの好機を見逃すはずがありません。酔ったままの張飛は、むざむざ城を呂布に渡してしまいました。すべ

クローズアップ

トリックスター張飛

白話小説において、あまり自発的に行動しない主人公に代わって物語を動かすのが、張飛のようなトリックスターとも言うべきキャラクターである。張飛が動くことで、物語が動く。『西遊記』で言えば猪八戒や孫悟空の役柄であり、彼らは天真爛漫なトラブルメーカーとして、とくに庶民層に愛された。庶民に受容された『平話』で、張飛が大活躍する理由もここにある。しかし演義は、知識層に受け入れられるように、張飛の荒唐無稽な活躍を大幅に削った。代わりに増されたのは関羽の出番と、その義の強調である。それでも張飛は、演義でも愛すべきキャラクターとして物語をおおいに盛り上げている。だから、その張飛が舞台を去ったあと、途端に物語は諸葛亮を中心とする、悲壮感ただよう雰囲気に一変してしまうのである。

ては荀彧の計算通りとなったのです。

徐州から落ちのびた張飛は、遠征先の劉備のもとに逃れ、事の顛末を語ります。誓いを破って徐州を失い、あげくに劉備の家族を城に置き去りにしてきたとあって、関羽は大激怒。張飛も己を恥じるあまり、剣を抜いて自分の首をかき斬ろうとします。そこを泣きながらに止めに入るのが劉備です。

「兄弟は手足の如く、妻子は衣服の如くと言うではないか。衣服は破れても繕えるが、手足は一度断たれたら治すことはかなわぬ。私たちは桃園に契りを結び、同じ日に死ぬと誓った兄弟ではないか。たとえ城や家族を失ったとて、兄弟を道半ばに死なせられようか。」（演義第十五回）

自分の家族を「衣服」と言ってのける劉備の言葉は、非常に印象的です。劉備はほかにも長坂坡の戦い（→148ページ）のように、**自分の妻子よりも信義で結ばれた臣下の命を優先させることが少なくありません**。それが劉備の仁なのでしょう。

仁とはさまざまな意味を含む概念ですが、その1つに『論語』の「人を愛することである」という理解があります。**義で結ばれた兄弟への情愛を生涯貫く劉備の姿には、その仁の一端が表れているのではないでしょうか。**

三国志図解

二虎競食の計と駆虎呑狼の計

二虎競食の計とは、徐州をめぐって劉備と呂布を争わせるもの。駆虎呑狼の計とは、劉備に袁術を攻撃させて隙をつくらせれば、必ず呂布は劉備を攻めるだろうというもの。

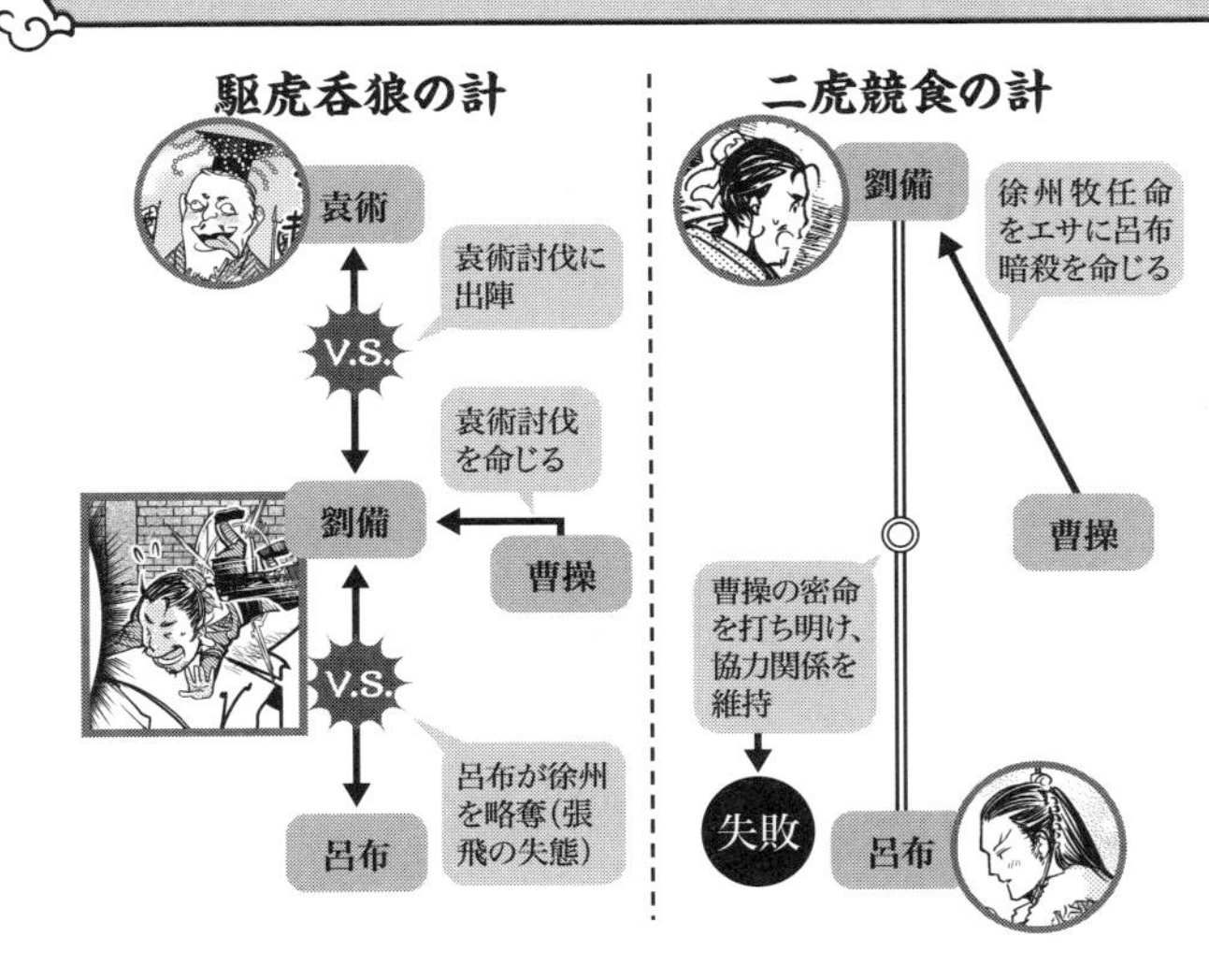

第九話 小覇王の躍動
親父は敵の罠にハマって殺されちまった…
江東の虎こと孫堅は劉表との戦いで死亡 孫堅の息子孫策は袁術の保護下にあった
孫堅の長子
孫策
俺も19歳だ… 独立したいが孫家の旧臣を袁術から返してもらうには…
袁術殿！ これで孫家の武将を返してもらえませんか
孫策は猛将に成長していたため袁術から独立を警戒されていたが
伝国の玉璽ではないかッ!?
兵を返してやるから早くそれよこせ!!
わーーーッ!!
孫策は袁術から千人の兵しか返してもらえなかったがその中には孫堅時代の猛将たちが揃っていた
若！ お久しゅうござる!!
よかったのか？ 玉璽を袁術に渡したと聞いたが…
俺にとっちゃあんなハンコよりもお前らのほうが大事だ！
兄弟同然の周瑜や張昭と張紘を迎え江東に軍勢を進める孫策…
張紘
周瑜
張昭
江東・劉繇の城
ちょっと俺アイツと一騎打ちしてくるわ！
そこにいるのは豪傑の太史慈じゃねえか!!
バカか！
太史慈
太史慈！ 母親思いらしいな 俺の部下にならないか!?
いっいきなり何のハナシでござる!?
太史慈を配下に加えるなど孫策は怒濤の勢いで江東一帯を平定
いつしか孫策は「江東の小覇王」と呼ばれるようになった

江東制覇

とにかく画になる孫策&周瑜

興平元〜建安二（194〜197）年

演義／第十五回

孫

呉に何かと辛い演義ですが、この回では孫策が江東を席巻していく様子が大変いきいきと描かれています。

孫呉は曹魏や蜀漢に比べて若い勢力ですが、この時期は弱冠20歳の**孫策&周瑜コンビ**を筆頭に、その若々しさがより目立ちます。**華々しい武勇軍略もさることながら、孫策は正史に「美しい姿顔」、周瑜も「立派な風采」とあり、孫郎・周郎と呼び称されたといいます。大喬・小喬**の美人姉妹を揃って妻に迎えるなど、とにかく画になる二人です。

また孫策は、非常に大きな度量の持ち主としても描かれます。死闘を演じた**太史慈**が降伏してくると、ただちに幕下に加え、胸襟を開いて語らう場面は印象的です。

孫策はこののち3年足らずで江東を平定し、父の孫堅が果たせなかった根拠地の確立を成しとげます。しかし、その快進撃の裏では、急成長の招く悲劇が孫策を襲おうとしていました。

人物ファイル

周瑜（175〜210年）

字を公瑾。揚州盧江郡の出身。「二世三公」の名門の出で、音楽に精通するなど、貴公子然とした孫呉の司令官。それでいて謙虚に振る舞ったので、「公瑾殿と交わるのは芳醇な美酒を飲むとのようだ」と心服された。演義では一転して、諸葛亮の引き立て役にされる。

人物ファイル

太史慈（166〜206年）

字を子義。青州東莱郡の出身。孫策と一騎打ちをするほどの武勇を持ちながら、主君劉繇には重用されなかった。のちに孫策に帰順した太史慈は、孫策のために劉繇の残兵を集めてくると申し出る。諸将が太史慈の逃亡を疑う中、孫策はこころよく送り出し、太史慈も信頼に応えて期日通りに帰還した。

射戟轅門　建安元（196）年

武勇と利己心、呂布の本質

徐州を明け渡した劉備は呂布に降り、小沛をあてがわれていました。そこへ**紀霊**率いる袁術軍10万が攻め寄せます。小城の小沛では、10万の大軍に対抗することなどできません。絶体絶命かに思われた危機を救ったのは、意外にも呂布でした。

呂布は劉備と紀霊を同時に招き寄せると、「私は平生争いを好まない」とうそぶき、仲裁を申し出ます。呂布にしてみると劉備が滅べば次は己が危うくなり、さりとて袁術は表向き同盟相手なので大っぴらに劉備の加勢もできなかったのです。呂布にしては珍しい、冷静な判断です。

しかし、紀霊も君主の命令によって遠征に赴いていますから、簡単には引き下がれません。そこで呂布は天意にゆだねようと言い、**１５０歩（約１６０メートル）先の轅門に自分の戟を立てさせ、その戟を射抜いたら両軍を引くように言います。**

人物ファイル

紀霊（?～?）

袁術配下。50斤の三尖刀の使い手で、関羽と三十合も打ち合って引き分ける猛将。袁術の命でたびたび徐州に侵攻した。落日の袁術に従い続け、最期は張飛に討たれた。

クローズアップ

呂布の大局眼と利己心

この場面で、呂布には珍しい大局的な戦略眼が描かれているが、かえってこれにより呂布の利己心が示された。呂布が劉備を助けるのは、劉備が義弟だからではなく、かつて恩を受けたからでもない。自分の利益のためだった。だから仲裁のあとで劉備に恩着せがましい発言をするし、のちに不和になればあっさり攻める。武勇に隠れた呂布の欠点が浮き彫りにされるエピソードである。

できるわけないと考えた紀霊は承知し、劉備ももとより異論はありません。

両者が見守る中、呂布が満月のごとく弓を引きしぼるや、矢は流星のごとく一直線に飛び、見事に戟に命中しました。

この**射戟轅門（戟を轅門に射る）**は、虎牢関三戦（虎牢関に三兄弟と戦う）に並んで呂布を代表する武勇譚ですが、物語の創作である虎牢関とは異なり、こちらは正史に記録があります。

「呂布は陣営の門に戟を掲げさせ、『諸君、私が戟の枝を射るのを見よ。一矢にして命中すれば、諸君は去るべし。命中せねば留まって戦うがいい』と言った。呂布が弓をとって戟を射ると、（戟の）枝に命中した。諸将はみな、『将軍は天威をお持ちです』と驚いた。」（正史呂布伝）

呂布の武勇は、当時から伝説的に語られていたのでしょう。

さて、演義ではこのあと、またしても張飛が原因になって、呂布と劉備との関係が険悪になります。そして、呂布に攻められた劉備はやむなく徐州を去り、曹操を頼ります。**曹操陣営では、荀彧や程昱が劉備の度量を警戒して殺してしまうように進言しますが、郭嘉は劉備を殺せば天下の人望を失うとして反対。**曹操は郭嘉の意見を採用して劉備を受け入れました。

三国志マップ

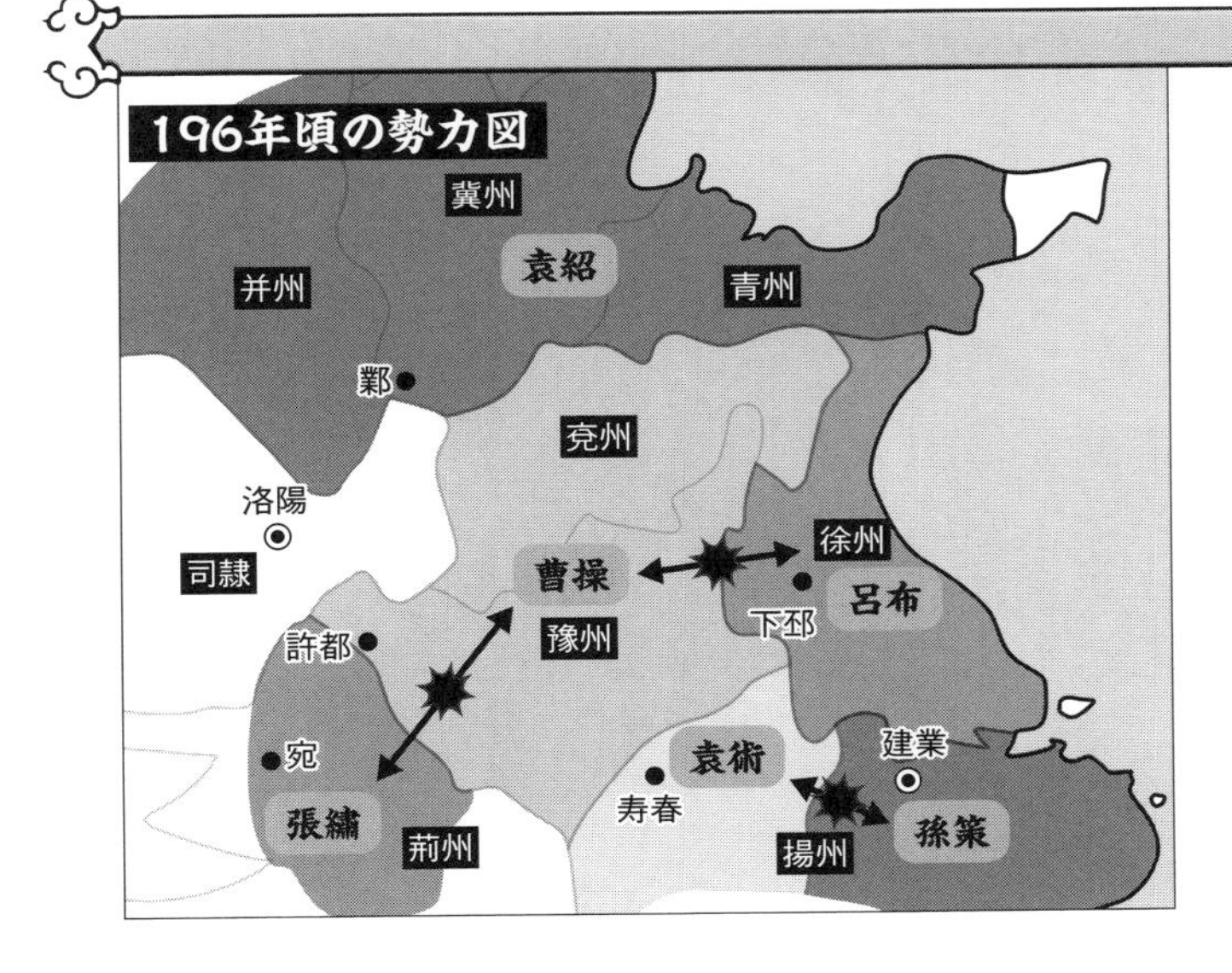

優劣の差がつき始めた群雄たち

袁紹が河北一帯を支配する中、曹操も勢力を伸長し、徐州の呂布や宛城の張繡と対立した。長江の南側では、江東で急成長を果たす孫策に、淮南の袁術が押され始めていた。

第十話 傾城の美
曹操は宛城の張繍を降伏させると張繍の叔父張済の未亡人である鄒氏と
連夜にわたり情事にふけった
傾城姫
鄒氏
ギロ…
張繍
ぐぬぬ…!
賈詡!! もう我慢の限界じゃあ曹操を殺してくれい
では曹操の油断を誘いましょう
賈詡
殿!! 張繍軍の夜襲でござるッ…!!
悪来の再来
典韋
父上！典韋殿が足止めしているうちに城外へお逃げください!!
曹操の長男
曹昂
女色におぼれて判断を誤るとはザマぁない……
父上！ あとは…ッ 北へお走りください
二人とも…っ！
すま…
父上…ッ!! 父上にしかなせぬことをッ！なしてくだされぇぇぇッ!!
曹操は最強の忠臣と長男を失ったが生き延びることができた
嗚呼
嗚呼
俺は生きる… お前たちのためにも大事をなそうぞッ!!

宛城の戦い　建安二（197）年

曹操が背負わされた罪と罰

演義／第十六回

典韋という忠臣、曹昂という嫡子を失った宛城での敗戦は、曹操にとって大きな痛手でした。演義は、宛城の敗戦をより教訓的に演出します。とくに毛宗崗は、都に還ることも忘れるほど曹操が鄒氏の色におぼれ、しかも重大な不貞を犯させたために敗れたのだとします。

毛宗崗本には、曹操が鄒氏に「私と一緒に都に帰って、富貴で安楽な暮らしをしよう」と求める箇所があります。注目すべきは、毛宗崗以前の演義では、傍線部が「必ず正妻としよう」となっていることです。明清時代の社会通念では、たとえ未亡人でも、正妻として迎えられるのであれば、新しい男と関係を持つことも容認されます。**毛宗崗は傍線部を改変することによって、鄒氏が富貴を目当てにする淫乱であることを表現し、それを曹操の敗因とすることで、このような女性の淫を強く戒めたのです。**

人物ファイル

典韋（？～197年）
兗州陳留郡の出身。誰にも持ち上げられない牙門旗（軍旗）を片手で持ち上げ、また重さ80斤の双戟を得物にしたという怪力の将。曹操の親衛隊長として、宛城の戦いをはじめとして、たびたび曹操の窮地を救った。演義では、その怪力ぶりから殷の紂王に仕えた悪来になぞらえられる。

人物ファイル

賈詡（147～223年）
字を文和。涼州武威郡の出身。董卓軍残党を率いる張繡に仕え、軍略で何度も曹操を苦しめた。しかし官渡の戦いを目前に、張繡とともにあえて劣勢の曹操に帰順。曹操は、息子を殺された恨みを忘れて賈詡を重用した。その後も潼関の戦いなどでその軍略を発揮し、最終的に魏の太尉となった。

袁術の最期 建安二（197）年

曹・劉・孫の共闘〝袁術討伐〟

演義／第十七回

淮（わい）南の**袁術**は孫策から**伝国の玉璽**を奪ったのち、**ついに勝手に皇帝を僭称し、「仲」という新王朝の樹立を宣言しました。**そして、因縁深い呂布のいる徐州へ七軍を出陣させ、大規模な侵攻を行います。しかし、呂布配下の陳登の謀略で七軍のうち二軍を切り崩されたうえ、さんざんに呂布に討ち破られました。

袁術の独りよがりな即位を認める勢力はありませんでした。かつての配下である孫策ですら、袁術と絶交しています。**こうして漢の天子（皇帝）を擁する曹操をはじめとして、劉備、孫策、呂布という非常に豪華な面子が袁術討伐に乗り出しました。**曹・劉・孫の三勢力が揃って共闘する場面は、反董卓連合を除けば、ここ以外にはありません。

さすがに袁術はひとたまりもなく、本拠地の寿春を放棄して敗走しました。物語序盤を代表する敵役だった袁術は、かくし

クローズアップ

梅酸で渇きをいやす

ある遠征でのこと。行軍中に水がなくなり、兵士が渇きに苦しんでいるのを見た曹操は一計を案じて、「この先に梅林があるぞ」と指し示した。兵士は梅と聞いただけで唾をわかせて、喉の渇きを忘れたという。

クローズアップ

曹操の小升（こます）

袁術討伐の最中、曹操は配下の王垕から、兵糧不足の相談を受ける。曹操はまず配給に使う升をこっそり小さいものに換えるよう指示。兵糧不足は解決されたが、兵士たちから不満が出た。王垕がふたたび相談に来ると、曹操は「お前の首を借してくれ」と言うや王垕を処刑し、王垕に兵糧横領の罪を着せることで兵士を鎮めた。

てあっけなく乱世から脱落します。

演義の袁術は、汜水関(しすいかん)の戦いでは孫堅(そんけん)の足を引っ張ったり、徐州をめぐる劉備と呂布の争いに翻弄(ほんろう)されたりと、まったくいいところがありません。**実際には袁紹と並んで群雄割拠(ぐんゆうかっきょ)時代の中心となった大勢力なのですが、正史も敗者である袁術にはきびしく、多くの記録を残していません。**

物語の構図から見れば、袁術ほど格好のやられ役はいません。物語の主役である曹操・劉備・孫堅父子たち全員とやり合っていること、四世三公(しせいさんこう)という名門の出身にして皇帝を自称したこと、それほどの大勢力を持ちながら正史で無能と酷評されていること、袁術の敗北後に兄の袁紹(えんしょう)が大本命としていよいよ曹操と雌雄を決することなど、**袁術をやられ役にする材料は整いすぎていました。**

皇帝僭称から2年後、孤立し追いつめられた袁術は、袁紹を頼ろうと北上する途中、劉備に敗れた末に病死します。死に際、食事がのどを通らなくなった袁術は蜜水を求めますが、付き従う者から「あるのは血の水だけ」と冷たく突き放されます。袁術は一声叫ぶと、一斗も吐血して絶命しました。皇帝を称した男のみじめな最期でした。

三国志マップ

仲王朝を建てる袁術

伝国の玉璽を手にした袁術は皇帝を僭称し、仲王朝を樹立。しかし、群雄は袁術の即位を認めず、曹操は劉備・呂布・孫策と連合して袁術を攻撃。敗北した袁術は、徐々に勢力を弱めていく。

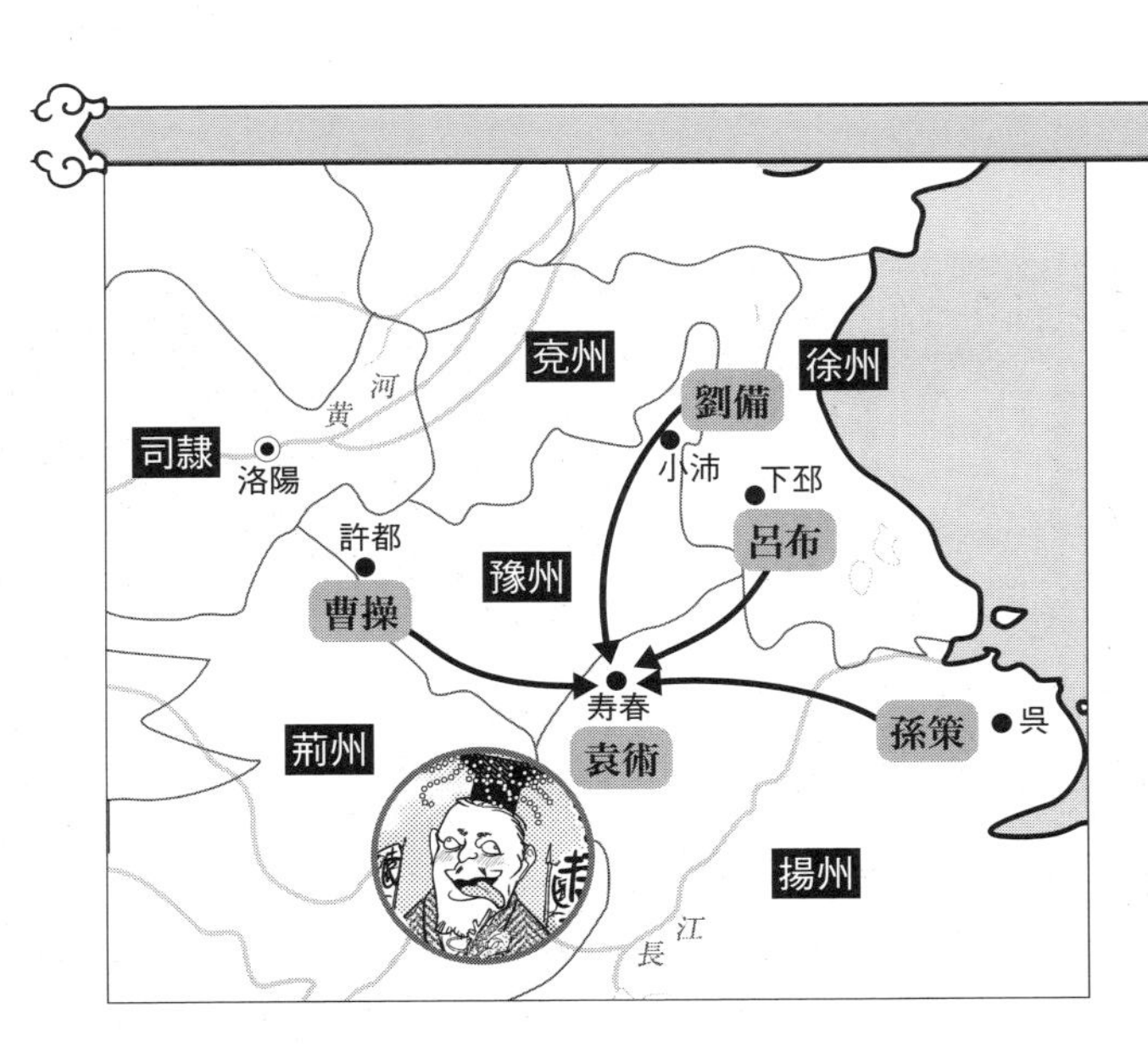

第三章

者となる

物語随一の猛将である呂布、
劉備の同窓である公孫瓚、
小覇王孫策……
きらめく英雄たちが
一人ずつ物語から去る中、
天下の行方は袁紹と曹操の
一大決戦にゆだねられる。
一方、劉備の仁に殉じようとする
関羽の義が
ほとばしる。

主な登場人物

劉備（りゅうび）

演義の主人公。曹操暗殺計画に加担。その後、曹操に攻められ、関羽・張飛と生き別れになり、袁紹の保護を受ける。

曹操（そうそう）

劉備のライバル。献帝を保護して勢力を拡張。河北四州を制した袁紹と一大決戦を行い、勝利。中原の覇者となる。

呂布（りょふ）

希代の猛将。しかし、信義に欠け、精神的なもろさを露呈し、下邳城で曹操に攻められて捕まり、殺される。

曹操が中原の覇

主な出来事

下邳の戦い	建安三(198)年
易京の戦い	建安四(199)年
曹操暗殺計画	建安五(200)年
関羽千里行	建安五(200)年
孫策の病死	建安五(200)年
官渡の戦い	建安五(200)年
袁氏の滅亡	建安十二(207)年

陳宮（ちんきゅう）

呂布の軍師。かつては曹操のもとにいたが、曹操の奸雄ぶりを憎み、呂布のもとで対抗し続ける。最期は呂布とともに刑死。

袁紹（えんしょう）

公孫瓚を滅ぼし、河北四州を制覇。天下統一に向け、曹操と決戦するも、数の利を生かせず敗北。失意のうちに死去。

公孫瓚（こうそんさん）

白馬将軍と謳われた勇将。盧植門下で劉備の兄弟子。袁紹と対立し、本拠の易京を落とされ、一族もろとも滅ぼされる。

関羽（かんう）

劉備の義弟。義と勇を兼ね備えた名将。劉備夫人を守るため曹操に降るも、曹操にはなびかず、劉備のもとへ帰参した。

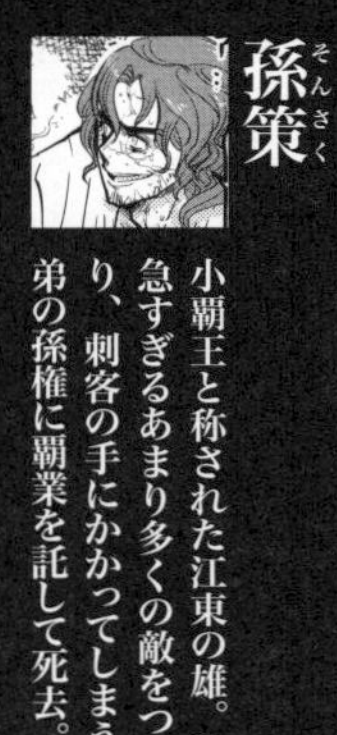

孫策（そんさく）

小覇王と称された江東の雄。性急すぎるあまり多くの敵をつくり、刺客の手にかかってしまう。弟の孫権に覇業を託して死去。

第十一話　呂布死す
徐州
曹操は呂布と劉備を仲たがいさせる計略を行った
留守にしてる間に呂布に城を乗っ取られちまった
荀彧
「駆虎呑狼の計」
ククク…呂布だけならば勝てる!!
劉備は呂布によって徐州を追い出され曹操のもとへ駆け込み
曹操は徐州に進攻し呂布軍を相手に野戦に打って出たが…
夏侯惇将軍!!目に矢が刺さって…!?
うろたえるな!!この左目は父の精母の血だ…!!
食らって血肉にしてくれよう!!
しかし呂布軍は強い張遼と高順の騎馬隊は強力だ…
野戦ではやつらに撃破されるだけだ
呂将軍!!陳登親子が裏切って後方を撹乱中！退却を!!
陳珪・陳登
呂布軍の強さに手を焼いた曹操は調略を用いて呂布軍を切り崩した
下邳城に撤退し万事休すの呂布軍にさらなる困難が…
かっ下邳が…!!周囲の川をせき止めて氾濫させたのか…!?
曹操軍の水計によって呂布軍の戦意は落ち呂布自身も絶望し自暴自棄になった

酒色におぼれて曹操に降伏しようとしたり貂蝉に止められて出陣をとりやめたり…そこにもはや飛将呂布の姿はなかった
ああ…呂布さま…おかわりを…
貂蝉！俺が何をしたというのだ
ジャラ
最強の武将呂布…されど心は脆弱の一言！心強き奸雄曹操に勝てるはずもないか…
なっ何をする
その体たらくぶりに呂布は部下に裏切られて捕縛され、呂布軍は降伏
ギ
呂布と陳宮は曹操の前に引き出された——
曹操!!
俺の強さはよくわかっているだろう!!だから俺を用いろ!!
貴様の天下取りに俺が力を貸してやろうだから…俺をっ!!
ドス
…忍耐の心なく父さえも殺すおろかな獣は我が幕下にいらぬ
貴様は強い!!だが醜悪で反吐が出る最期には負けるさ「あの」項羽のよ…
…久しいな陳宮その手腕…俺の幕下で振るってみぬか？
お断りだ奸雄曹操!!
曹操は呂布と陳宮を処刑して呂布軍の騎馬隊を吸収——さらなる勢力拡大をなしとげた

下邳の戦い　建安三（198）年

「義」と対極にあった呂布のもろさ

演義／第十八～十九回

下邳の戦いで曹操に敗れた呂布は、捕らえられ、首をはねられます。天下無双の呂布はなぜ滅びたのでしょうか。**正史『三国志』を書いた陳寿は、呂布を「勇猛ではあるが、浅薄にして狡猾で、裏切りを繰り返し、自分の利益しか考えなかった」**と評しました。

演義の呂布も、まさしく裏切り続けた生涯でした。しかも呂布は、その中で二度も親殺しを犯しています。孝をきわめて重視する中国において、親殺し以上に重い罪はありません。また、張飛が呂布を**「三つの姓の畜生め（三姓奴）」**と罵ったように、中国は一族の連帯意識が非常に強く、姓を変えること自体が忌まれました。金や女のために親を殺して姓を変える呂布は、不忠不孝の極みです。

呂布のもろさは、自己を支える確固たる「義」がないことです。そのため、いつも迷い惑って、自分に不都合がありそうだ

人物ファイル

陳宮（?～198年）
字を公台。兗州東郡の出身。もとは曹操に仕えるが、呂布を兗州に引き込んで反旗を翻す。以降は呂布の参謀として仕え、その最期をともにした。演義では、呂伯奢殺害事件にも登場し、そこで曹操の不義を見て彼を見限ったとされる。

人物ファイル

張遼（169～222年）
字を文遠。并州雁門郡の出身。もとは呂布配下。曹操軍きっての猛将であり、合肥の戦いでは孫権をあわやというところまで追いつめた。孫権は張遼を恐れ、張遼が病床に就いてもその最期まで警戒し続けたという。また張遼は、曹操に降っていた時期の関羽と信義を交わし合ったといい、このため演義でも曹操配下としては例外的に評価が高い。

とすぐ考えを変えてしまいます。

とくに劣勢になって下邳にこもってからは、優柔不断さがより露わになります。参謀の陳宮が起死回生の策を献じても、正妻や貂蝉に引き止められるとあっさり流される始末。

呂布はどこまでも、自分の欲望しか考えられない人物でした。それはある意味では、とても人間らしい弱さと言えます。圧倒的な武力を持ちながら、その裏に少年のような愚かさと素直さを秘めているところに、どこか魅力を感じることもできます。

ただしその弱さは、演義では強く否定されます。**演義は、関羽の「義」ゆえの強さを明示する中で、その対極として呂布の弱さを強調します。**財におぼれ、色におぼれ、酒におぼれた呂布は、「義」なき弱さのために、その力を発揮できずに死んでいったのだと演義は描くのです。

しかし、あえて言うならば、それが演義の限界でもあります。**劉備や関羽に象徴される「義」を追求することが演義の大命題ですが、現実は理想通りにはいきません。だからこそ、呂布の弱さは人を惹きつけるのです。**時として演義が文学性に欠けると批判されるのは、そうした正しさの外にある人間らしさという魅力を照らし切れなかったからではないでしょうか。

クローズアップ

劉安の妻を喰らった劉備

呂布に敗れて曹操のもとへ逃れる途上、劉備は劉安という狩人の家に宿を借りた。劉安は劉備をもてなそうにも獲物が取れなかったので、代わりに自分の妻を殺し、狼の肉と偽って劉備にすすめた。劉備はそれを信じて腹いっぱいに食べたが、翌朝になって本当のことを知る。劉備は厚く礼を述べ、自分についてくるよう誘うが、劉安は老いた母親を理由に断った。のちにそれを聞いた曹操も劉安をたたえて、金百両を届けさせた。

仁者で知られる主人公が人肉を喰らうという、演義の衝撃的なエピソードである。吉川英治『三国志』などは、わざわざ作者コメントで露骨に不快感を表している。しかしこれは、明清時代の中国の「割股」という風習にもとづく。自分の肉をそいで病気の親に食べさせるという風習で、最高の孝行の1つとされた。劉安は劉備に対して「割股」を行うことで、劉備への忠を示した。だからこそ劉備も曹操も、劉安の行為をたたえたのである。日本人にはなかなか理解しがたいが、これも当時の通念であるべきとされた「義」の姿と言えよう。

袁紹を押し上げた名士の存在

盤河の戦い（↓60ページ）以後、演義ではほとんど出番のなかった**袁紹**でしたが、その間に**公孫瓚**を滅ぼして河北を平らげ、**冀州・青州・并州・幽州を支配する天下第一の勢力へと成長**していました。

演義では、公孫瓚の滅亡は、劉備が伝令の報告を聞くかたちで語られるだけです。公孫瓚は袁紹に敗れ続け、本拠の易京に高さ十丈の楼閣を持つ城郭を築き、30万石の兵糧をたくわえて籠城。**対する袁紹は大軍にものを言わせ、公孫瓚本陣まで届く坑道を掘って奇襲し、火計で公孫瓚一家を焼き滅ぼしました。**

劉備のかつての学友は、こうして河北の灰燼に帰しました。

史実において、この時期の袁紹の戦略はまさしく王道です。冀州を中心に河北を平定し、しかるのちに南下して中原を制するという方法は、後漢を開いた光武帝の戦略そのものです。

袁紹は、字を本初といい、豫州汝南郡の出身です。汝南の

クローズアップ

袁紹を支持した名士たち

田豊、郭図、沮授、審配などをはじめ、袁紹幕下は挙げればキリがないほど多士済々である。その中には袁氏が滅亡したあとに曹操に抜擢された者も多い。また、荀彧や郭嘉も一度は袁紹に仕えているし、荀彧などは実弟の荀諶が袁紹の重臣として取り立てられている。袁紹の影響力の強大さがうかがえる。

その一方で、巨大すぎる組織は時として重い足かせにもなった。袁紹政権のメンバーは、袁紹が支配した河北の名士と、袁紹の名声をたよって参入した河南の名士とに大きく分けられる。河北で公孫瓚と戦っていたときは協調していたが、袁紹が南進を考え始めると、次第に対立するようになった。官渡の戦いの敗因は、こうした派閥争いのために袁紹陣営がその力を発揮し切れなかったことにもある。

袁氏は四世三公、つまり4代続けて三公を輩出した後漢で最高の名門です。しかし袁紹は、それだけの人物ではありません。若い頃から威厳があり、名士に対して下手に出たため、多くの名士が袁紹と交友したといいます。宦官に反発し、董卓に屈しない気概もありました。**袁紹は自分と自分の家の名声を巧みに利用し、名士たちの支持を得ることで河北四州を併合したのです。**

一方、公孫瓚の名士対策は袁紹と正反対でした。名士を高い地位に就けず、商人のような社会的地位の低い者と兄弟同然の交わりをして重用しました。公孫瓚は、名士たちを取り立てても、彼らが君主である自分を尊重しないことを見抜いていました。そのため、**公孫瓚は経済力の高い商人とのつながりを背景に精強な軍事力を得て、君主権力の強化に努めたのです。**

しかし、公孫瓚は敗北しました。たとえ強い軍隊を組織できても、地域の安定支配には名士の協力が不可欠でした。

袁紹は、同族の袁術などが脱落していく中でも、中国最強の群雄として君臨しました。おそらく当時のほとんどの人が、袁紹の天下を予想したでしょう。しかし、袁紹もまた敗れます。袁紹を破ったのは、乱世の奸雄曹操でした。

三国志マップ

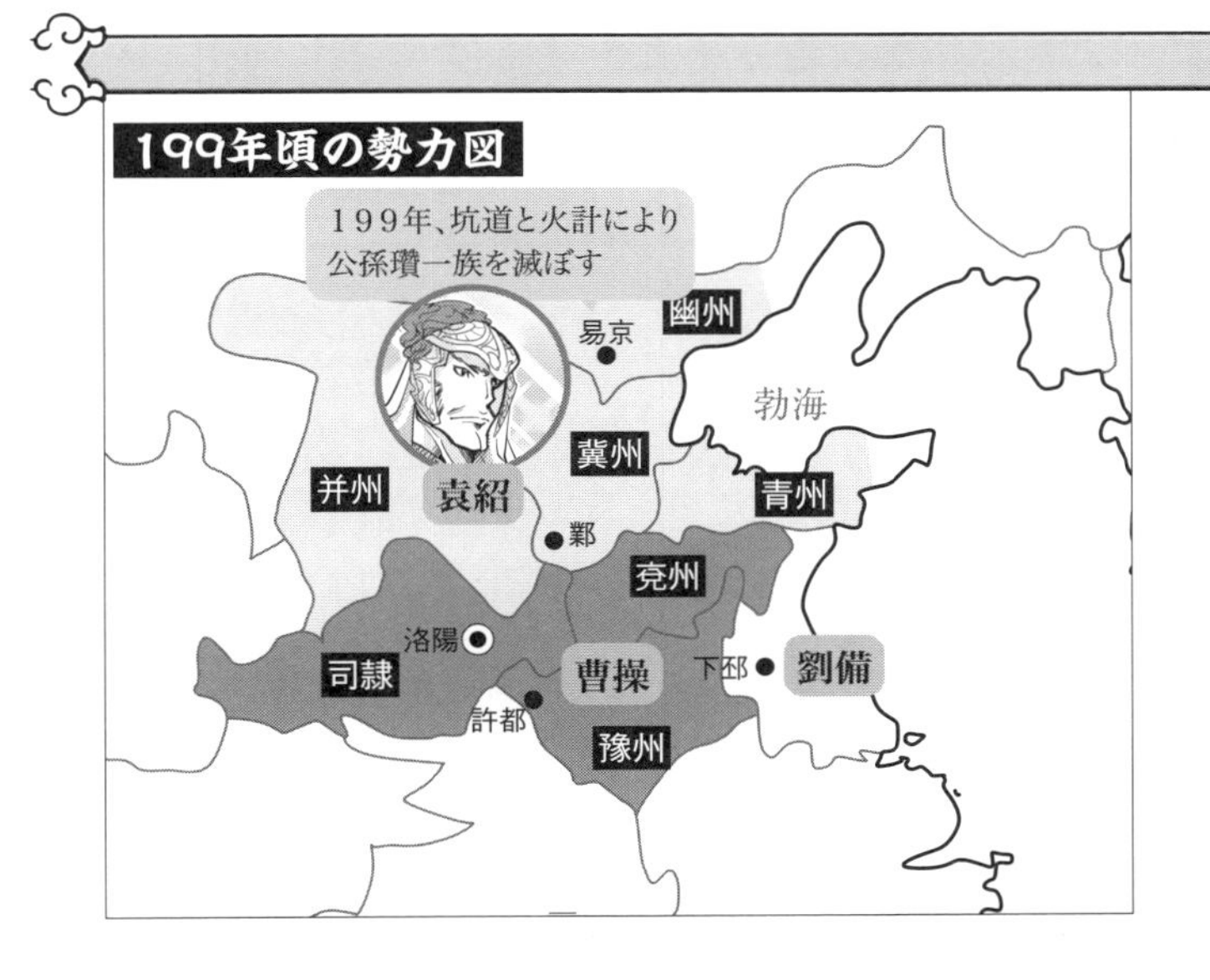

河北に大勢力を築く袁紹

袁紹は名家出身という出自を利用しながら、名士たちの支持を受け、勢力基盤を固めていった。そして、長年戦い続けてきた公孫瓚を滅ぼすと、河北四州を治める天下第一の勢力となる。

第十二話　暗殺勅許
曹操の庇護を受けた劉備は献帝に皇族と認められて親しくなった
それで劉皇叔と義兄弟はどうしたのじゃ!?
呂布の方天画戟がグワーッと俺様の首を襲ったとき!! ガキィン!! 雲長の偃月刀が刃を跳ね上げたのさぁ!!
献帝の舅
董承
さらに献帝は曹操から軽んじられたことから舅の董承に勅を下して曹操暗殺を企てた
玄徳どの…!!
曹操…陛下に対し横暴な振るまいばかり
一狩り行きましょう陛下…
劉備も曹操の振る舞いに憤り暗殺の謀議に加わる
ザァア…
ところが曹操は劉備を厚遇してたびたび酒席に招いた
劉備! 今天下で英雄と呼べるものは誰だ?
ゴロ
ゴロ…
えーっと…
袁紹や劉表とぉ江東の孫策ってのも強いらしいな
袁紹は甘ったれ! 劉表は凡愚! …孫策は若すぎて敵をつくりすぎる
ゴロ…ゴロ
ピシャ
…天下の英雄とは「新しき政を推し進める男」と…
「天下の豪傑や民草…そして皇帝すらも魅了する持つ男」
俺とお前だ!!

そんな折――
皇帝を僭称した
袁術が兄の袁紹と
連携しようと
軍を率いて北上中…
玉璽を持つ朕が
袁術
皇帝じゃい
曹操殿！俺に
袁術を討たせてくれ！
オラオラ袁術ぅ!!
勝手に皇帝を
名乗りやがって!!
劉備様が朝敵を
討伐するぜ!!
舐めてェェェ!!
in 徐州
ところが袁術を
蹴散らした劉備は
許都に戻らず
徐州にとどまった
曹操の下につくのは
もうまっぴらだ！
だからって
暗殺なんていう
真似で世の中は
変えられねぇ
独立して正々堂々
曹操を討って
献帝陛下を
救い出してやらぁ!!
劉備が帰って来た!!
徐州に劉備が帰って来た!!
劉備は曹操を
挟み撃ちに
するべく袁紹と
同盟したが…
オォォオ!!
よくほざいた劉備!!
俺が自ら引導を
渡してくれよう!!
こっこんなすぐ
攻めてくんのかよ
今の俺の勢力じゃ
歯が立たねぇって！
あわわ…
曹操にボロ負けした
劉備は身ひとつで
袁紹のもとへ逃れた
雲長も
翼徳もどっか
行っちまったぁ
うわぁ～ん!!

建安五（200）年

劉備も加わった曹操暗殺の謀議

演義／第二十～第二十四回

呂布を滅ぼして河南を手中にした曹操は、次第に増長を見せ始めます。**ある日、曹操は献帝をともなった許田での巻狩で、献帝に向けられた万歳をさえぎり、代わってそれを自分が受けるという僭越を犯したのです。**天子を天子とも思わぬ曹操の振る舞いに、献帝は絶望。舅である重臣の**董承**に曹操暗殺の密勅を託します。董承もまた曹操の横暴を苦々しく思っており、素早くひそかに同志を集めます。計画には、劉備や馬騰ら六人が賛同しました。

しかし曹操の警戒はきびしく、なかなか計画を実行できません。そうするうちに馬騰は本拠の涼州に帰り、曹操から強く監視された劉備も袁術討伐を口実に徐州に逃れます。

そこへ、ふとしたことから計画を知った宮中医師の**吉平**が協力を申し出ます。吉平は医師の立場を利用して曹操に近づき、薬と偽って毒を処方しようとしました。しかし、あと一歩のと

人物ファイル

董承（?～200年）

董卓の元配下。長安時代に献帝の近臣に収まり、洛陽帰還を主導した。権力争いを制するために曹操を味方に引き入れるなど、狡猾な逸話が多い。演義はこれらを採用せず、漢の忠臣としての董承像を一貫させている。

クローズアップ

酒を煮て英雄を論ず

曹操から、「天下の英雄は、余（自分）と貴公のみだ」とカマをかけられた劉備は、暗殺計画が見抜かれたかと思わず箸を取り落とすが、ちょうどそのときに轟いた雷鳴におどろいたフリをして、動揺を隠し通した。曹操はあと一歩のところまで迫りながら、ついに劉備の腹の中を見抜けなかったのだ。

ころで、董承の下僕の密告により、計画が曹操に露見。実は巻狩での横暴自体が、反曹勢力をあぶり出すための謀略だったのです。**曹操は、董承以下の首謀者とその縁者700人を皆殺しにします。**さすがに自分の権威の源である献帝には手出ししませんでしたが、**董承の娘である董貴妃は容赦なく処刑しました。**董貴妃は、献帝の子を身ごもっていました。

さらに曹操は、ふたたび徐州で独立していた劉備を攻撃します。劉備は曹操が袁紹と対決する隙を突こうとしていたのですが、曹操の電光石火の攻撃はその予想を上回っていました。**劉備は徐州を失い、さらに三兄弟もバラバラになりました。**劉備は、身ひとつで袁紹のもとへ逃れます。

演義は、劉備を漢の庇護者、敵役である曹操を漢に仇する者として位置づけます。その点で、劉備が献帝から皇叔（皇帝の叔父）と認められたこと、曹操が漢にキバを向くはじまりである許田の巻狩、劉備も加担した献帝・董承の曹操暗殺計画、反曹操を明らかにした劉備の徐州再独立、そして皇帝の妃すら手にかける曹操の漢臣粛清など、重要なエピソードがたくさん含まれるこの一連の事件は、演義全体のターニングポイントと言えます。

三国志図解

献帝と董承による曹操暗殺計画

許田の巻狩における曹操の振る舞いに絶望した献帝は、舅の董承に曹操暗殺の密勅を下した。同志に加わった劉備は、露見前に徐州へ逃れ、以後、曹操との対決姿勢を鮮明にする。

献帝

← 曹操暗殺の密勅を下す

董承（献帝の舅）

同志たち

劉備
曹操の監視がきびしく、袁術討伐に赴く名目で徐州へ逃れる。

馬騰
西涼太守。実行に移せないまま、涼州に帰る。

王子服・呉碩・呉子蘭・种輯
董承派の官僚。計画露見後、縁者もろとも処刑される。

吉平
宮中医師。曹操の毒殺を謀るも露見し、処刑される。

劉備の逃亡後
関羽は劉備夫人を守り
下邳城にこもった
関羽の武勇と義の厚さに
惚れておってな…なんとか
幕下に加えられぬかな
美しい
髭だ…
ではこの程昱に
お任せくだされ!
軍師
程昱
第十三話
関公三約
程昱は策で関羽を
城外におびき出すと
その隙に下邳城に
軍勢を入れて占拠――
助けて～!!
劉備夫人らを
捕らえると
曹操は関羽に
投降を呼びかけた
ぬう…!?
関羽!!
ここで意地を張り
斬り死にをすれば
お前は3つの罪を
犯すことになるぞ
1つ! 劉備の家族を
守れずに死ぬ罪!
2つ! 優れた力を
持ちながら匹夫の勇
として終わる罪!
そして3つ!
義兄弟と同日に
死ぬという誓いを
破る罪!!
なるほど、この関雲長!!
降伏してもよい…だが
3つ条件がござる!!
1つ! 曹操殿ではなく
漢に降ること!!
2つ! 劉備夫人に
誰も手出しせぬこと!!
3つ! 劉備が見つかれば
すぐにそのもとへ帰ること!!
曹操は関羽の義と忠に
感じ入り、すべての
条件を認めた
もったいない…
さらに
屋敷や美女、金品を
送ったが関羽は喜ばない
ただ1つ――
受取拒否!
赤兎馬をいただける
のでござるか!?
この馬があれば
兄者のもとへ飛んで
行けますぞ!!
…まぁその忠義が
魅力なのだが…
まぁよいか…

関公三約　建安五（200）年

関羽は曹操ではなく、〝漢〟に降伏した

演義／第二十五回

三絶のうち、**義の絶**と讃えられる**関羽**。その義が大きく取り上げられる最初の場面が、この「**関公三約**」です。

演義はこの場面で、張遼の口から、関羽がここで死ぬことで犯す3つの罪を説明させます。対する関羽が提示した降伏条件も、やはり3つ。最大のポイントは、第一の**「曹操ではなく漢に降る」**です。**毛宗崗は、「この漢とは劉備のことである。劉備の行方が不明なので、一時曹操に身を寄せたにすぎない」と解説しています。**かなり観念的な理屈です。

中国では、正当な理由で主君を変えることは、必ずしも不忠とはされません。それにも関わらず、関羽はのちに命をかけて劉備のもとに帰還します。中国史上でも、きわめて稀な事例です。関羽が義の絶と称されるゆえんは、ここにあります。「関公三約」は、そうした劉備への一貫した関羽の忠を表現するために生まれた創作なのです。

クローズアップ

燭を秉りて旦に達す

曹操は許都へ戻る道中、関羽が劉備へ帰参できなくなるように、関羽と劉備夫人を同室に泊まらせた。しかし関羽は灯を手にして、夜明けまで戸外で見張りをして、曹操の罠に動じることはなかった。あるべき君臣間の義、男女間の義を関羽が示す虚構の1つである。同時にこういう状況下で、男女の過ちがよく起こっていたという明清時代の社会風潮をうかがわせる。

クローズアップ

呼称でわかる関羽の神格化

演義では、関羽は「雲長」「関公」「関某」など呼ばれ、たとえ地の文でも呼び捨てにされることはほとんどない。これは演義が書かれた当時、すでに関羽が神格化されており、呼び捨てにすることをはばかったためである。

白馬・延津の戦い　建安五（200）年

ポイントは関羽の武か、曹操の軍略か

演義／第二十五～第二十六回

史実において、三国志で一番の軍略家はおそらく曹操でしょう。曹操が注釈をつけた**『孫子』（魏武注孫子）**は現在まで伝わるほど広く読まれました。**白馬・延津の戦い**からは、そうした軍略家としての曹操の冴えが見られます。

曹操は袁紹の大軍が白馬に攻め寄せると、白馬ではなく延津に行き、袁紹軍の背後を襲うよう見せかけます。そして、袁紹が延津方面に気をとられた隙に、曹操は白馬に急行して顔良を討ち、白馬の守兵を撤退させます。さらに袁紹軍が黄河を渡って追撃してくると、撤退中の白馬の軍勢をおとりとして、袁紹軍をギリギリまで引きつけ、伏兵で強襲して文醜を討ちました。

『孫子』には、味方の兵が少ない場合は兵力差が出にくい運動戦を行うべしとあります。曹操はそれに従い、袁紹軍を陽動作戦で翻弄して、少数の兵で勝利したのです。

人物ファイル

荀攸（157～214年）

字を公達。荀彧のおい。曹操の筆頭参謀であり、各地を転戦する曹操に常に従って多くの献策を行った。白馬・延津の戦いの作戦を立案したのも荀攸である。一方で思慮深く慎重だったため、一見すると愚鈍で臆病のようでもあり、そこも曹操に高く評価された。

クローズアップ

「漢寿亭侯」とは何か？

顔良を討った功績に対し、曹操は関羽に「寿亭侯」の爵位を与え、その印を届けさせた。しかし、関羽は喜ばない。はっと気づいた曹操は印面に一字を加えて、「漢寿亭侯」として贈り直した。関羽は「曹操は私の心をよくわかっている」と言い、今度は印を受け取った。よくできた虚構であるが、史実に反するため、惜しいことに毛宗崗本では削除された。

これに対し、演義で描かれるのは関羽の武です。**演義は白馬・延津の手柄を関羽個人の武によるものとして描きました。**しかし、関羽が顔良を斬ったことは正史にありますが、文醜を討ったことは創作です。そして演義ではさらに、その武を際立たせるため、顔良・文醜の強さにも脚色が加えられました。

汜水関の戦いで袁紹の口から両者の存在が示され、盤河の戦いでは文醜が公孫瓚軍を蹴散らして、趙雲とも互角に打ち合っています。周到に二人の強さに伏線を張っているのです。そして、白馬・延津の戦いでは、顔良は宋憲・魏続・徐晃を、文醜は張遼・徐晃を退けています。やられ役にさらにやられ役を用意する手法は演義が好むものなのですが、顔良・文醜が退けたのはすべて実在する人物。中でも張遼と徐晃は曹操軍の重鎮です。それだけ、**顔良・文醜のやられ役としての格の高さを表している**と言ってよいでしょう。

こうして際立たせられた関羽の武は、同時にその義も強調されます。延津の戦いの前、関羽は曹操に恩返しをした上で、劉備のもとへ去ることを約束していました。**曹操軍の誰もが止められない顔良と文醜を討つことは、関羽が果たした報恩の重さを表現するものでもあるのです。**

三国志図解

白馬・延津の戦いに見るちがい

官渡の戦いの前哨戦となった白馬・延津の戦いでは、曹操の軍略が光り、袁紹軍の二枚看板である顔良・文醜を討ち取るなど、曹操軍の大勝利に終わる。対して演義では、関羽が圧倒的な武を披露し、その存在感を際立たせた。

正史の場合

・曹操は延津を攻めると見せかけて、白馬の顔良を討つ（直接討ったのは関羽）。
・白馬から撤退し、文醜をおびき寄せると伏兵で討ち取る。

↓

『孫子』にならった**曹操の軍略**が際立つ!

演義の場合

・白馬で宋憲・魏続・徐晃を蹴散らしていた顔良を、関羽が討つ。
・延津で張遼・徐晃を破った文醜を、またも関羽が討つ。

↓

突出した**関羽の武**が際立つ!

曹操VS袁紹
第十四話 関羽千里行
曹操と袁紹の対立は激化しついに袁紹軍は宣戦布告――
袁紹は自軍の中で二枚看板と称される顔良と文醜を先鋒とするが…
顔良将軍と文醜将軍が討たれた！
あっあれは…青龍偃月刀!?
顔良
関羽が赤兎馬に乗ってやがる!!
曹操に降ったのは本当だったんだ!!
文醜
しかし関羽は合戦中に劉備の居場所を知り曹操に別れを告げた
とうとうお前をなびかせられなんだな関羽…
世話になりました曹操殿…
ところが各地の関所に連絡が行き届かず関羽は行く手をはばむ者を斬って強行突破した
オォォォ
たしかに曹操には一方ならぬ恩情を受けた
この関雲長は誓ったのだ！あの桃園で漢に尽くすことを!!
趙雲
雲長ぅ!! 翼徳ぅ!!
よく帰って来てくれたよ!!
こんな兄貴のもとに！
そうだ!! 公孫瓚殿のもとで戦ってた趙雲が来てくれたんだ!!

関羽千里行　**建安五（200）年**

関羽の義と「曹操の恋」

演義／第二十七～第二十八回

袁紹と戦う曹操軍の陣中で劉備の所在を知った関羽は、約束通り曹操のもとから去ります。曹操はあの手この手で引き止めようとしますが、最後はいさぎよく見送りました。配下には関羽を脅威に感じて捕えようとする者、関羽の無礼をとがめようとする者もいましたが、曹操はそれも止めています。

この場面の主眼は**去りゆく関羽の義**にありますが、演義は同時に**曹操の度量と人材愛**をよく描いています。曹操は賈詡のような仇敵であっても、才があれば深く重んじましたが、関羽への想いは別格です。吉川英治『三国志』がこの場面を「恋の曹操」と題したのは、さすがと言えるでしょう。

曹操にきびしい毛宗崗も、「関公は奇だが、曹操もまた奇である。……奸雄にして豪傑を敬愛する。奸雄中の奸雄である」と、曹操の義を讃えます。

人物ファイル

関平（？～219年）

関羽の子。正史に名前があるだけの人物だが、演義では関羽の養子として登場。厚い忠孝の持ち主で、常に関羽につき従って活躍する。最期は、父と運命をともにして孫権に処刑された。現在の関帝廟では、同じく演義における忠臣周倉と並んで祀られている。

クローズアップ

五関に六将を斬る

関羽千里行は、関羽が劉備に帰参する際、合わせて5つの関を突破し、六人の敵将を相次いで斬ったという、関羽の武勇を代表する場面。しかし、史実ではなく虚構である。と言うより、演義における関羽の武にまつわるエピソードは、ほとんどが創作。それだけ、関羽が武神として篤く崇拝されていたということだろう。

COLUMN 7

曹操が讃えた関羽の義とは？

演義で、義絶と激賛される関羽。忠と義を何よりも重要な徳目に置く当時の社会においても、飛び抜けていた関羽の忠義とはどのようなものだっただろうか。

受けた恩には何があっても必ず応える関羽の義！

「漢に降るも曹には降らず」と言った関羽は、曹操からさまざまな恩賞を与えられても、決してもとの主である劉備を忘れなかった。

一方で関羽は、曹操からの厚意もないがしろにしない。立ち去る前に恩返しをすることを約束し、その約束どおり、顔良・文醜を斬って曹操軍を救った。本来は敵同士でも、受けた恩は恩として報いることを忘れない。これも関羽の義である。

こうした演義が描く関羽の忠と義は、もともとは正史にもとづく。

正史には、張遼に心中を問われた関羽は、「曹公が私を厚遇してくれているのはよくわかるが、しかし劉将軍からも厚恩を受け、ともに死ぬことを誓い合った。これに背くことはできない。私はいずれ去るが、必ず曹公のために報いてから去ろう」と答えた。それを聞いた曹操は、これを義としたとある。

関羽を義と評価したのは、ほかでもない曹操なのである。

なびかない関羽を賞賛した曹操の度量の大きさ！

この記録に対し、裴松之は「曹操は関羽の心をくみ、去る関羽を追わず、その義を全うさせた。王者の度量がなければ、どうしてこんなことができよう」と高く評価する。

演義もまた、正史の理解に従い、この場面に限っては曹操を悪く描かない。それが意図したものであることは、原典である『平話』と比べると明らかになる。

『平話』では、曹操は張遼の策に従い、関羽に餞別を贈るふりをして、その隙に捕えようとする。しかし関羽はそれを見抜き、餞別を馬上から剣先で受け取り、さっそうと去る。

関羽の機知を表現したかったのだろうが、これではその義は描けない。これに対し演義は、関羽が餞別を受けるシーンは採用しながら、張遼の策略と曹操の二心を削った。

関羽の義は、曹操という理解者があってはじめて成り立つのである。

関羽の忠義と曹操の度量

関羽の忠と義

- 曹操から赤兎馬、新しい戦袍、爵位、金品、美女をもらっても、劉備への忠義を忘れない。
- 曹操の厚情もないがしろにせず、立ち去る前に文醜・顔良を斬り、恩に報いる。

曹操ではなく、漢に降ると宣言した関羽。漢とは、劉備が再興を目指す理想、つまり劉備そのものと言える。

曹操の度量

- ありとあらゆるものを贈って関羽を懐柔しようと試み、それでもなびかないと知り、その義を賞賛した。
- 関羽が暇乞いの挨拶に来ると、惜しむ気持ちを抑え、立ち去ることを許した。

関羽が劉備への忠義を貫くほど、自分になびかなくなるのを知りながら、だからこそ関羽には価値があると評価した曹操。

第十五話 官渡決戦
天下の二喬を嫁にしたのに嬉しくないか!?
めでたーーい!!
孫策は勢力を拡大する中美人姉妹を見初め孫策は姉の大喬を周瑜は妹の小喬を娶った
大喬
小喬
嬉しいがこういう形で孫策と義兄弟になるのは…
そんな孫策のもとへ曹操との決戦が迫る袁紹から同盟が持ちかけられた
黄河
「許都」
孫策!曹操を挟み撃ちにするのだ
おうよ!
ところが許都遠征を計画する最中孫策は刺客に襲われ毒矢を受けてしまう
悪鬼孫策!! 許貢様の仇ィッ!!
大丈夫か今すぐ治療を…!!
チッ…しくじった…
孫策は治療に専念したが
その頃城市で道士の于吉が人気を集めていることを知る
うぉぉ
于吉!!
于吉!!
孫策は于吉を捕らえると
妖術師め!!首をはねろ!!
おのれ孫策ェェ
于吉を殺して以降孫策の容態は急変し危篤状態となった
于吉め…亡霊となって俺をとり殺しに来おった

弱気なことを言うな これは矢の毒が……
…俺は急ぎすぎたのさ 小覇王なんて呼ばれて調子に乗っちまって
早く天下に追いつくために敵対者を…すべて切り伏せてきたが
ググ…
グ… ここまで…だな… 孫権…手を……
孫家の次代を孫権に託す
国内のことは張昭に国外のことは周瑜にそれぞれ相談せよ
兄上
お前は軍の先駆けとなって引っ張る男じゃないが…お前の王器は誰よりも深い!!
俺が目指した天下ではなく… 孫権の天下を追い求めろ!!
孫策ッ!!
死ぬな!
孫策の死後 孫権が跡を継いだが 葬儀が終わっても孫権は泣き暮らした
いつまで引きこもるつもりだ孫権殿!!
容赦ないのう…
張昭
亡兄の遺命から逃げるのか
孫家の軍師にすべき二人を推挙する!
パアン!!

曹操に立ち向かうには勢力拡大が必要!!孫家がとるべき道は西!!
……ってェ…
魯粛
諸葛瑾
お父上の仇敵劉表を討つべきかと
河北は曹操に任せ孫家は長江一帯の支配を固めましょう
はア!?
魯粛の策をいれた孫権は袁紹と手を切り曹操と同盟
同盟
手切れ
黄河
孫家の領土を増やすべく…そして孫権の天下を追い求めて足場固めに奮闘した
一方 河北では——曹操と袁紹の決戦はクライマックスを迎えていた
呂布軍にいた張遼ではないか!!武人なら潔く主と生死をともにせよ!!
張郃
張遼
生き恥をさらしても戦うと決めた!!文句があるなら斬り伏せてみよ!!
ガギッ
呂布軍から吸収した騎兵で袁紹軍を攪乱する曹操軍に対し大軍を率いる袁紹は力押しで攻め続けた
押し込まれた曹操は袁紹軍を自領深くに誘い込むと官渡に陣地を築いて守った
官渡
官渡の守りは固い…力攻めでの攻略は愚策か…!!
櫓の上から矢を射こめ!
坑道を掘れ!!そこから城内に侵入せよ!!

ヒュ――
ゴドガ!!
シャ
曹操軍は櫓には
巨石を投げ飛ばす
霹靂車を用い
霹靂車
(投石車)
ガッ
坑道には掘割で
水を流し対抗した
劉曄
あっ
戦線がこう着する中
袁紹軍の軍師許攸が
曹操軍に投降する
許攸
袁紹軍は兵糧を
すべて烏巣に
集めておるぞ!
そうか!!
ならば…
俺自ら
烏巣を夜襲
してやるッ!!
曹操は烏巣を急襲し
すべての兵糧を
焼き捨てる
この張郃 一生の不覚!
いかようにもされよ!!
ホントに好きにして
良いのかァ?
烏巣炎上
乱戦のさなか猛将張郃は
曹操軍に投降――
兵糧を失って浮き足立つ
袁紹軍は壊走した
お前のような
甘ったれに覇道を
譲る気はない!!
袁紹はわずかな
部下に守られて
本拠の鄴に逃げ帰り
曹操は大勝利を収めた

小覇王の死　建安五（２００）年

呪殺シナリオを生んだ孫策の欠点

演義／第二十九回

史料には、孫策の死について二通りの記録があります。1つは、**「許貢の食客の手にかかり、その傷がもとで死んだ」**というもの。もう1つは、**「于吉を処刑したのち、于吉の亡霊におびえた末に古傷が破れて死んだ」**というものです。

演義はこの「傷」をキーワードとして、2つの記録を結びつけ、「許貢の食客の手にかかり、その傷が癒え切らないうちに、処刑した于吉の亡霊におびえ、傷が破れて死んだ」という創作をしました。

複数の異なる記録を結びつけて脚色することは、演義が得意とする創作パターンの1つです。しかも、この2つの記録は、単に「傷」でつながるだけでなく、どちらも孫策のある欠点と本質を浮かび上がらせています。

史実から見ると、孫策の命を奪ったのはその性急さにあると

人物ファイル

張昭（156〜236年）

字を子布。徐州彭城国の出身。河北の戦乱を避けて江東に逃れた、北来の名士の代表格。周瑜とともに兄を継いだばかりの孫権を盛り立て、孫氏の江東支配確立に大きく貢献した。また剛毅な性格で、事あるごとに孫権に諫言した。孫権も張昭を慕いつつも、時として意地を張り合うかのように激しく対立した。

クローズアップ

道士于吉

符水で病人を癒やし、天候を自在に操ったという道教の道士。また100歳近い高齢だったともいう。演義において、于吉が孫策を呪い殺す様子は、孫策が滑稽に見えるくらい誇張して描かれる。この様子は演義による、読者を代弁する権力者批判なのだろうか。

言えます。孫策は江東を平定する過程で、自分に逆らう勢力を力で抑えつけました。自分が君主として君臨するのを妨害しうる存在を、武力で弾圧してきたのです。**しかしそれは、孫策と江東の豪族たちとの間に致命的な亀裂を生みました。**許貢も于吉も、そのようにして孫策に殺された者たちでした。

また、孫策が袁術の庇護を受けていたときに陸康一族を滅ぼしたことも、孫策と江東豪族との対立を代表する事件です。陸康は、「呉郡の四姓」の1つに数えられる江東きっての名族でした。公孫瓚の失敗例からわかるように、名士や地元豪族の協力を得ることは、安定支配の確立に不可欠です。**孫策はわずかな期間で勢力拡大を果たしましたが、豪族との対立関係を改善できぬまま、その凶刃に斃れたのです。**

孫氏政権と江東豪族との和解は、弟の**孫権**へ課題として残されました。臨終の孫策は孫権を呼び寄せ、「軍を率いて天下の群雄たちと雌雄を決することでは私はお前に劣らぬが、賢臣を抜擢して才能ある者を任用し、江東を保つことでは、私はお前に及ばない」と言い遺しました。自分の限界と孫権への期待が込められた遺言と言えるでしょう。

三国志図解

江東豪族と対立する孫策

孫策は勢力を急拡大させることの代償として、自身をおびやかす存在を容赦なく攻撃した。呉郡太守の許貢は、朝廷に孫策の脅威を上表したために殺された。また、陸康攻めは袁術の指示によるものだが、それ以前から孫策は、陸康に面会を求めて拒絶されたことを遺恨に思っていたという。

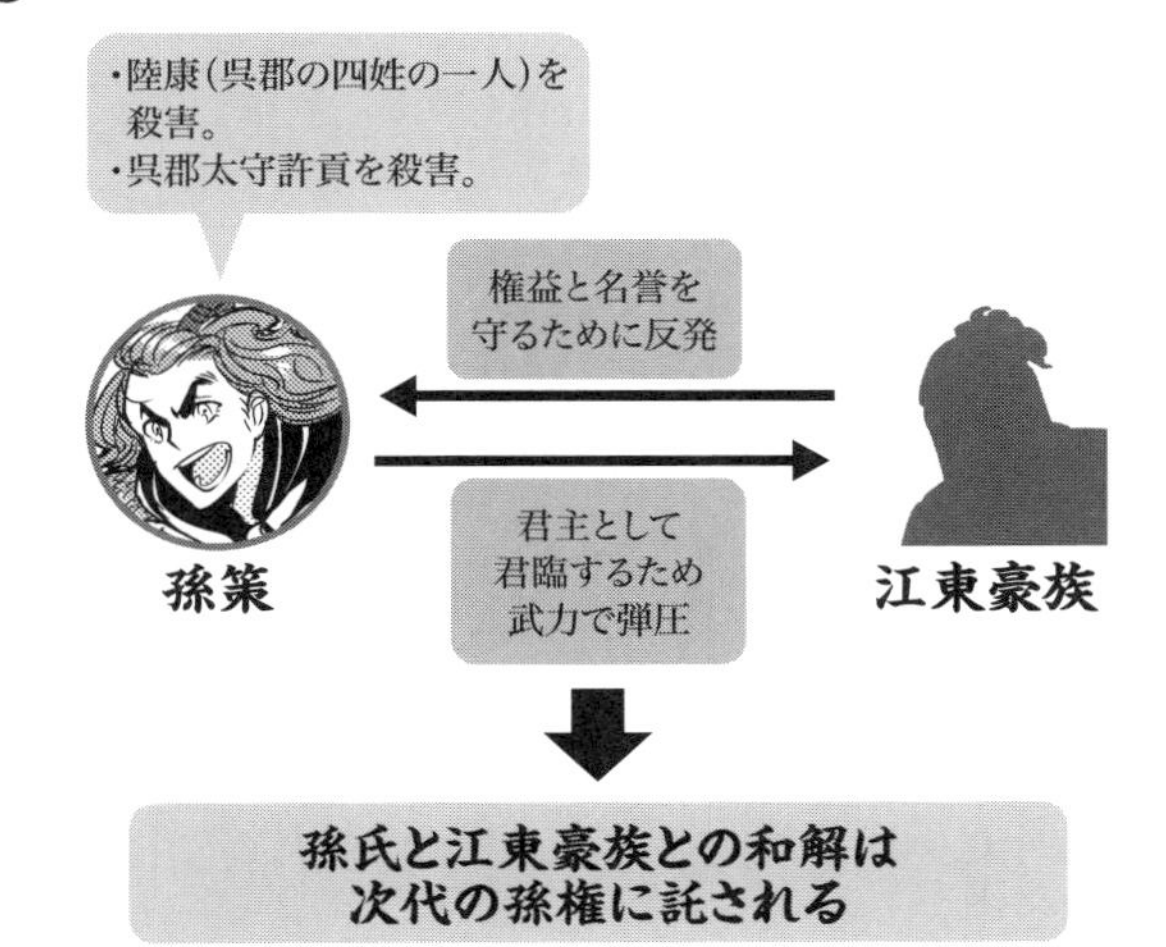

・陸康(呉郡の四姓の一人)を殺害。
・呉郡太守許貢を殺害。
権益と名誉を守るために反発
君主として君臨するため武力で弾圧
孫策
江東豪族
孫氏と江東豪族との和解は次代の孫権に託される

曹操を官渡大勝に導いた〝猛政〟

演義／第三十回

演義でも強調されるように、袁紹は優柔不断の人と評されます。ただし、それは袁紹個人の性格というよりも、政権そのものの性質が強く影響しているようです。

袁紹のような名士の尊重は、領国の安定支配につながる一方、君主の権力を弱めることにもなります。これまでは、その弱点が露わになることはありませんでした。**しかし、官渡の戦いという一大決戦では、名士の影響力の強さから意思決定スピードが鈍り、さらに政権内部の権力闘争も露呈したのです。**

対する曹操は、普段は名士の見識を尊重しますが、袁紹軍の兵糧の基地の存在を知ると、自ら奇襲部隊を率いて攻撃したように、非常時には君主である自分のするどい判断を優先しました。それが官渡の戦いの明暗を分けたと言えます。

袁紹の名士・豪族政策は、基本的に後漢のやり方をなぞるものです。後漢は豪族と協調し、彼らに儒教思想を浸透させるこ

人物ファイル

許攸（?～?）

字を子遠。荊州南陽郡の出身。袁紹配下の有力名士の一人だが、進言を退けられたことを不服に曹操に投降。袁紹軍の兵糧庫が烏巣にあることを教え、曹操を勝利に導いた。しかしその手柄を誇り、曹操にも傲慢に振る舞ったため、のちに殺された。また、欲深い性格で、待遇に不満を感じて投降したともいう

人物ファイル

張郃（?～231年）

字を儁乂。冀州河間国の出身。官渡の戦いで、味方の郭図に讒言されたため、身の危険を感じて曹操に降伏。曹操・曹丕・曹叡の三代に仕え、とくに曹叡の時代には諸葛亮の北伐を幾度も阻んだ。しかし撤退する諸葛亮を追撃した際、思いがけず矢が右膝にあたり戦死した。

とで官僚として取り込みました。豪族に対して寛やかな態度で統治する**寛治**は、後漢の豪族政策の特徴です。しかし寛治は長く続くと、豪族のさらなる成長を招き、官僚たちの腐敗も生みます。後漢をむしばんだ腐敗の原因です。

寛治に対して、**猛政**という統治方法があります。国家権力のもと、法や礼によって民をきびしく管理するやり方です。かつて法治主義（厳格な法律によって国を治めること）のもと、中華統一を成しとげた始皇帝の秦に近いものです。しかし秦が短命に終わったように、過剰な猛政は反発を生みます。ゆえに儒教では、寛と猛をバランスよく相互に行う**寛猛相済**が理想とされました。**曹操が時として苛烈な政策を行うのは、後漢の寛治が限界を迎えたと判断し、猛政へと切り替えたからなのです。**

しかし、袁紹の政策は、後漢の栄光にならう寛治でした。後世から見れば、時勢を読み誤ったと言えるかもしれません。しかし正史には、官渡の戦いののち、袁紹本営から曹操の配下たちの手紙が多数発見されたとあります。曹操に近しい者ですらその勝利を確信できず、袁紹に内通しようとしていたのです。それだけ曹操は、袁紹とその背後にある後漢の強大さとギリギリのところで戦っていました。

三国志マップ

天下分け目の決戦となった官渡の戦い

官渡の守りを固める曹操に対し、大軍を率いる袁紹は力押しで攻撃。曹操は一時、許都に撤退することを荀彧に相談するほど、追いつめられていた。荀彧はこの一戦こそが天下を分けると判断し、曹操をとどまらせ、勝利へと導いた。

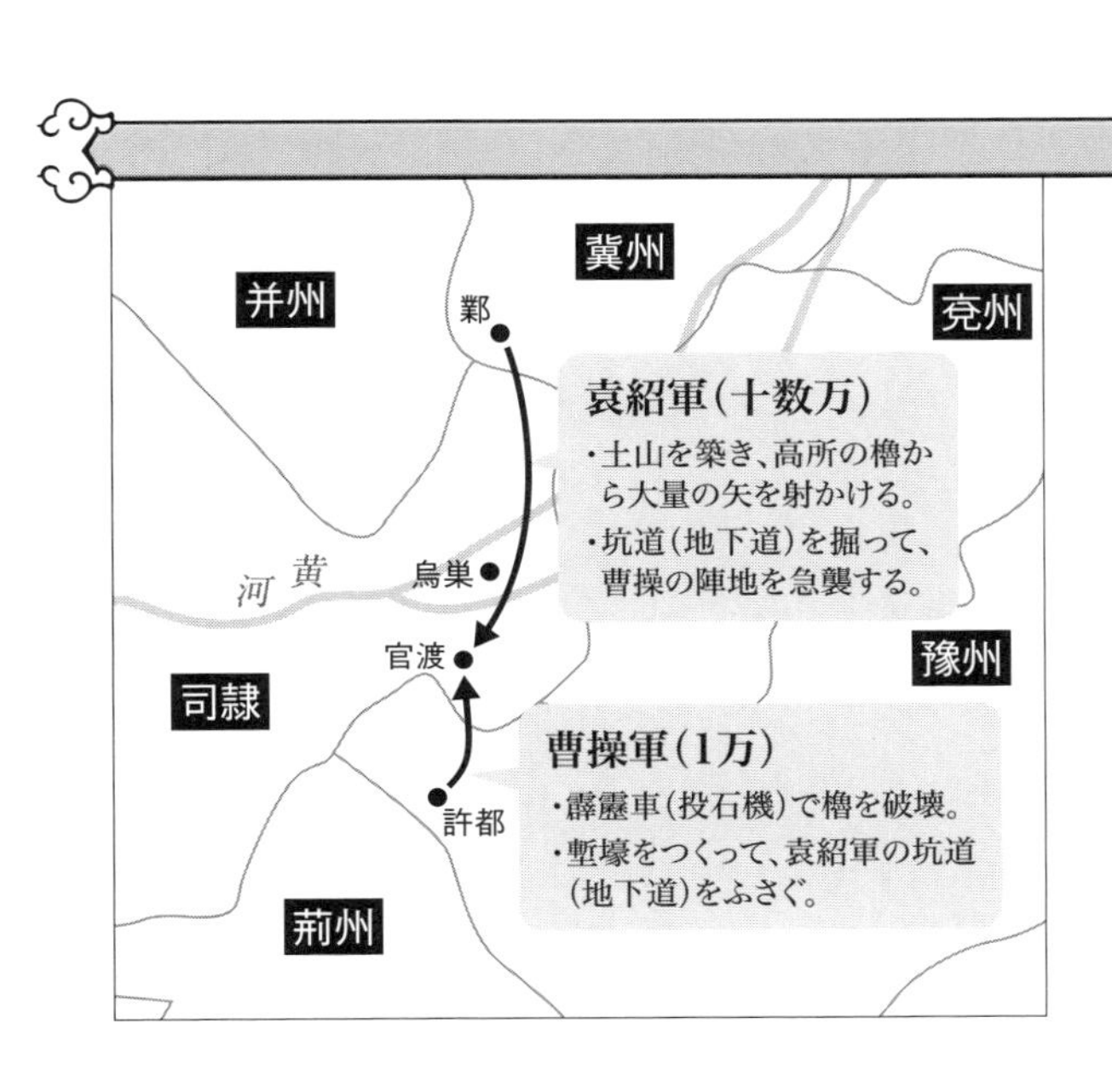
冀州
并州
兗州
鄴
袁紹軍（十数万）
・土山を築き、高所の櫓から大量の矢を射かける。
・坑道（地下道）を掘って、曹操の陣地を急襲する。
黄河
烏巣
官渡
豫州
司隷
曹操軍（1万）
・霹靂車（投石機）で櫓を破壊。
・塹壕をつくって、袁紹軍の坑道（地下道）をふさぐ。
許都
荊州

袁氏の滅亡

建安六〜十二（201〜207）年

なぜ名門袁氏は亡びたのか？

演義／第三十一〜第三十三回

官渡の戦いで敗れた2年後、袁紹は失意のうちに病死します。

袁紹には、袁譚・袁煕・袁尚の三子がいました。嫡長子が相続するという原則で言えば、本来は長男の袁譚が継ぐべきところです。**ところが袁紹は三男袁尚の才能を愛していたため、袁譚を亡兄の養子にして後継者から外していました。**納得できない袁譚は、袁紹の死後にその後継者を自称。さらにそこへ群臣たちの派閥争いも絡んだために、袁氏は袁譚と袁尚&袁煕の二勢力に分裂しました。

ただし両勢力は、最初こそはまがりなりにも共闘しました。曹操という共通の脅威があったためです。しかし曹操も、袁氏の内実を見抜いていました。そこで曹操はあえて河北から撤退し、袁氏の内紛を誘いました。袁尚&袁煕に対し、劣勢になった袁譚はあろうことか、仇敵曹操に同盟を持ちかけます。

人物ファイル

郭嘉（170〜207年）

字を奉孝。曹操の参謀の一人。豫州潁川郡の出身。呂布討伐や袁氏掃討でとくに功績をあげたが、曹操の河北平定直後に若くして没した。のちに曹操は赤壁の戦いで敗れたとき、「奉孝さえおれば」と嘆いたという。

クローズアップ

曹操親子を惑わせた悲劇の皇后

袁煕の妻だった甄氏は、鄴が陥落したとき、その美貌に一目惚れした曹丕（曹操の子）に略奪された。のちの曹叡（曹魏の二代皇帝）を産むが、やがて寵愛が衰え、最期は自害させられた。そんな悲劇性ゆえか甄氏にまつわる逸話は多く、たとえば曹操や曹植（曹丕の弟）も甄氏に惹かれていた逸話がある。とくに曹植には、甄氏の美貌を詠ったという伝説を持つ詩が今に伝わる。

すべては曹操の思うつぼでした。曹操は袁譚と結んで、袁尚を攻め立てます。袁尚は本拠の鄴を放棄。幽州の袁熙を頼り、さらには北方の異民族の烏丸のもとへ逃げました。それでも曹操は攻め手を緩めず、万里の長城をも越え、過酷な行軍の末に烏丸を撃破。**袁尚・袁熙はしぶとく遼東まで逃亡しましたが、最期は遼東の主である公孫康の手にかかって死にました。**

一方の袁譚は、曹操と袁尚の戦いの隙に漁夫の利を狙いますが、曹操はこれもお見通しでした。袁譚は盟約違反を口実に同盟を破棄され、袁尚より一足早く曹操に滅ぼされました。

かくして曹操は河北の袁氏を一掃し、天下のうち八州を掌握しました。残るは南の荊州・揚州・益州や辺境の涼州などですが、**黄河流域を天下の中心と見る中国の世界観で考えれば、この時点で曹操はほとんど天下を手中にしていたと言ってよいでしょう。**

さらに曹操はこの翌年、朝廷において形だけになっていた三公制度を廃止し、丞相という官職を復活させ、自らその地位に就きました。名目上においても、曹操は百官の頂点に立ったのです。

その曹操の次なる標的は、荊州の劉表です。天下の統一は、もう目前でした。

三国志図解

官渡から7年、袁氏を滅ぼす曹操

曹操によって滅ぼされた袁氏兄弟。しかし実際は、官渡で勝利してから河北を平定するまで、曹操は7年の時間を費やしている。袁紹死後も、袁氏は依然強大だったのだ。

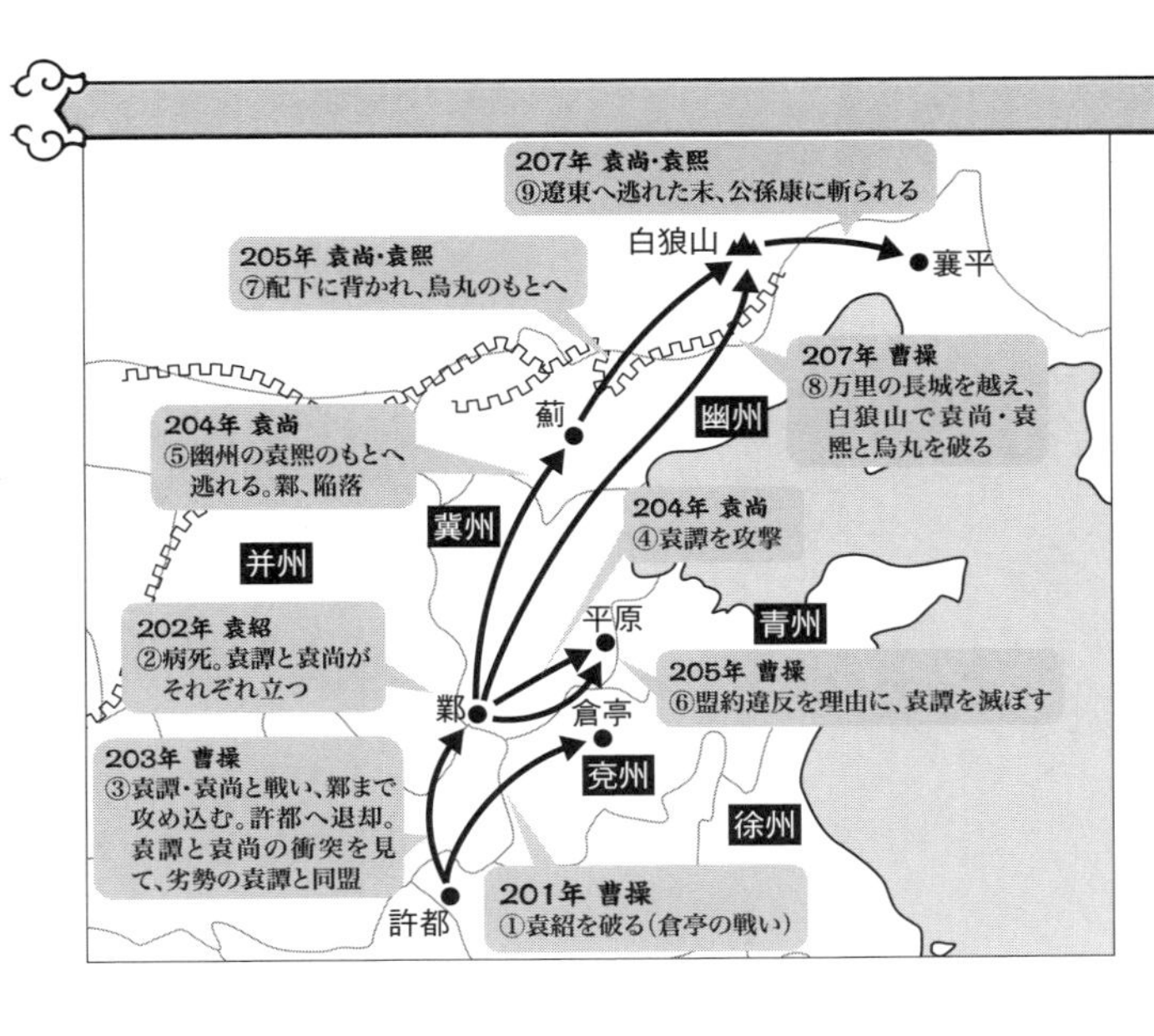

COLUMN 8

英雄たちと戦った辺境異民族

中国には漢民族を中心に置く中華思想があるが、実際では周辺民族の強さに悩まされ続けた。その代表的な異民族を紹介しよう。

匈奴

もっとも強大だった北方のモンゴル系騎馬民族。秦の始皇帝が匈奴に対抗するために築かせたのが、万里の長城である。匈奴の全盛期を築いた単于（君長）の冒頓は、平城の戦いで高祖劉邦（在位前202〜前195年）に大勝し、長らく漢を屈伏させた。

漢の反撃は武帝（在位前141〜前87年）の時代。何度も討伐軍を派遣し、さらに西域のシルクロードへ遠征して西方交易の利益を奪い、ついに匈奴を討ち破った。

その後、匈奴は衰退し、後漢初期には南北に分裂。後漢は南匈奴と組んで北匈奴を駆逐。後漢末に、匈奴はほぼ漢に服した。

烏丸（烏桓）

匈奴と同じく、北方騎馬民族。漢は匈奴と対抗するため、積極的に烏丸を保護した。後漢の光武帝（在位23〜57年）は、精鋭の烏丸騎兵（烏桓突騎）の力を借りて天下を平定した。

後漢末、河北を支配した袁紹も烏丸と協調。このため、河北を追われた袁尚は烏丸の王の蹋頓を頼った。曹操は袁氏討伐とあわせて烏丸討伐を決行。曹操に敗れた烏丸は衰退し、三国時代後期にはほぼ歴史上から姿を消した。

鮮卑

トルコ系の北方民族。羌族とともに後漢の脅威となった。大人（族長）の軻比能は、魏との同盟と敵対を繰り返しながら勢力を拡大。蜀の第三次北伐では、諸葛亮の要請により出兵している。のちに西晋が滅亡し、異民族が中国を席巻した五胡十六国時代には、鮮卑による王朝が次々誕生した。のちに中国を統一する唐も鮮卑系である。

高句麗

漢代から唐代まで、遼東半島や朝鮮半島にまで勢力を広げた東方のツングース系異民族。三国時代には王の位宮が公孫淵に味方し、司馬懿と戦っている。

羌

西方のチベット系遊牧民族。後漢ともっとも激しく戦った民族であり、後漢の名将の多くが羌との戦いの中で頭角を現している。

一方、董卓や馬騰のような涼州の軍閥は羌の文化に親しみ、羌兵を軍に編入するなど、その力を利用した。馬騰の子の馬超は羌族とのクォーターである。

演義では、諸葛亮が魏に味方した羌の戦車兵を北伐で破っているが、史実の蜀は、諸葛亮の方針により羌と結ぶことを重視。これが遅れて参入した馬超が、蜀で重用された理由である。

山越

これまで述べた辺境の民族とは異なり、呉の領域内の山間部に居住した民族。山越の根強い抵抗に対し、呉は繰り返し軍隊を派遣。降伏した山越を軍に編入し、農耕させるなどして支配を試みた。呉の主要な将軍のほぼ全員が山越討伐を経験したように、山越は呉にとって長年の問題だった。

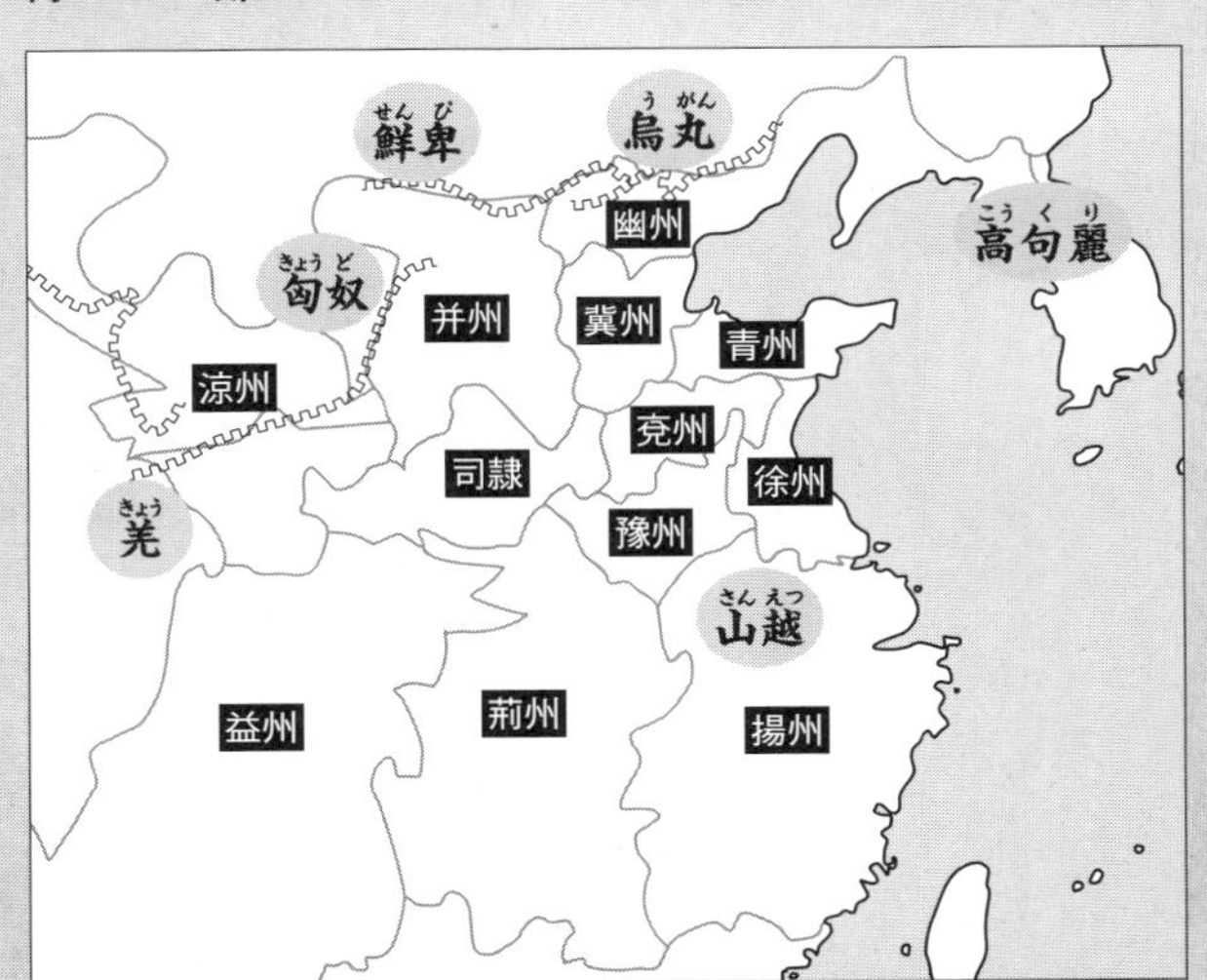

第四章

荊州で髀肉を嘆く劉備は、
三顧の礼をもって
運命の軍師・諸葛亮を迎え入れる。
そして、
天下をつかみかけていた曹操が
赤壁で一敗地にまみれると、
天下は曹・孫・劉の三つ巴の展開に。
劉備の逆襲が始まる中、

桃園の誓いに
不吉な影が
忍び寄る。

を競う時代

主な登場人物

劉備（りゅうび）

演義の主人公。荊州に滞在中、運命の軍師・諸葛亮と出会い、天下三分の計を示され、蜀獲りを実行。漢中王となる。

諸葛亮（しょかつりょう）

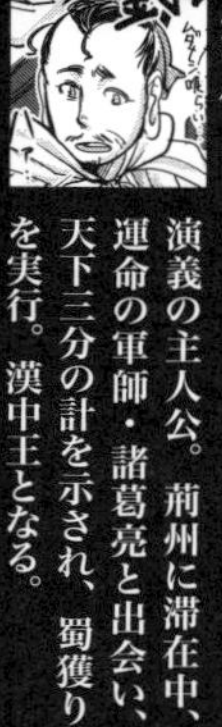

臥龍と称された名軍師。荊州の草廬に隠れ住んでいたが、三顧の礼を受けて劉備のもとに参じた。

張飛（ちょうひ）

劉備の義弟。天下無双の豪傑だが、短気で失敗も多い。長坂坡で一人、しんがり軍を務め、曹操の大軍を大喝して追い払った。

主な出来事

- 新野の戦い　建安十一(２０６)年
- 三顧の礼　建安十二(２０７)年
- 長坂坡の戦い　建安十三(２０８)年
- 赤壁の戦い　建安十三(２０８)年
- 荊州争覇　建安十四(２０９)年
- 周瑜の死　建安十五(２１０)年
- 魏公即位　建安十八(２１３)年
- 劉備入蜀　建安十六～十九(２１１～２１４)年
- 魏王即位　建安二十一(２１６)年
- 定軍山の戦い　建安二十二～二十四(２１７～２１９)年
- 漢中王即位　建安二十四(２１９)年
- 関羽の死　建安二十四(２１９)年

三人の英雄が覇

趙雲（ちょううん）

劉備の武将。長坂坡で、敵中にとり残された阿斗と甘夫人を単騎で救出した。

周瑜（しゅうゆ）

呉の総司令官。諸葛亮と並び称された智謀を誇り、赤壁勝利の立役者となる。その後は諸葛亮の策に翻弄され、病死する。

曹操（そうそう）

劉備のライバル。中原の覇者として南征を行うが、赤壁で周瑜に敗れる。その後、魏王となり、天下簒奪の意を露わにする。

龐統（ほうとう）

鳳雛と称された名軍師。劉備に仕え、蜀入りの快進撃を支えるが、落鳳坡で劉備と誤認され、矢で射殺される。

関羽（かんう）

劉備の義弟。荊州を任され、劉備の漢中王即位に呼応して北進。呉の呂蒙に後方を攻められて孤立。義を貫いて神となった。

第十六話 臥龍出廬

曹操が河北を平定した頃——劉備は劉表の客将となっていた
荊州牧
劉表
ムダメシ喰らい…
戦にも出ずにやることねぇなぁ
プニ…
内もものぜい肉がだぶついてやがる
曹操も着々と勢力を広げてるってのに…
荊州には臥龍・鳳雛という天才がおり
この二人を得れば天下を取れますぞ
水鏡先生
水鏡先生の言ってた臥龍・鳳雛を迎えりゃうまくいくのかな…
そんなおり劉備は徐庶という軍師と出会った
よろしくな！曹操が荊州に攻めてくるらしい気張ってくれよ!!
徐庶(単福)
荊州の名軍師…この徐庶が噂の臥龍・鳳雛なんじゃねぇか！

八門金鎖の陣突破!!
曹操軍の曹仁が攻めてきたものの徐庶の計略によって散々に打ち破った
軍師すげぇ!! あの曹操軍に勝てるなんてよぉ…！
曹仁
ところが曹操が徐庶の母を人質にとったことから徐庶は曹操に降ることに…
うぅ…うぅ…
仕方ねぇよ…俺も女手ひとつで育てられたんだ…気持ちはわかるぜ
…劉備様！このおわびに…

一回目
お教えします…
臥龍のすみ家を…!!
いません
二回目…
いません
徐庶の言葉を信じ
劉備は臥龍の家を
訪ねたが1回目も
2回目も不在で…
劉備はどうしても
諦め切れず
三度、訪ねた──
三回目…
まさか…本当に
劉備様がお越しに
なっていたとは…
スミマセン…
寝起き
諸葛亮
たまたま外出が重なり
2回も不在にして
しまいました
無位無官の若造の
ところに三度も
お越しいただけるとは…
あっあんたが
臥龍だよな!?
漢室復興のため!
曹操を倒すのに
力を貸して…
対抗するには
〝策〟が必要です
それは不可能です
今の曹操に勝てる
者はいません
え…?
許都
広い中華大陸のうち
河北は曹操 江東は孫権が
土台を固めてます
劉備様は残った土地を
手に入れましょう
そして孫権と手を組んで
曹操に対抗するのです
劉備は〝臥龍〟こと
諸葛亮を軍師とし
天下三分の計に
漢室復興を託した
天下三分の計

建安六〜十一（２０１〜２０６）年

髀肉に感じた劉備のジレンマ

演義／第三十四回

時間はやや戻り、袁紹のもとを去って義兄弟や趙雲と再会した**劉備は、汝南の戦いでふたたび曹操に敗れ、荊州へ落ちのびます**。荊州牧の劉表は、同族でもある劉備を客将として丁重に迎えました。

このときの荊州は、董卓の頃に赴任してきた劉表のもと、十数年にわたって、半ば独立状態を保っていました。河北とちがって大きな戦火にもあわず、そのため河北から逃れた知識人たちの避難地にもなっていました。劉備もそうして避難してきた一人でしたが、戦場で活躍する機会は減り、あるとき太ももについた贅肉に気づいて、自分の境遇を嘆きました。これを**髀肉の嘆**といいます。

劉表は、曹氏・袁氏に次ぐ勢力を持ちながら、覇権争いには消極的でした。**戦略的に見れば、曹操が袁氏と戦っていたときは、曹操の背後を突くチャンスでした。**とくに曹操が万里の長

人物ファイル

蔡瑁（?〜?）

字を徳珪。荊州襄陽郡の出身。蔡夫人の弟。荊州の名士として、劉表の荊州支配を助けた。演義では、姉の産んだ劉琮を劉表の後継者にするため、邪魔者である劉備の命を狙う。劉表の死後、州をあげて曹操に降伏。しかし赤壁の戦いで、周瑜の謀略により曹操に処刑される。

クローズアップ

神秘的な阿斗の誕生物語

劉備の荊州時代に劉禅（幼名：阿斗）が誕生している。演義は、甘夫人が阿斗を身ごもったとき、北斗七星を呑む夢を見たとしている。母が異物に感じて孕むことを感生帝説といい、天命を受けた帝王の誕生を意味する。また、史実では劉備の妾である甘夫人を、演義は劉備の正妻とする。劉禅を庶子（妾の子）から嫡子（正妻の子）とするためである。

城を越え、烏丸討伐に赴いたときはまたとない絶好機だったはずです。実際、曹操の配下たちも劉表の脅威を説いて、曹操の出征を諫めています。しかし、ただ郭嘉だけは、**「劉表は座して議論するだけの人物です。劉備を任用することもできないでしょう」**として遠征をすすめたといいます。

はたしてその通り、劉備が曹操不在の許都を攻撃するよう求めても、劉表は動くことができませんでした。のちに劉表が悔いて劉備に謝ると、劉備はいずれ機会もありましょうと言ってなぐさめたと史書にはあります。**正史は、劉表は外面は寛大だが内心は猜疑心に満ちていた、とその人物を評しています。**

演義は、劉備の庇護者である劉表をそこまで悪くは描きませんが、それでも**劉表は惰弱さゆえに劉備の進言どおりの思い切った行動がとれなかったとします。**また、夫人である蔡氏と側近の蔡瑁が荊州を自分たちのものとするため、劉備を排除しようと策謀をめぐらせていました。そのため、劉備は劉表に余計な疑念を持たれないよう、思いきった行動をとれませんでした。

劉備はこうした中で劉表の客将に甘んじて、曹操の勢力拡大を傍観するしかありませんでした。そのときの鬱々たる心境の表れが髀肉の嘆なのです。

三国志マップ

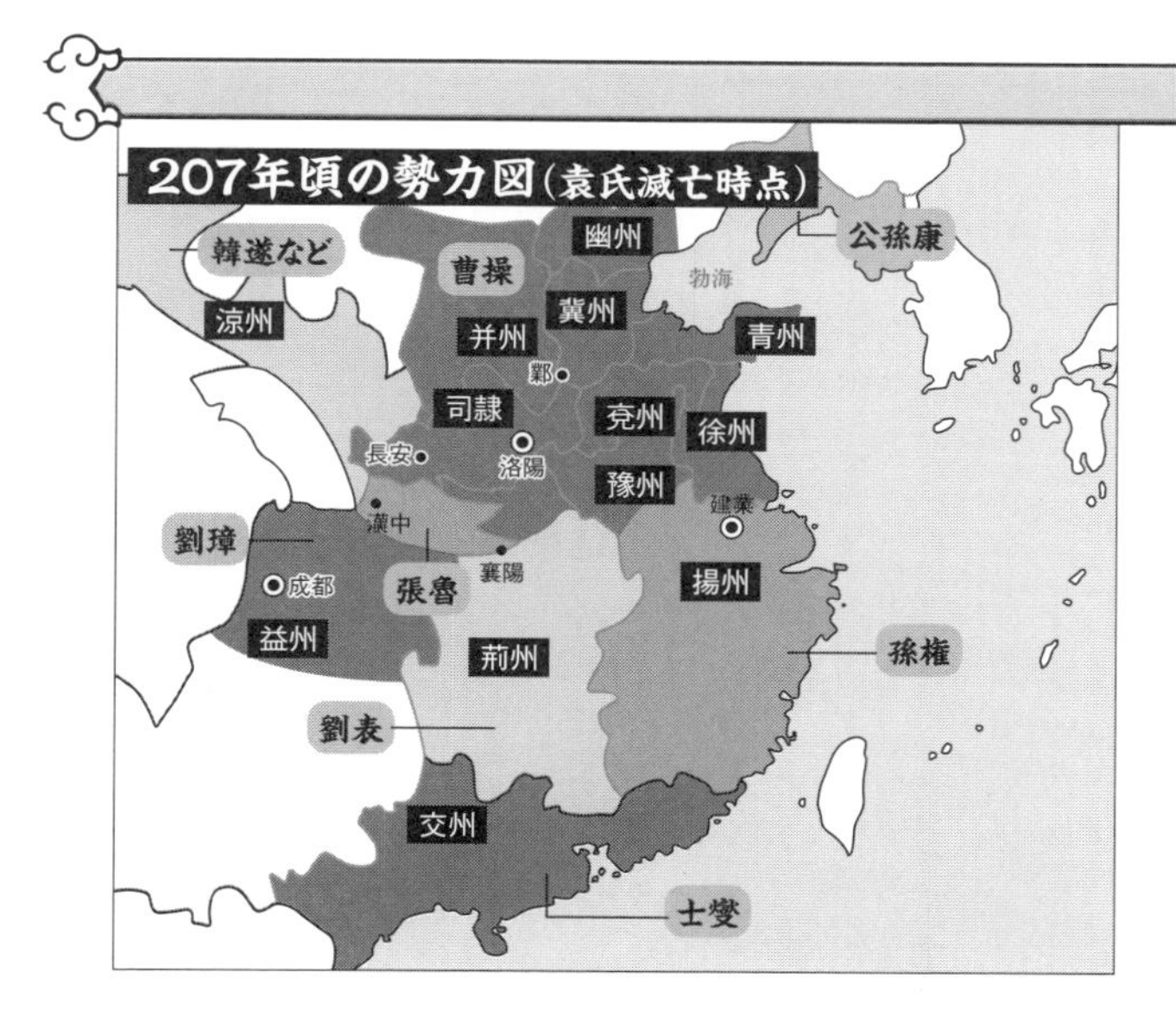

中原を支配下に収めた曹操

袁紹を滅ぼした曹操は河北四州（幽州、冀州、并州、青州）を支配下に収め、中華最大の勢力となる。次なるターゲットは荊州の劉表、揚州の孫権となったが、劉表に反曹の意思はなく、孫権も方針を決めかねて、揺れていた。

劉備に欠けていたのは戦略か、戦術か

劉表のもとで不遇をかこつ劉備に助言を与えたのは、隠者の水鏡先生こと司馬徽でした。**司馬徽は、劉備の落ちぶれている原因を人材がいないためとし、「臥龍・鳳雛なる奇才のうち一人でも得ることができれば、天下を治めることができる」と言います。**

そんなおり、劉備は**徐庶**に出会い、これこそ臥龍・鳳雛かと思い、軍師として招きます。**徐庶は劉備の期待通り、新野の戦いで曹仁を討ち破りました。**劉備は軍師の力を思い知ります。

いみじくも水鏡先生が指摘したように、史実においても劉備に足りなかったのは徐庶のような人材です。演義は、これを戦の戦術を立てる**「軍師」**と見なします。徐庶が曹仁の**八門金鎖の陣**を戦術で破ってみせたのは、軍師の力の表れです。さらに言えば、『平話』の徐庶は、「神に祈って風を呼ん」で曹仁を破るなど、道士的な描き方をされています。こうした道士的な参

人物ファイル

司馬徽（?～?）

字を徳操。豫州潁川郡の出身。河北から避難した名士グループの中心。諸葛亮と龐統を用いるよう劉備に助言した。「好、好（よし、よし）」が口癖で、何にでもそう答えるのでさすがに妻がたしなめたところ、「お前の言うことも好、好」と言ったという。

人物ファイル

徐庶（?～?）

字を元直。豫州潁川郡の出身。別名を徐福。単家（貧しい家）の出自だった。劉備に仕え、友人の諸葛亮を推挙した。のちに母が曹操に捕らえられたため、「方寸（心）が乱れて、これ以上お仕えできません」と、孝のため泣く泣く劉備のもとを離れた。演義では、はじめは「単福」と名乗り、正体を隠して登場する。

謀としての「軍師」は、白話小説に決まってよく登場します。

一方、史実で言う「軍師」はもう少し広い意味を持ちます。**史実の劉備に欠けていたのは、現場レベルで戦術を立案する参謀ではなく、勢力の基本方針となる戦略をデザインする名士としての「軍師」です。**演義では負けてばかりに見える劉備ですが、実際は相当の戦上手でした。だからこそ客将として、公孫瓚、陶謙、呂布、曹操、袁紹、劉表と多くの群雄の間を渡り歩けたのです。しかしいくら戦が強くとも、大局的な戦略眼がなくては乱世を生き残ることはできません。曹操や袁紹が名士たちを必要とした理由です。

これ以前の劉備のもとには、糜竺のような行政官はいても、名士と呼べるような知識人はいません。もちろん、劉備もその必要性を自覚していたでしょう。徐州時代には当代きって名士である陳羣を重用しようとしています。しかし、劉備が徐州を離れたとき、陳羣は劉備についていきませんでした。陳羣にとって、関羽・張飛らとの任侠的なつながりを中心とする当時の劉備集団は、そこまでする魅力がなかったのでしょう。劉備集団は変革を迫られていました。徐庶は、そんな劉備の前に現れた最初の名士だったのです。

三国志図解

劉備、的盧で檀渓を跳ぶ

劉備は劉表に招かれた宴席で、蔡瑁に命を狙われる。危ないところで会を脱出したものの、その行く手を檀渓が阻む。追っ手が迫り窮地におちいった劉備は、やむなく川に飛び込んだが、数歩も行かぬうちに馬がつんのめっておぼれそうになる。そのとき、劉備が乗っていた馬は、主人に祟るという凶馬の的盧だった。「的盧よ、ついに祟りおったか」と劉備が叫んだ瞬間、的盧は一躍して川を跳び越えてしまった。劉備は凶馬と言われた的盧に命を救われ、窮地を脱することができたのである。左の写真は、演義の「檀渓を跳ぶ」の挿絵。

三顧の礼（正史）　建安十二（207）年

劉備が諸葛亮に懸けた切なる思い

演義／第三十六〜三十九回

諸葛亮は字を孔明、徐州琅邪国陽都県の出身です。幼くして父を亡くしたため、従父について揚州に逃れ、さらに従父と旧知の劉表を頼って荊州に移住しました。荊州に暮らす若き諸葛亮は、日々田畑を耕し、梁父吟（とある故事を詠じた詩）を詠って、自身を春秋戦国時代の名臣である管仲・楽毅になぞらえたと言います。

当時の荊州には、司馬徽や龐徳公を中心とする、劉表政権と距離を置く名士コミュニティがありました。**諸葛亮はこの龐徳公に師事し、コミュニティの一員として徐庶・龐統・黄承彦・馬良らと交友し、やがて臥龍と評されるようになります。**こうして諸葛亮は、荊州で名士の仲間入りをしたのです。

史実としての三顧の礼は、こうした名士コミュニティの存在を背景とします。司馬徽から諸葛亮を推挙された劉備は最初、徐庶に諸葛亮を呼びつけるように言いました。しかし、徐庶は

クローズアップ

水魚の交わり

現代でも、親密で離れがたい友情や交際などを意味する故事成語として使われる。しかし、『資治通鑑』の注釈者である胡三省が言うように、魚は水がなければ死んでしまう。親密どころではなく、魚にとって水とは自らの命をつなぐ存在なのである。この言葉に込められた劉備の切実なる思いが伝わる。

クローズアップ

諸葛亮の嫁取り

諸葛亮の妻は、黄承彦の娘。この娘は諸葛亮につり合う才覚を持っていたが、黄色の髪に色黒という不器量だった。それでもかまわず、諸葛亮は自分の妻とした。仲間たちは、「孔明の嫁取りを真似るな、黄さんの醜女をもらうはめになるぞ」とからかったという。見かけより才をとるのが諸葛亮らしい。

「この人は、こちらから行けば会えますが連れてくることはできません。将軍（劉備）が礼を尽くして自ら訪れるのがよいでしょう」と答えます。この言葉を受けて、劉備は自ら諸葛亮を訪ね、三度目にして会うことができたと正史にあるのです。

後漢において、三顧の礼を尽くすことは、三公クラスの在野の士を招く際に行われる最高の礼とされています。このときの諸葛亮は、司馬徽たちのコミュニティ内で評価されるだけの無官の青年にすぎません。劉備は過剰な礼を求められたと言ってよいでしょう。**それでも劉備は礼を尽くしました。関羽や張飛に頼る任侠集団から、新たな脱皮を図る劉備の覚悟がうかがえます。**

また正史には、関羽と張飛ははじめ、諸葛亮の参入をよく思わなかったとあります。これまでの劉備集団から見ると、諸葛亮のような名士は異質な存在でした。しかし、劉備は関羽と張飛の不満に、「孤に孔明があることは、魚に水があるようなものなのだ」と答えました。これが**「水魚の交わり」**の語源です。

劉備が諸葛亮にかけた期待の重さは、それほどでした。そして、諸葛亮がその期待に応えるべく、劉備に献じた戦略が「天下三分の計」なのです。

三国志図解

三顧の礼の異説

正史の注に引かれる『魏略』という史書には、劉備が諸葛亮を訪ねたのではなく、諸葛亮から劉備を訪ねたとする真逆の異説が記録される。『魏略』に従えば、三顧の礼は存在しなかったことになる。しかし、この書を引いた裴松之は、諸葛亮自身が著した「出師表」（↓224ページ）で三顧の礼が触れられていることを根拠に、『魏略』の記録が誤りだとした。異なる記録に対し、より信憑性が高い第三の文献を根拠にその正誤を判断する手法は、近代歴史学の基本である史料批判に通じる。およそ1600年前の裴松之の学問レベルの高さがわかる。

諸葛亮自身が書いた「出師表」に、三顧の礼が触れられている！誤りは『魏略』のほうだ！
裴松之
（正史『三国志』の注釈者）

三顧の礼（演義）建安十二（207）年

ドラマチックに脚色された三顧の礼

演義／第三十六～第三十九回

演義は、三絶の最後の一人、智絶にして物語後半の主役である**諸葛亮**の登場を実に劇的に描きます。

第三十五回で司馬徽の口から「臥龍」の存在が初めて語られますが、司馬徽は「好、好（よし、よし）」と言うだけで正体は隠したまま。その後、物語はいったん徐庶の話になり、第三十六回の最後でやっと諸葛亮の名前が明かされます。

続く第三十七回、劉備はすぐさま諸葛亮を訪ねますが、一度ならず二度も諸葛亮は不在。何度も付き合わされて不平たらたらの張飛は、さしずめやきもきする読者の代弁者でしょうか。そして第三十八回で、ようやく諸葛亮は劉備の前に姿を現すのです。

正史では、諸葛亮への礼の重さを意味するだけの「三顧」ですが、演義はその「三顧」にストーリー性を与え、よりドラマチックに脚色して読者の期待をあおります。

また、ここに至るまでの物語の組み立ても見事です。劉備が

人物ファイル

曹仁（168～223年）

字を子孝。曹操のいとこで、旗揚げから従う魏軍の重鎮。赤壁の敗戦以降は荊州方面の守りを任され、周瑜や関羽とも互角に渡り合った。最終的には魏の大司馬（軍事の最高官）に至った。

クローズアップ

滅びの美学と演義の歴史観

劉備は諸葛亮の友人から、「歴史は治世と乱世を繰り返す。漢の滅亡は必然だ」と問われる。これは、「天下は分かれること久しければ必ず合し、合すること久しければ必ず分かれる」というように、演義を貫く歴史観に通じる。漢の滅亡が必然とは、一見すると漢室再興を志す劉備を否定するかのようだが、滅ぶ運命にある漢に尽くし続けるからこそ、劉備の忠は輝く。演義が滅びの美学と言われるゆえんである。

檀渓を跳んで蔡瑁の凶刃から逃れ、司馬徽にかくまわれたときに臥龍の存在を知ること、徐庶が去り際に諸葛亮を推挙すること、関羽・張飛が諸葛亮をよく思わないこと、諸葛亮が博望坡で夏侯惇を破って二人を見返すこと……**これら個々のエピソードはすべて史料に基づきます。**

しかし史実において、劉備が檀渓を跳んだことと司馬徽を訪ねたことはそれぞれ別の逸話で、因果関係はありません。また、徐庶が去るのは諸葛亮が出仕したあとのことで、徐庶が去ることと諸葛亮の推挙との間には、何のつながりもありません。そして、博望坡の戦いは諸葛亮が出仕する前の出来事で、劉備は自力で夏侯惇を破っています。この戦いを諸葛亮出仕後に置き、関羽・張飛の不満と結びつけることで、二人が諸葛亮を認めるきっかけとしたのは演義の創作なのです。

このように、史料に基づきつつも本来は別々の事柄を1つの因果関係につなぎ合せることは、演義が得意とした虚構パターンの1つです。「演義は七割の事実と三割の虚構を交えるため、読者を惑わせること甚だしい」と非難したのは、清の時代の歴史学者の章学誠ですが、歴史学者がそう言いたくなるほどの虚構の巧みさには舌を巻くばかりです。

三国志図解

実力を示した博望坡の戦い

劉備が諸葛亮を重用することを、関羽と張飛はおもしろく思っていなかった。そこへ夏侯惇が大軍で攻め寄せると、張飛は諸葛亮のお手並み拝見とばかりに、「兄貴の水とやらで消せばいいじゃないか」とからかう。諸葛亮はそんな二人の思惑などおかまいなしに、劉備軍の諸将を的確に配置して、伏兵と火計で10万人の夏侯惇軍を一日にして全滅させた。自らは城を出ず、計略だけで夏侯惇を破った諸葛亮の実力に、関羽も張飛もすっかり心服した。

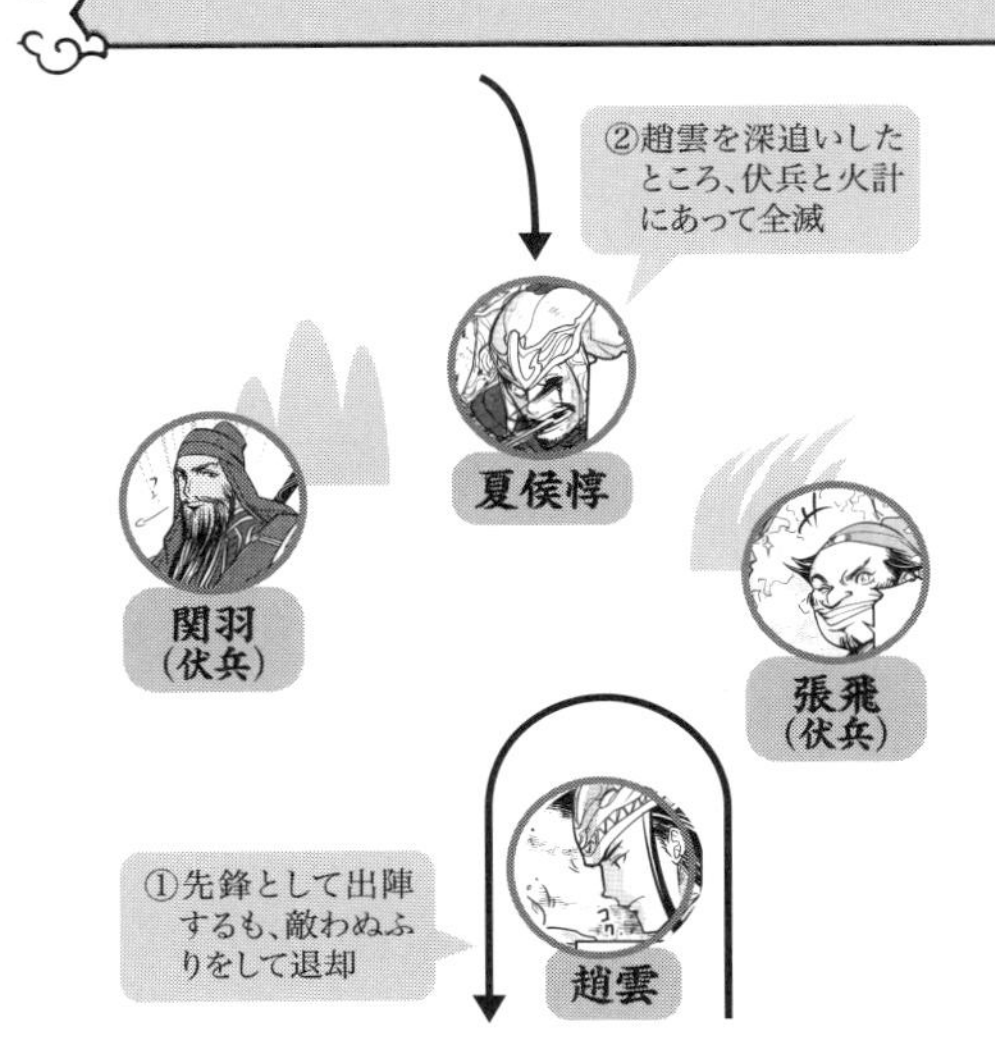
②趙雲を深追いしたところ、伏兵と火計にあって全滅
夏侯惇
関羽（伏兵）
張飛（伏兵）
①先鋒として出陣するも、敵わぬふりをして退却
趙雲

COLUMN 9

諸葛亮と魯粛、天下三分の計の真相

天下三分の計をとなえたのは、諸葛亮だけではなかった。魯粛が提唱した戦略は、ある意味で諸葛亮のものよりも時代の先を見据えたものだった。

王道の戦略を描いた諸葛亮

諸葛亮が劉備に示した計略は、「隆中対」あるいは「草廬対」と呼ばれる。そのポイントは、左図のとおり。

荊州と益州を拠点に、江東の孫権と結んで河北の曹操と対抗するという三国鼎立（三国が並び立つこと）を目指すことから、この計略は天下三分の計とも呼ばれる。ただし、天下三分はあくまで手段であり、最終目的は漢による天下の統一である。

諸葛亮が中華の統一を目指すのは、それが儒教におけるあるべき国家のかたちだからだ。そして、それを儒教が正統とする「漢」によって達成しようというのが諸葛亮の戦略である。儒教の常識に合った王道の戦略と言えよう。

時代の先を読んだ魯粛の革新性

諸葛亮の王道戦略と比較すると、魯粛の異端ぶりが明らかになる。

孫権は新たに登用した魯粛に対し、「漢を再興するにはどうしたらよいか」と尋ねた。それに対する魯粛の答えが、左図である。

魯粛の革新性は、何よりも漢をあっさり見限っている点にある。漢の再興が絶望的であることは、すでに多くの人が感じていた。それでも漢が滅びる前提で、自身の戦略を立てられるかどうかは別問題である。

魯粛は、天下統一にもこだわらない。最終的には統一を見据えてはいるものの、揚州・荊州という長江流域の支配が確立された時点で皇帝に即位してしまえと言う。

中国史上、長江流域の勢力が河北の勢力に対抗できたことは一度もなかった。しかし後漢末、河北の動乱などから長江流域の人口は急増し、国力は飛躍的に伸びていた。

魯粛は儒教にとらわれない理念を持ち、しかもそうした長江流域の変化の兆しを見抜いていた。魯粛の提案した天下三分は呉の未来を見据えた、斬新かつ合理的な戦略だったのである。

229年、孫権が皇帝に即位したとき、魯粛は没していた。孫権は「魯粛にはこうなることがわかっていたのだ」と言ってしのんだという。

諸葛亮と魯粛の天下三分の計

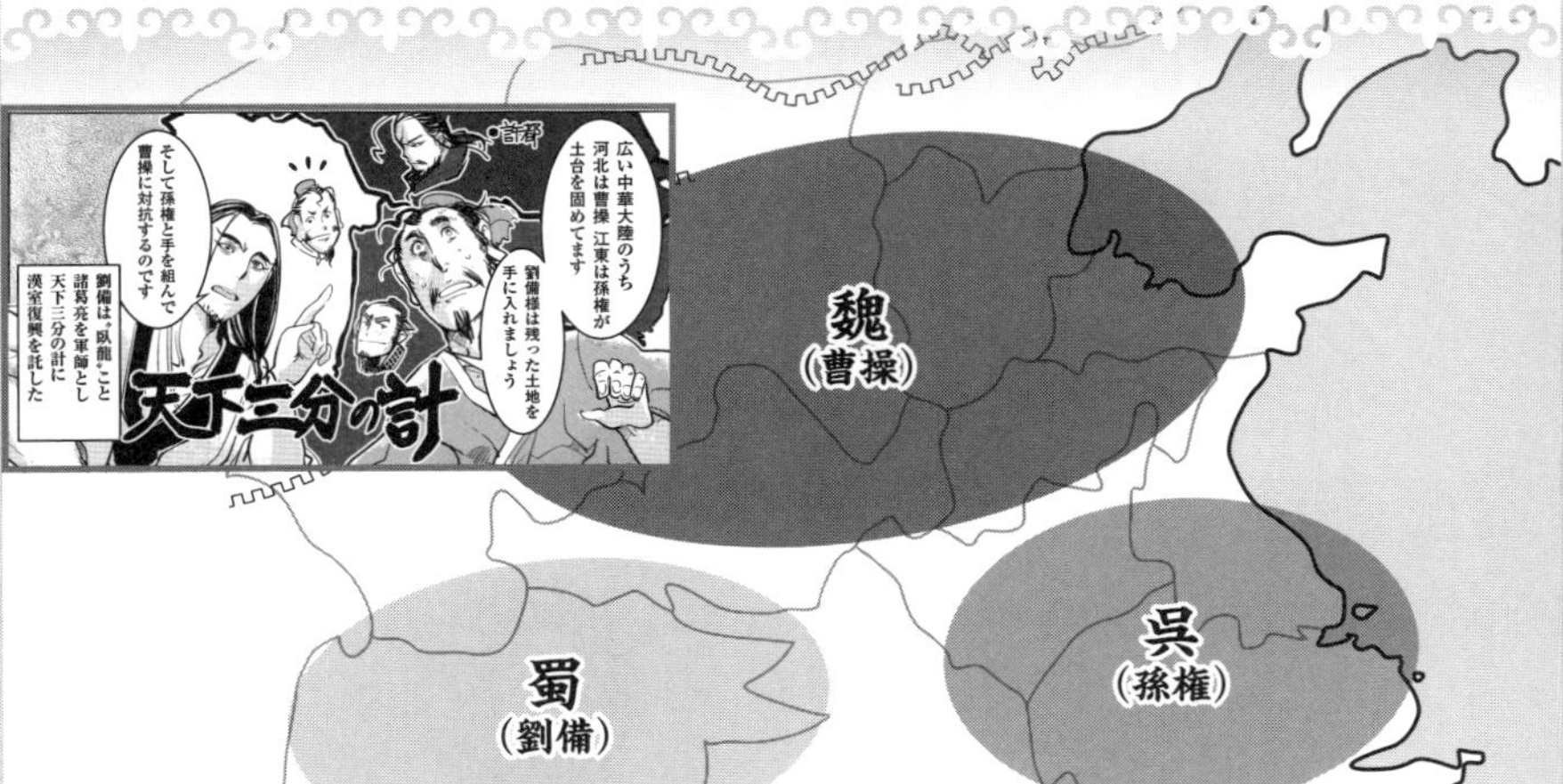

許都
広い中華大陸のうち河北は曹操 江東は孫権が土台を固めてます
劉備様は残った土地を手に入れましょう
そして孫権と手を組んで曹操に対抗するのです
劉備は"臥龍"こと諸葛亮を軍師とし天下三分の計に漢室復興を託した
天下三分の計

魏（曹操）
呉（孫権）
蜀（劉備）

諸葛亮の王道戦略

①大軍勢を擁し、天子を戴く曹操とは今は戦えない。
②江東の孫権はよく国を治めており、敵対せず味方にすべき相手。
③荊州は要衝であるのに、劉表に治める力がない。
④益州は守りに固く、肥沃な平野が広がる土地。州牧の劉璋は暗愚で、臣下は新しい名君を望んでいる。
⑤荊州と益州を支配し、孫権と盟を結んだうえで、荊州・益州の二方面から攻め上れば、漢は復興するだろう。

魯粛の異端戦略

①漢室を復興することも、今すぐ曹操を倒すことも不可能である。
②天下を三分させて江東を拠点にし、形勢を見守る。
③荊州と揚州を支配した時点で皇帝に即位し、統一の機をうかがう。

孫権を飛躍させた豊富な人材

建安七～十三（202～208）年

父の孫堅と兄の孫策の遺業を継いだ孫権は、まず人材を集め、江東の地固めにとりかかります。**これにより魯粛・諸葛瑾・顧雍といった文官、呂蒙・徐盛・丁奉といった武将の逸材が集いました。**

次に孫権は、長年の宿敵である黄祖討伐を目指します。黄祖はほかならぬ父の仇です。しかし黄祖はしぶとく、孫策時代から攻めては滅ぼし切れずという状態が続いていました。

その好機は、向こうからめぐってきました。黄祖配下の甘寧が孫権に投降したのです。これまで味方を苦しめてきた猛将の投降に孫権は奮い立ち、周瑜を大将に呂蒙・甘寧らに命じて討伐軍を発します。甘寧の目覚ましい活躍もあって孫権は黄祖を討ち、十数年越しで父の仇討ちを果たしました。

こうした演義のストーリーに対し、史実の孫権の課題もまたこの2点にあります。**孫氏と江東豪族の間の遺恨をどう解消す**

人物ファイル

甘寧（?～?）

字を興覇。益州巴郡の出身。呉を代表する猛将。わずか百人で曹操軍に奇襲を成功させ、「曹操には張遼がいるが、私には甘寧がいる」と孫権を喜ばせた。血気盛んな性格で、若い頃は無頼者の頭領として暴れ、人々は甘寧が身につける鈴の音を聞いただけでその襲来を知ったという。

クローズアップ

徐夫人の捨て身の仇討ち

孫権が兄を継いで間もない頃、弟の孫翊が配下に殺される事件が起こる。犯人は、孫氏と対立した江東名士の旧臣たちだった。孫氏がいかに江東の統治に悩まされていたかがわかる。なお犯人たちは、孫翊の妻である徐氏の捨て身の仇討ちによって討たれた。演義は、これを婦人のあるべき義挙として高く評価する。

るか、孫堅の仇である荊州にどう対処するか、です。とくに前者は、今後の江東支配に関わる火急の問題でした。

これらの問題を抱える孫権を支えたのが、周瑜と張昭です。揚州随一の名門の周瑜、北方から避難してきた名士たちの代表である張昭の呼び掛けにより、孫策時代には孫氏と距離をとっていた魯粛ら北来名士が孫権のもとに集まりました。また、**何より大きかったのは、「呉の四姓」である陸遜の出仕でした。陸遜は、孫策に滅ぼされた陸康一族の生き残りです。その陸遜が遺恨を忘れて孫権に出仕し、しかも孫策の娘を娶ったことは、孫氏と江東豪族との和解の象徴と言えます。**

孫策時代に比べて、孫権時代に北来名士や江東豪族の出仕が急増したことは、「賢臣を用いて江東を保つことでは、私はお前に及ばない」と言われた孫権の資質があればこそです。

しかし、すべてが解決したわけではありません。孫策と個人的に強く結ばれた周瑜は別として、多くの名士・豪族は、孫氏に江東を支配するだけの力があると認めたからこそ従っていたのです。ゆえに孫氏を上回る勢力が江東に現れたとき、両者の関係は危機を迎えます。河北を制圧した曹操の大軍勢が、赤壁の戦いが、すぐそこまで迫っていました。

三国志図解

孫氏と江東豪族との和解

周瑜と張昭は、孫策時代から名士の参入に尽力していた。それでも魯粛や諸葛瑾は、孫策時代には様子を見ていた。孫権時代になって彼らが出仕し、さらに陸氏一族が孫氏政権と和解したことは、孫権の資質を象徴する。

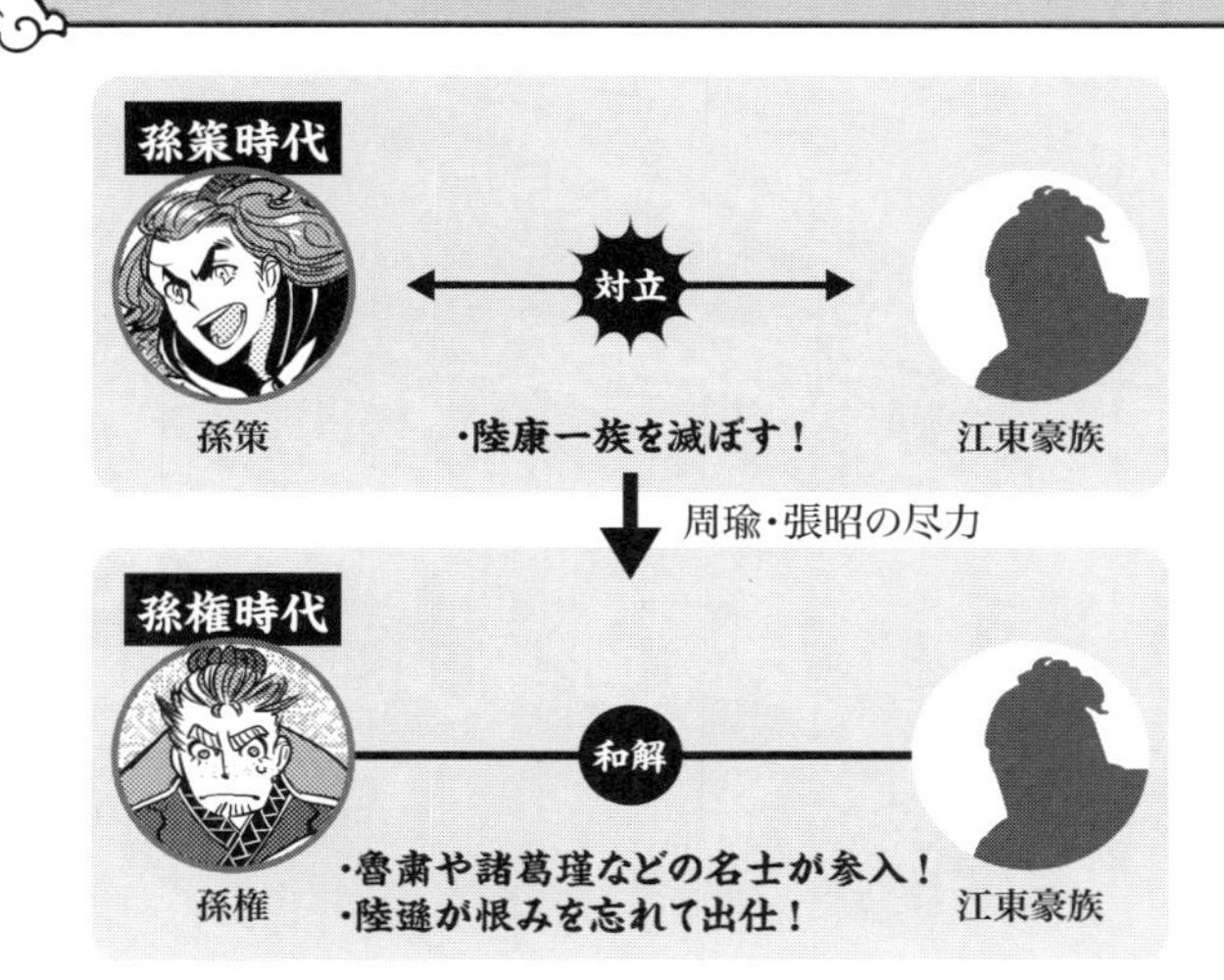

COLUMN 10

演義に込められた明清時代へのメッセージ

明清時代に成立した『三国志演義』は、当時の社会通念などを理解することで楽しみがさらに広がる。2つのエピソードで明清時代を覗いてみよう。

明清時代の社会通念が生んだエピソードがある

『三国志演義』は日本で一番よく読まれる白話小説だが、しっかり読むのは意外に難しい。三国時代の史実、儒教などの中国思想の知識に加え、演義が成立した明清時代への理解が必要となるためである。

「割股」にもとづく劉安の妻のエピソード（↓101ページ）のように、演義には明清時代の社会通念を背景とする逸話が少なくない。ここでは、さらに2つの例から当時の社会について解き明かしたい。

手紙を届けた「義」で命拾いした関羽

関羽千里行（↓112ページ）の第四の関所でのこと。関羽の焼き討ちを命じられた胡班は、夜中に関羽に接近するも、その堂々たる姿を見て決行をためらう。一方、関羽は道中で胡班の父から胡班宛の手紙を預かっていた。胡班はその手紙を受け取ると、「あやうく忠良の人を殺すところだった」と感嘆。関羽に焼き討ちの計画を伝え、その命を救った。

なぜ胡班は父の手紙を渡されて「忠良」と言い、君命に背いてまで関羽を助けたのか。それは、父の手紙に関羽を助けるように書いてあったとかではないだろう。手紙を届けたこと自体が忠良なのである。

明清時代、民間の郵便システムは未発達で、ほとんどは差出先へ行く人に託すという方法に頼っていた。当然これでは不確実で、託した手紙が盗難・破棄されることも多かった。それは、「託された手紙を破棄した罪で落ちる地獄」がつくられるくらい、当時では深刻な問題だった。

関羽は託された手紙を何気なく手渡しているように見えるが、その背景にはこうした明清時代の郵便事情があった。関羽は手紙を届けるという「義」ゆえに命を拾ったのである。

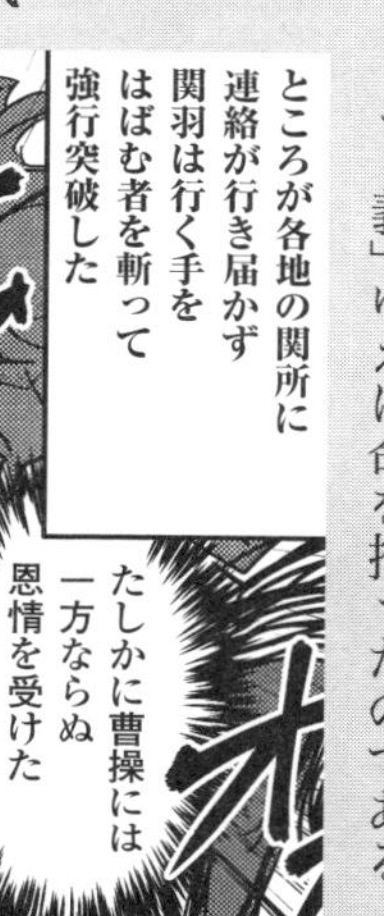

ところが各地の関所に
連絡が行き届かず
関羽は行く手を
はばむ者を斬って
強行突破した
たしかに曹操には一方ならぬ恩情を受けた
この関雲長は誓ったのだ！あの桃園で漢に尽くすことを!!

なぜ関羽は劉封の養子縁組をあやぶんだのか？

麦城で関羽を見捨てた劉封（→196ページ）は、かねてから関羽と確執があった。劉備が劉封を養子に迎えることに、関羽が大反対したためである。

雲長（関羽）が「兄者にはご子息（劉禅）がおられるのに、なぜ血のつながらない養子をとられるのか。禍の種になりましょうぞ」と反対すると、劉備、「私が実の子のようにしてやれば、彼も父のように仕えるだろう」。雲長は不満そうな顔をした（演義第三十六回）。

関羽が言うように、劉封はもともと劉氏ではなく、寇氏の子である。中国では古来、姓の異なる家（異姓）から養子をとることを固く禁じていた。異姓養子が一族の秩序を乱し、かつ祖先祭祀を阻害すると考えられたためである。祖先を祀ることができるのは、祖先と血を同じくする者（同姓）に限られる。ゆえに異姓養子は、祖先祭祀を乱す、祖先への不孝と見なされた。

しかし明清時代には、後継者を得るための異姓養子が横行していた。演義は、義の体現者である関羽の口を借りることで、当時の社会風潮を批判したのだろう。

こののち、劉封は自分が劉備の後継ぎになれなかったのは関羽のせいと考え、恨みを重ねる。そして、関羽の危惧したとおり、異姓養子の劉封は家の秩序を乱し、荊州を失わせる大罪を犯すのである。

第十七話 長坂坡の戦い
曹操軍が荊州に侵攻すると劉表の遺児・劉琮はすぐに降伏
ヤベぇ…！
劉備は前線で孤立した
劉琮
劉備はやむなく撤退を決めたが…
劉備様 劉琮を殺して荊州を乗っ取りましょう
ボソボソ
孔明！ バカ言うな 劉表殿に義理が立たねぇだろ！
…効率的な一手だと思うのですが
劉備の撤退には彼を慕う10万人の民がつき従った…
オォォ
俺を慕ってついてくる民を見捨てられねぇ！
キャァァ
逃げろ！
曹操だぁ!!
そのせいで進軍が遅れ長坂坡で曹操軍に追いつかれ
劉備の子・阿斗を抱えた麋夫人と甘夫人が敵中に取り残された…
怖いよォ
関羽
拙者は先行し退路を確保する
俺は殿に回るぜ!!
それがしは敵中に突撃し殿の妻子を探してまいる…!!
ガッ
趙雲
張飛
劉備軍最後尾 長坂坡——
ドドド
来たな曹操軍
耳の穴かっぽじってよく聞きやがれぃ!!

この蛇矛!!
見覚えねぇとは
言わせねぇ!!
死にてぇバカは
前に出なぁ!!
張飛の大喝で
曹操軍は戦慄し
ドァアアアア
甘夫人
趙雲は敵中を突破し
劉備の妻子を
見つけ出したが…
私は傷を負って
動けませぬ…この子を…
糜夫人
「劉備様の未来」を…
どうか守ってください
趙雲様…!!
趙雲は甘夫人と
阿斗を抱きかかえ
敵中を斬り抜け
オォオオオ
江夏で劉備との
合流を果たした
こうして劉備は
九死に一生を
得たのである
バカ野郎!!!
無茶しやがって!!
ガキなんざまた
こしらえりゃいい
趙雲!!
おめぇが
死んだら！
代わりは
いねぇんだぜ!!
タッ

史実を超えて躍動する張飛と趙雲

関羽から「自分よりはるかに強い」と言われる張飛ですが、意外にもその強さに焦点があたる場面はそう多くありません。**長坂坡の戦い**は、そんな張飛の武を代表する名場面です。

正史では、「川に拠って橋を断ち、眼を怒らせて矛を小脇にして一喝すると、敵はみな敢えて近づく者はなかった」と簡潔に記録されています。**演義はそれを三喝として、一喝ごとに張飛に恐れおののく曹操軍の様子をよく描写しています。**しかし同時に、「曹操は孔明の謀を警戒した」「張飛が伏兵を偽装した」など、曹操軍が撤退したことに合理的な説明を付け加えてもいます。たしかにそのほうがリアリティはあるでしょう。ただ、それは張飛の武威に水を差すとも言えます。

演義に比べると、『平話』はたいへん痛快です。**なんと、「張飛の一喝は轟く雷の如く、橋はこなごなに砕け崩れてしまっ**

クローズアップ

糜夫人の死に込められた〝義〟

趙雲が単騎で敵中に飛び込んで、阿斗と糜夫人を発見したとき、糜夫人はすでに負傷していた。それでも趙雲は糜夫人を助けようとするが、糜夫人は足手まといになることを拒んで自ら井戸に身を投げて命を絶った。趙雲はやむなく井戸を埋めて亡骸を隠し、その場を脱した。

正史の糜夫人は、この時期に死去したことが推測されるだけで、その最期はわからない。阿斗を救って自害したというのは、演義の虚構である。それにも関わらず、演義をより史実化したとされる毛宗崗は、この逸話を削らない。それどころか、のちに糜夫人が皇后の位を贈られたというさらなる虚構まで盛り込んだ。自身の命と引き換えに劉備の跡継ぎを守った糜夫人の義を、作中の女性の中でもっとも高く評価するためである。

た」のです。荒唐無稽と言えばそうかもしれませんが、このくらい誇張してこそ「大鬧（おおいにさわがす）」張飛の面目躍如と言えましょう。

長坂坡の戦いのもう一人の主役である趙雲（ちょううん）は、演義では阿斗（あと）と甘夫人（かんふじん）を救出する武芸で見せるだけでなく、劉備に理性的な諫言（かんげん）も行う、智勇に秀でた完璧の武人と描かれます。しかし正史では、趙雲の詳しい活躍はあまり記録されていません。正史の趙雲伝が、たった246文字しかないのです。

趙雲の人物像を具体的に描くのは、裴松之（はいしょうし）の注に引かれる『趙雲別伝』という史料です。この史料は明らかに趙雲を美化する目的で書かれたものですが、演義はためらうことなく『趙雲別伝』を採用し、智勇兼備の趙雲像を受け継ぎました。

また演義は、「その姿や顔は立派だった」という『趙雲別伝』の記述にも注目し、趙雲の美しさを際立たせます。「槍を振るうさまは梨の花が舞うよう、身体のまわりをひらひらと雪が翻る（ひるがえ）よう」などと描かれる趙雲の戦いぶりは、演義のうちでもとくに洗練された文学表現と言われています。

豪胆さと理性、忠義心と華やかさを備える、非の打ちどころのない英雄、それが演義の趙雲です。いまだに趙雲がもっとも愛される武将と評される理由はここにあります。

三国志マップ

二将が躍動した長坂坡の戦い

反曹をつらぬく劉備は、劉表（りゅうひょう）の遺児劉琮（りゅうそう）が率いる荊州陣営と決別。その撤退には、劉備の徳を慕う10万超の民が加わった。多くの民衆を抱えた壮絶な逃亡戦の中、張飛の、趙雲の武がきらめく。三国志中でも屈指の名場面だ。

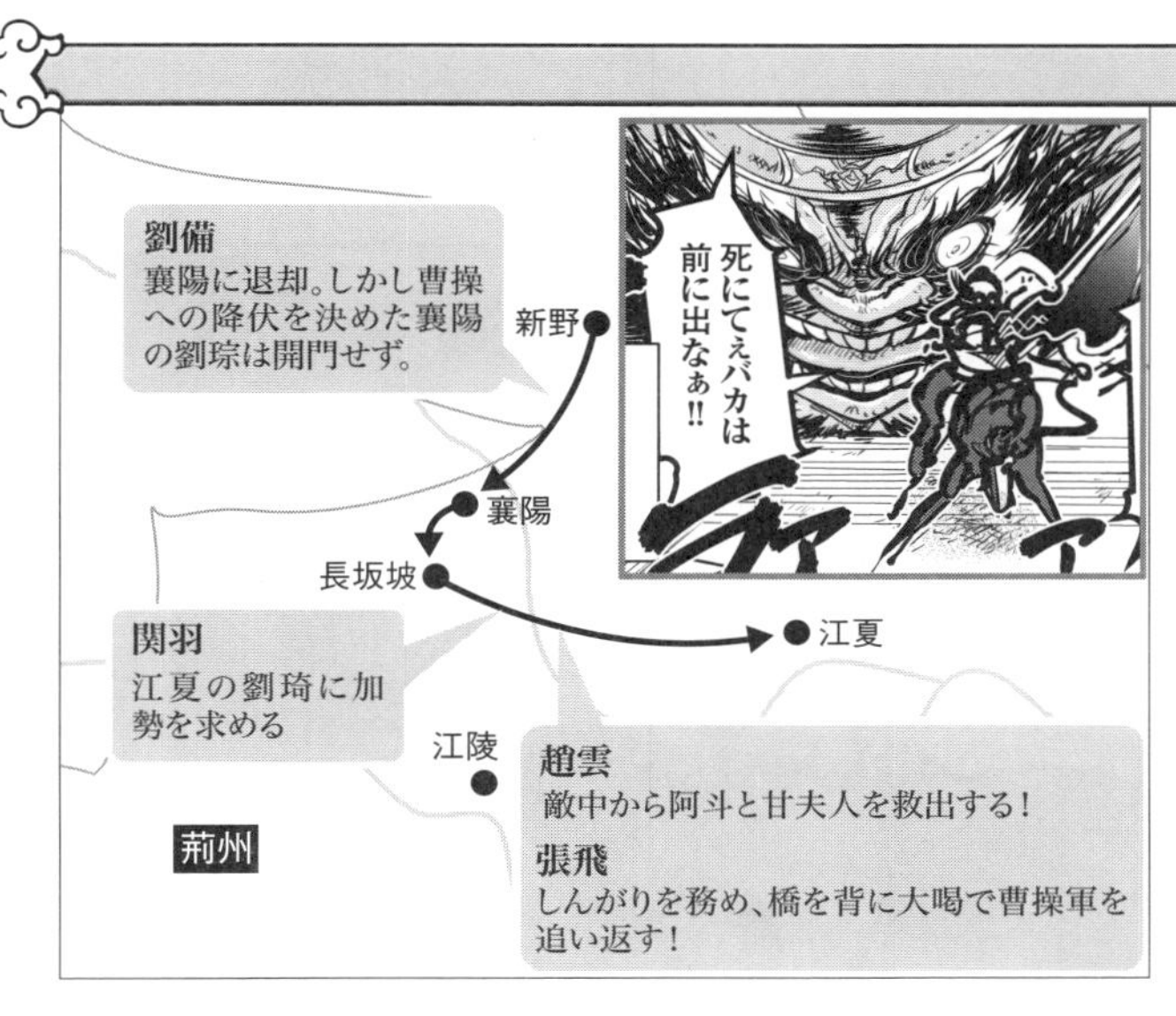

死にてぇバカは前に出なぁ!!
劉備
襄陽に退却。しかし曹操への降伏を決めた襄陽の劉琮は開門せず。
新野
襄陽
長坂坡
江夏
関羽
江夏の劉琦に加勢を求める
江陵
荊州
趙雲
敵中から阿斗と甘夫人を救出する！
張飛
しんがりを務め、橋を背に大喝で曹操軍を追い返す！

第十八話 赤壁燃ゆ
曹操の南征に対し
孫家は恭順派と抗戦派で
真っ二つに分かれた
孫権
曹操に抵抗すれば
民まで皆殺しに
なるぞ!!
降伏すれば
孫権様はどうなる⁉
主をいけにえにして
自分が助かる気か⁉
抗戦派筆頭
魯粛
恭順派筆頭
張昭
さらに劉備の使者
として訪れていた
諸葛亮が火を注ぐ
曹操を簡単に
退ける策が
あります
誰だキサマ⁉
曹操の真の目的は
「二喬」なる美女
彼女たちを
差し出せば兵を
退くでしょう
周瑜
何ぃ──ッ⁉
ザク…ザク…
こいつ…開戦を
あおっている…!
しかし…!!
曹操の侮辱は
許せんっ!!
孫権様!! 天下を
曹操ごときにくれてやる
わけにはまいりませぬ
その通りだ
皆! 曹操狩りじゃ!!
曹操狩りじゃ!!
オォーオー
もっぱら周瑜と
諸葛亮の謀議が
行われ同盟者の
劉備は蚊帳の外─
アレ?

周瑜殿と火計の算段をつけました
私は大事な仕事がありますんで
趙雲だけ護衛に貸してください
よろしく♪
周瑜は前哨戦として長江で奇襲を仕掛け曹操軍に打撃を与えた
オォ…
オォォ…
蔡瑁と張允!!貴様ら周瑜と内通したな!
蔡瑁
張允
さらに周瑜は曹操軍の武将が孫家に寝返ったと噂を流して斬首させ
曹操軍に黄蓋を潜り込ませるため黄蓋の体を傷つけ
ゴキ
バキ
周瑜と黄蓋の不和の噂を流させた——
さらに曹操軍に鳳雛こと龐統を送り込み船同士を鎖でつなぎ合わせた
龐統
連環の計
これでは火計を食らえば全船団に燃え移りますぞ
はは 今の季節に東南の風は吹かぬ心配無用だ
…あとはお前だ 諸葛亮
「東南の風を吹かせてみせる」そうほざいたな
ウソならば…殺してくれん!
パチ…

諸葛亮殿！風が…‼

東南の風が本当に…

祈祷が実りましたぞ‼

まっそういうことにしといてください
諸葛亮は祈祷によって季節外れの東南の風を吹かせると趙雲とともにその場をあとにした
風が…‼ 皆‼

火矢を曹操の船団に放て‼

自在に風を吹かせるだと…！諸葛亮…

同時刻——曹操軍の船陣
曹操殿‼ どうか黄蓋の降伏を受け入れられたい‼

おうおう あの傷痕…本当に周瑜と揉めたらしい
よかろう 降伏を認め…

東南から風が…⁉

油のにおい…‼

まさか⁉

風は吹いた！皆の者‼

油に火をつけ…

突撃じゃあ‼

黄蓋は自分の
船団に火をつけ
曹操の船団に
激突させた
ザ
同時に降り注いだ
数万本の火矢
つながれた曹操船団と
吹きすさぶ東南風
火はまたたく間に曹操の
船団に燃え広がり
ゴ
オ
一瞬にして
曹操軍20万は
壊滅的な打撃を
受けたのである
曹操はすぐに
退却命令を
出した…
ガカガカ
ザカ
敵の策に
はまったか…
郭嘉…!!
お前が生きていれば
こんなザマには!!
曹操は先年死んだ
名軍師を惜しみ
大きな挫折を
味わった――

降伏か反曹か、決断の決め手は?

曹操に追われ、荊州から落ちのびる**劉備**に、逃げ道はいくつもありませんでした。西の劉璋も、東の孫権も曹操への降伏に揺れていました。

正史の諸葛亮伝には、諸葛亮は劉備に孫権と結ぶ道を示し、自ら使者となって孫権を説得して曹操と戦わせたとあります。諸葛亮が張昭たち呉の重臣を舌戦で次々と論破し、周瑜をたきつけて曹操との開戦(赤壁の戦い)を決意させたという演義の脚色は、この記録によるものです。

しかし、現実はより深刻でした。

呉において降伏論の中心は、張昭を筆頭とする名士たちです。社会的な名声を持つ彼らは、孫氏が滅んでも曹氏政権で一定の待遇が期待できました。事実、曹操は袁紹や劉表の旧臣を多く抜擢しています。なにより、漢に深い思い入れを持つ名士にとって、たとえ形だけでも皇帝を戴き、漢を「再興」した曹操

人物ファイル

魯粛(172~217年)
字を子敬。徐州臨淮郡の出身。富豪の家に生まれたが、家業を傾けてでも人を支援することを惜しまず、周瑜に財産の半分をそっくり援助して名声を得た。赤壁の戦いを勝利に導き、荊州を劉備に貸す奇策で曹操に対抗した。しかし演義では一転、温厚でお人よしの常識人とされた。孫呉の道化化を象徴する存在。

人物ファイル

諸葛瑾(174~241年)
字を子瑜。諸葛亮の実兄。孫権に仕え、大将軍にまでなった北来名士の代表格。弟が蜀に仕えたため周囲に内応を疑われることもあったが、孫権はその謹直な人柄を信用し続けた。諸葛瑾も私的には弟とやり取りをしても、公式の場では決して公私を混同しなかった。

に帰順することは当然の選択でした。

軍事上の問題もあります。江東の呉にとって頼みの綱は、長江という天然の防衛線です。**しかし、曹操がその上流にある荊州を抑えたことで、長江は防衛機能を失っていました。**この状況下に、孫権の親族の中にも曹操と通じる者がおり、陸遜などの江東豪族も沈黙という形で名士に賛同していました。

こうした絶望的な逆境をはね返したのは、魯粛の先見性と周瑜率いる武将たちです。魯粛は劉表の死を知るや、曹操と対抗するには劉備が不可欠と見て、荊州に急行して劉備に同盟を持ちかけます。そして、諸葛亮をともなって帰還すると、降伏論に押されていた孫権に名士の思惑を説き、頼るべきは周瑜だと進言します。軍事の天才である周瑜は、曹操軍の不安要素を1つずつ挙げて、群臣たちに整然と反論してみせました。こうして、孫権は曹操と戦う決意を固めたのです。

孫権は戦後、帰還した魯粛を出迎え、「私があなたを馬から迎え下したならば、その功に報いることができるだろうか」と勝利の立役者を労いました。しかし、魯粛は不十分だと言い放ちます。「主上が中華を統一し、天子として私を召し迎えたときこそ、私を顕彰したことになるのです」と。

三国志図解

降伏か、開戦か、ゆれる呉陣営

荊州を降した曹操は、孫権に降伏を促す手紙を送る。降伏を説く名士グループに対し、魯粛は劉備と結んで開戦するように主張し、周瑜も曹操軍の不安要素を指摘して孫権を開戦に踏み切らせた。迷わず開戦と判断し、行動に移した魯粛は最大の功労者といえる。

赤壁の戦い　建安十三（208）年

正史に「赤壁の戦い」の詳細はない

演義／第四十五〜第五十回

赤壁の戦いは、三国志でもっとも有名な戦いです。しかし実は、正史にはその詳細な様子は記録されていません。正史の武帝紀（曹操の記録）には、「公（曹操）は赤壁に至り、劉備と戦ったが、勝つことはできなかった。疫病が流行り、死者が多く出たので、軍を引いて帰還した」とあるのみ。**魏を正統とする正史は、曹操の敗戦を細かく書かないのです。**

一方、勝利を収めた呉側である周瑜伝などでは、曹操軍の船艦が密集しているのを見て、黄蓋が偽りの投降をして火を放ったこと、東南の風に乗じ火計を成功させたことが見えますが、やはり簡潔な記録にとどまっています。

史料の空白は、演義の創意を躍動させます。とくに両軍が激突する前に、さまざまな謀略戦を入念に盛り込みました。周瑜が敵スパイの蔣幹を逆利用し、曹操水軍の要である蔡瑁を曹操自身に殺させたこと、諸葛亮が空船で曹操軍の矢10万本を集め

人物ファイル

黄蓋（?〜215年）

字を公覆。荊州零陵郡の出身。孫堅時代から従う宿将。赤壁の戦いでは、曹操の船団が密集しているのを見て、周瑜に火計を進言。自ら曹操に偽りの投降をして、奇襲を成功させた。

クローズアップ

10万本の矢を集める諸葛亮

周瑜は諸葛亮の知謀を畏れ、10日以内に10万本の矢をつくれという無理難題を口実に処刑しようと謀る。諸葛亮は快諾、しかも3日で十分と豪語する。約束の日、諸葛亮は濃霧に乗じ、藁を満載した空船20艘で曹操軍を奇襲する。すると曹操軍は、濃霧のためにやみくもに矢を射かけた。瞬く間に船に大量の矢が刺さり、諸葛亮は労せずして10万本の矢をつくって見せた。周瑜の諸葛亮の智謀に感服した。

たこと（借箭）、周瑜がわざと黄蓋を鞭打ちに処して偽降させたこと（苦肉の計）、龐統が曹操軍の船を鎖でつながせたこと（連環の計）、諸葛亮が火計のために東南の風を呼んだこと（借東風）。どれも演義の虚構です。

しかも正史の記録と対比させるとわかるように、**この創作はゼロから生み出されたものではなく、史実をふくらませて脚色し、それらを一本の線に結び付けたものです。**ここに、史料の記録を拾い集めて1つのストーリーに昇華させる、演義の物語性の完成度の高さを見ることができます。

またおもしろいのは、これが曹操対諸葛亮・周瑜の謀略戦であるだけでなく、諸葛亮と周瑜の知恵比べでもあることです。周瑜が諸葛亮に無理難題をふっかければ、諸葛亮はその上をいってみせ、周瑜をどんどんいら立たせます。逆に周瑜が諸葛亮に対抗して計略を成功させれば、それは曹操をあざむくことはできても、諸葛亮にはすべてお見通しなわけです。

各者の動きが交錯していく、こうした緻密な物語構造も三つ巴の三国志ならではの醍醐味です。もっともそのために、史実ではほとんど独力で曹操を破った周瑜が、すっかり諸葛亮の引き立て役になってしまっているのですが。

三国志図解

計略を連鎖させた赤壁の戦い

この季節、風は西から東へと吹いており、曹操の船団は風上にあたる。黄蓋による火計に集約される、周瑜・龐統・諸葛亮による計略の連携も、季節ちがいの東南風が吹くかどうかにかかっていた。はたして諸葛亮の祈祷によって東南風は吹き、呉が歴史的大勝利をつかんだ。

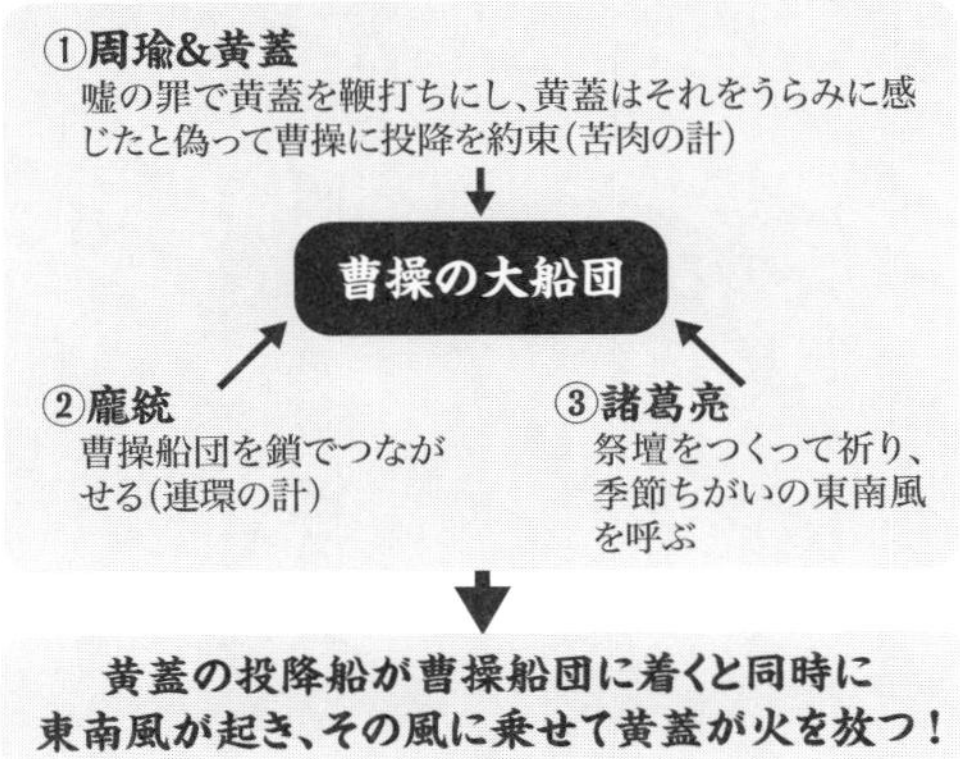

①周瑜&黄蓋
嘘の罪で黄蓋を鞭打ちにし、黄蓋はそれをうらみに感じたと偽って曹操に投降を約束（苦肉の計）

↓

曹操の大船団

②龐統
曹操船団を鎖でつながせる（連環の計）

③諸葛亮
祭壇をつくって祈り、季節ちがいの東南風を呼ぶ

↓

黄蓋の投降船が曹操船団に着くと同時に東南風が起き、その風に乗せて黄蓋が火を放つ！

↓

火は鎖でつながれた曹操船団に次々と燃え移り、曹操軍は壊滅的な被害を受ける！

COLUMN 11

華容道で曹操を逃がした関羽の義を解き明かす

漢最大の敵である曹操を殺す、最大の機会をみすみす逃した関羽。ここで関羽が示した「義」とは、どのようなものだったのだろうか。

なぜ関羽は曹操を見逃したのか

関羽は赤壁から敗走する曹操と華容道で遭遇するが、なぜか曹操を逃がした。追撃を命じた諸葛亮に対し、その命令に背かないという誓紙を差し出したにもかかわらずである。

かつて関羽が5つの関を突破して曹操の配下を斬ったとき（関羽千里行）、曹操は「自分の手違いが原因だ」として関羽を許している。その恩を、関羽は思い返したのだ。

これは「義もて曹操を釈つ」という、演義の中で関羽の義がもっとも際立つとされる名場面である。

だが曹操は劉備の敵であり、漢の敵である。なぜ漢を正統視するはずの演義は、漢の敵を見逃した関羽を高く評価するのだろう。これは、関羽が果たした義の種類による。

劉備の仁すら及ばない関羽の「利他の義」

国家や君主のために賊を倒すこと、これも1つの義である。忠と言い換えることもできる。忠はもちろん高く評価されるべきだが、君主と臣下の間で成り立つことから、どうしても背後に君主や社会からの強制力が見え隠れする。

一方、華容道の関羽の義は、曹操という他者のために行われる。曹操は、関羽たちを殺すために軍を率いてきた敵である。他者の中でも、もっとも遠い存在と言ってよい。

しかも、関羽は誓紙をしたためているから、曹操を見逃せば軍法によって自分が処刑されるしかない。自分を犠牲にしてでも、かつての恩に報いて敵の命を救う。これが関羽の義なのである。

　この関羽の義には、劉備の仁すらも及ばない。関羽の義は、あらゆる他者に及ぶ。「汝が敵を愛せ」と言ったイエスのアガペー（隣人愛）と似ているかもしれない。現代に至るまで、関羽が神として崇められるのはこうした義にも理由がある。義の神は赤の他人であっても、信義を結ぶことで救ってくれるのである。

　この華容道の義は、そうした義神・関羽の根本である「利他の義」を表現している。だからこそ、数多ある関羽の義を示す虚構の中で、もっとも輝くのである。

君主への忠、劉備の仁、関羽の義の違い

君主への忠

- 国家のために賊を倒す。
- 主君のために敵を討つ。

↓

君主と臣下の間で成り立つ関係なので、どうしても強制力が見え隠れする。

ところが各地の関所に連絡が行き届かず関羽は行く手をはばむ者を斬って強行突破した
たしかに曹操には一方ならぬ恩情を受けた
この関雲長は誓ったのだ！あの桃園で漢に尽くすことを!!

曹操への恩を返したうえで、劉備のもとへ帰る関羽。自分の身を犠牲にしてでも、義をつらぬく。

劉備の仁

- 自分を慕う仲間、部下を徹底して守る。
- 親兄弟など、身近な存在ほど大切にする。

↓

敵というもっとも遠い他者は、仁の及ぶ範囲ではない。

関羽の義

- 受けた恩は誰が相手でも必ず返す。
- 恩を返すためなら、自分の身も犠牲にする。

↓

赤の他人であっても、信義を結べば救う対象となる。

第十九話 荊州争奪
許都に帰った曹操は荊州南郡の守りを曹仁に任せた
そこは荊州を狙う周瑜の軍勢が迫ったが…
曹仁
周瑜が毒矢にあたって死んだ!? 好機だ!!
ちくしょーーーッ!!
かかったな曹仁!! 私は生きているぞ!
周瑜は深い矢傷を逆手にとって偽報を流し 曹仁を誘き出して破った
しかし——
周瑜の捨て身の策でガラ空きになった南郡を諸葛亮が占拠してしまう
ガキッ
四郡の太守を降伏させて荊州南部を平定
とくに長沙では黄忠と魏延という猛将を配下にした
「老いてなお盛ん」黄忠
さらに諸葛亮は荊州南部の四郡に将軍を派遣し
魏延… 「反骨の相」がある不吉な男だ…
魏延

諸葛亮の所業に
周瑜は烈火のごとく怒り
荊州の返還を求めた
返せ!!
魯粛
はぁ——……
益州がとれたら
荊州は返しますよ
ただ…
益州牧の劉璋は
わが主劉備様の
同族なので…
ならば我が孫家が
益州を落とす
ただし益州攻めに
援軍を出すのだ!!
甘寧
呂蒙
諸葛亮が城から
軍勢を出したら
城を奪ってやる!!
しかし周瑜が
兵を率いてくると
劉備軍は城に
こもって出てこず
周瑜様!! 四方から
劉備軍が…!
何ッ!?
諸葛亮…!
また私を弄んで
くれたな!!
急ぎ帰還する!
この屈辱…!!
必ず…ッ
晴らして…!
周瑜様が…
落馬されたぞ!!
いかん…ッ
無理がたたって
体がもう
限界に…!!
ゴプッ
公瑾様!!
天よ…なぜ諸葛亮を
生まれさせず私一人に
してくれなんだ…ッ!!
だが孫呉の若き俊英が
この屈辱を晴らして
くれよう…ッ!!
周郎!!
周瑜殿!
周瑜は諸葛亮を
恨みながら絶息
享年36歳——
その恨みは孫呉の
将士に受け継がれた

荊州攻略　建安十四（２０９）年

たしかな根拠地を手に入れる劉備

演義／第五十一～第五十三回

赤壁で勝利したあと、劉備と周瑜は共闘して荊州へ攻め込みます。しかし共闘の水面下で、奪い獲ったあとの荊州をめぐり、早くも両者の争いが起こります。

周瑜は先手を打ち、劉備に対し、我らが荊州を獲れなければそちらが獲るがよいと自信満々に宣言。しかし、荊州を守る曹仁は思いのほか手強い相手でした。そして、焦りもあったのか、周瑜は矢を左脇に受けて負傷。それでも周瑜は傷をおして前線に立ち、曹仁を城から誘い出して、やっとのことで破ります。

ところが、南郡を含めた荊州の拠点はこのとき、すでに劉備の手に落ちていました。城にはためく劉の旗を見た周瑜は、おどろきのあまり傷が開いて気絶します。劉備は周瑜との約束を利用して呉に攻めかからせ、漁夫の利を得たのです。

周瑜は激怒し、ただちに魯粛を抗議に送ります。**しかし、劉備側は劉表の遺児である劉琦を擁立、呉の要求をはねのけまし**

人物ファイル

魏延（?～234年）
字を文長。荊州義陽郡の出身。勇猛な将軍で、劉備には重んじられたが、諸葛亮とは北伐の方針などをめぐって対立。諸葛亮死後、命令無視の独断専行をしたため、謀叛の罪で誅殺された。演義では反骨の相の持ち主とされ、傲慢かつ反抗的な態度で諸葛亮を悩ませる。

人物ファイル

黄忠（?～220年）
字を漢升。荊州南陽郡の出身。劉備に従って益州平定に功績があり、定軍山の戦いでは夏侯淵を斬る金星を挙げた。演義ではおおいに脚色が加えられ、初登場時で60歳近い老将にして弓の達人とされる。正史同様に夏侯淵を討ち、それらの功績によって五虎大将となった。最期は、夷陵の戦いで討ち死にした。

た。魯粛は、劉琦が死んだら呉に荊州を返すよう言うのが精一杯でした。

劉備はさらに荊州南部の四郡へ侵攻し、平定しました。この戦いで特筆すべきは、趙雲と関羽でしょう。

桂陽を攻めた趙雲は、ほぼ戦わずして太守趙範を降します。ところが、趙範が未亡人である兄嫁をすすめたことに趙雲が激怒して両者は決裂。結局、趙範はふたたび趙雲に敗れますが、趙雲が激怒したのは、中国において兄嫁を娶ることが非常な不貞だったためです。趙雲の守節ぶりを表すエピソードです。

一方、長沙の韓玄を攻めた関羽は猛将**黄忠**に出会います。黄忠は老将ながら関羽と互角の腕前。しかも義に厚く、両者は戦いの中でお互いに敬愛の情を抱きます。

しかし、そのために黄忠は内応を疑われ、処刑されかけます。そこへ割って入ったのは、韓玄配下の**魏延**。魏延は韓玄を殺害し、城を挙げて降伏しました。

ところが、諸葛亮は帰順した魏延を処刑しようとします。**主君を殺めた魏延は不忠であり、しかも魏延には謀反の骨相（反骨）があると言うのです。**劉備のとりなしで魏延は許されますが、このことは諸葛亮と魏延の間に長く続く遺恨を生みました。

三国志マップ

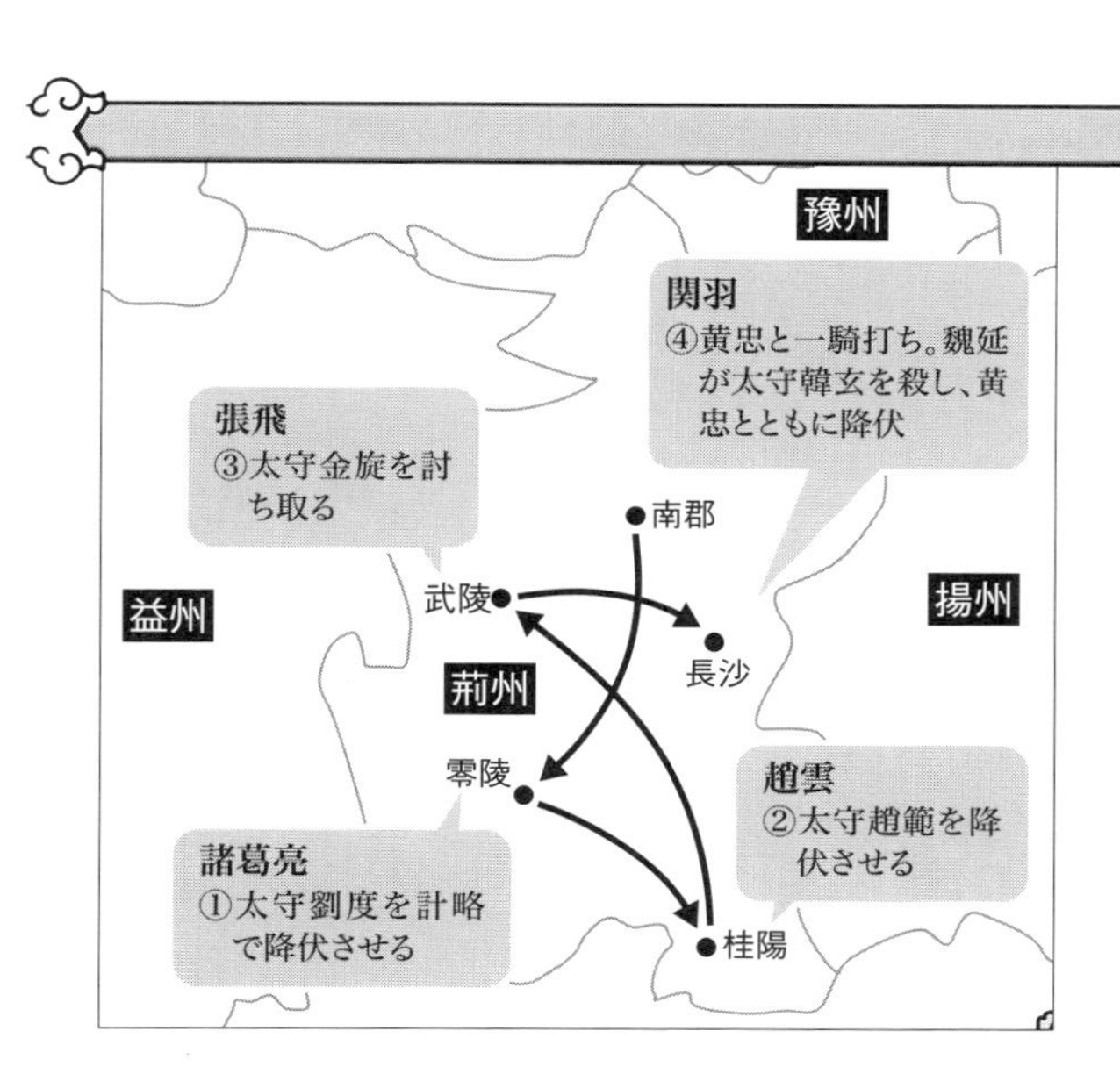
豫州
関羽
④黄忠と一騎打ち。魏延が太守韓玄を殺し、黄忠とともに降伏
張飛
③太守金旋を討ち取る
南郡
武陵
益州
揚州
長沙
荊州
零陵
趙雲
②太守趙範を降伏させる
諸葛亮
①太守劉度を計略で降伏させる
桂陽

荊州の南部四郡を攻略する劉備軍

荊州の南郡を手にした劉備は、さらに南部四郡（零陵・桂陽・武陵・長沙）の攻略に乗り出す。諸葛亮・趙雲・張飛・関羽が次々と戦果をあげ、さらに黄忠・魏延という優れた将も加えることに成功した。苦難の末に、劉備がたしかな根拠地を手に入れた瞬間である。

劉・孫の婚姻　建安十四（209）年

孫夫人はなぜ殉死するのか？

演義／第五十四～第五十五回

正史には、劉備の夫人は四人の正妻と三人の妾が記録されます。このうち演義に登場するのは、甘夫人・糜夫人・孫夫人・呉夫人の四人。**演義は、劉備を正統化するため、その夫人たちにも義により劉備を助けるにふさわしい人物像を与えます。**

孫権の妹である孫夫人が劉備に嫁ぐことになったのは、もともとは周瑜の謀略でした。婚礼を理由に劉備を呉におびき寄せて幽閉し、劉備の身柄と引き換えに荊州を手に入れようと謀ったのです。しかし、周瑜の企みを知った孫夫人は劉備のために呉脱出の手はずを整え、追っ手を毅然と跳ね返しました。まんまと劉備を逃した周瑜はくやしさのあまり、傷が開いてふたたび気絶。このように演義の孫夫人は、劉備を助ける女性として位置づけられます。

また物語の先取りになりますが、のちに劉備と孫権の関係が

人物ファイル

孫夫人（?～?）

孫権の妹。呉と蜀の同盟強化のために、劉備に嫁いだ。女性ながら父や兄に似て豪胆で、侍女たちに武装させたため、劉備は寝所に入るたびにおびえていたという。

クローズアップ

甘露寺の十字石と劉孫の願い

呉の甘露寺で孫権と会見した劉備は、庭の大石に目をとめ、「曹操を滅ぼせるなら一太刀で二つになれ」と祈願、見事に両断した。それを見た孫権が同様に願いを立てると、やはり石は真っ二つ。十字に斬られた石を見て二人は喜ぶが、実は劉備は内心で「無事荊州に戻る」と、孫権は「荊州を取り戻す」と別々のことを祈っていた。

悪化すると、孫夫人は張昭の策で呉に連れ戻されます。しかし、それでも孫夫人の劉備への想いは変わらなかった、とされます。

　それが孫夫人の最期に表現されています。223年、夷陵の戦いで劉備が呉の陸遜に大敗を喫したとき、呉にいる孫夫人のもとへ劉備が陣中で死去したという噂がもたらされます。孫夫人はその噂を信じ、西に向かって慟哭するや、河に身を投げて自ら命を絶ちました。

　このエピソードは正史はもちろん、毛宗崗本以前の演義にもありません。『梟姫伝』という小説で伝えられた俗説にもとづいて、毛宗崗が追加したエピソードなのです。糜夫人の最期（→148ページ）でも触れましたが、**基本的に毛宗崗は史実に沿うように改訂を行います。しかし、時としてためらいなくこうした俗説も取り込みます。義に関わる表現のときです。**

　西（蜀）に向かって慟哭して殉死するという行為は、孫夫人が夫婦の義を貫こうとした意思を示すものです。それと同時に、劉備に殉じるということは、漢への義を貫くことも意味します。養父王允への孝と漢への忠を貫き、身を捧げた貂蝉に近い位置づけです。毛宗崗本はこのような改訂を通して、当時の社会であるべきとされた女性の姿を描くのです。

三国志図解

義に生きる劉備に殉じた演義の孫夫人

　周瑜の謀略で劉備に嫁ぐことになった孫夫人。正史には、彼女に関する記述がほとんどない。しかし、演義では漢再興の義に生きる劉備に殉じ、彼を助け、彼の後を追う理想の夫人とされた。

孫夫人
（孫策・孫権の妹）

正史

・兄に似て豪胆。侍女を武装させて劉備を怯えさせる。
・劉備は孫夫人が変事を起こすことを警戒した。

↓

孫夫人にとって劉備は、政略結婚の相手にすぎない。

演義

・劉備を呉に幽閉するという周瑜の計略を知り、劉備を呉から脱出させる。
・離縁後、劉備が死んだことを知ると、嘆き悲しみ、長江に身を投げる。

↓

義に生きる劉備に殉ずる姿が描かれる。

建安十五（210）年

諸葛亮に出し抜かれ続けた周瑜

演義／第五十六～第五十七回

劉琦が死ぬと、周瑜は改めて荊州返還を求めますが、諸葛亮は「そうすると劉備の拠点がなくなる。益州を得たら返す」と言い出し、それならばと益州攻略を急がせば、今度は「益州牧の劉璋は同じ漢の宗室だから忍びない」とかわされます。業を煮やした周瑜は、自ら益州を取って約束を果たさせてやると豪語して、西へ兵を進めます。しかしこれは、益州への途上にある荊州に兵を進めるための口実でした。

劉備が、呉軍による益州攻略を承諾したことに、周瑜はほくそ笑みます。しかし、これも諸葛亮に見抜かれていました。いざ荊州に着いてみれば、劉備側は万全の備え。攻撃する隙もありません。**三度、諸葛亮との知恵比べに敗れた周瑜は絶望のあまり、天を仰いで「周瑜を生みながら何故に孔明をも生んだか」と絶叫して息絶えました。**36歳の若さでした。

荊州をめぐる諸葛亮と周瑜の争いをまとめて、**「孔明、三た**

人物ファイル

龐統（178～213年）

字を士元。荊州襄陽郡の出身。「鳳雛」と評された名士で、諸葛亮に並ぶ劉備の軍師として活躍。劉備の蜀獲りの矢先に36歳の若さで戦死した。地味で愚鈍に見えたと言い、演義はこれを誇張して、劉備すら疎んずる醜男とした。

クローズアップ

龐統を見くびった劉備

劉備は龐統の外面の悪さを疎んじ、田舎の県令に任じた。赴任した龐統は一向に働かない。腹を立てた劉備が張飛を向かわせると、龐統は張飛の目の前で滞っていた100日分の案件をわずか半日で片付けた。驚いた劉備は龐統を丁重に迎えなおした。見た目も士大夫の才覚とされた中国では、こうした不細工な賢人が内面と外見のギャップで驚かせる話が非常に多い。

び周瑜を気らしむ」と言います。このように、演義の周瑜は、徹底的に諸葛亮に翻弄される道化にされました。

しかし、こうした周瑜の扱い、ひいては呉の扱いは演義に限ったことではありません。史実の呉は、魯粛に代表されるように、魏や蜀にない自由な視点を持ちます。**ただし、その革新性ゆえに、自らの正統性を固めることに苦労しました。**そのため後世、魏か蜀かの正統論争が行われたとき、呉の正統性が主張されたことは一度もありませんでした。

呉に対する冷ややかな態度は、呉の旧臣たちにも見えます。呉が滅びたあと、新王朝下で不遇をかこった呉の旧臣は、なぜ呉が滅びたかという議論を繰り返しました。そこには、蜀の遺臣である陳寿が『三国志』によって諸葛亮を持ち上げたような、祖国に対する愛着は見られません。旧臣たちですら愛着を持てず懐かしむ気持ちを抱けない、そんな呉の悲劇は必然でした。

その悲劇は長く続きました。赤壁の戦いを描いた２００８年の映画『レッドクリフ』では、周瑜と諸葛亮は互いの実力を認め合う対等の友人とされました。ようやく、呉の立場が復権しつつあるようです。周瑜が死んで、およそ１８００年後のことでした。

三国志図解

孔明、三たび周瑜を気らしむ

史実の周瑜は呉の軍事を担う大黒柱であり、優れた軍略家である。しかし演義では、常に諸葛亮に出し抜かれ、その智絶ぶりを際立たせるための道化役とされる。しまいには諸葛亮への怒りを噴出させて、死に至ることになる。

周瑜、1回目の怒り

荊州の南郡争奪戦で、先攻する権利を認めさせ、自ら矢傷を負ってまで曹仁を撃退したのに、諸葛亮に南郡を横取りされる。

周瑜、2回目の怒り

孫夫人との婚姻を理由に劉備を呉へ呼び寄せるも、諸葛亮に見抜かれ、劉備をとり逃がすだけでなく、孫夫人も連れていかれる。

周瑜、3回目の怒り

「益州を得たら荊州を返す」という諸葛亮に対し、「それならば私が益州を奪ってやる」と出陣。裏をかいて荊州を攻撃しようとしたが、それも諸葛亮に見破られていた。

曹操は権力を安定させるべく不穏分子を排除していった
その中には曹操暗殺を企んだ西涼太守馬騰も含まれていた
曹操を討ち果たせず刑死など死んでも死に切れぬ…ッ
西涼太守
馬騰
第二十話 錦馬超
父の馬騰が許都で処刑されたという知らせが涼州に届いた
父上…!
曹操を討たんとするその遺志…この私が受け取った!!
馬騰の長男
馬超

馬超は父・馬騰の盟友だった韓遂と結んで挙兵
龐徳
正義の戦いを始めましょう!馬超殿!!
韓遂
敵は曹操!! 漢室をないがしろにする魔王を討つ!!
我が名は馬超!! 人呼んで「錦馬超」!! いざゆかん
手下八部

涼州
潼関
馬超軍は曹操軍のこもる潼関を急襲
守将の曹洪と徐晃は持ちこたえられず潼関を失った
曹洪
徐晃
不甲斐ない…俺自ら討ってやる

曹操は10万の軍を率いて向かったが馬超軍の強さに敗退した
オオ
オオ
おのれ…ッ 武勇・指揮・戦略…あの呂布にも劣らぬ!!
馬超はたった一騎で曹操の本陣を強襲 曹操は髭を切りアゴを隠し身ひとつで死地を脱した

ところが曹操の策を読んだ韓遂が馬超に献策し渡河中の曹操軍を急襲…またも曹操軍は敗退した
ちっくしょ…
黄河を渡り馬超軍の背後を突いてやる!!
おのれ錦馬超…手がつけられぬ…!!
なおも曹操に追いすがる馬超は許褚(きょちょ)と一騎打ち!互いの武器が壊れても決着がつかなかった
ゴッ
ぐふッ…奸賊の飼い犬にしては…ッ熱い拳を持っているな…ッ!!
将帥でありながら殴り合いをするとは
ただの乱暴者を「錦」に飾り立てている者がいる…そいつさえ排除すれば!!
曹操は計略を用いて韓遂と馬超の仲を引き裂いた
韓遂殿!!その書状は曹操との密約であろう!!
これは「離間の計」だだまされてはいかん馬超殿…ッ
貴様と曹操の仲を私が知らなかったとでも思ったのか!?
馬超は韓遂の右腕を斬り二人の関係は決裂その後 曹操軍の猛攻に馬超はなすすべもなく西へ逃走した

潼関・渭水の戦い　建安十六（211）年

忠臣馬超に〝隠された謀反の過去〟

演義／第五十八～第五十九回

馬超の初登場は、第十回にさかのぼります。董卓の死後に長安を支配した李傕の暴政に反発し、馬騰（馬超の父）が兵を挙げたときのことです。馬超はこのときわずかに17歳。しかし、その堂々たる様子は、

「顔の色は冠の玉の如く、眼は流星の如く、虎の如き体躯に猿の如き臂、腹は彪の如く腰は狼の如し。手に長槍をしごき、駿馬に跨って躍り出る。」（演義第十回）

とあります。**勇将の容貌を猛獣でたとえるのは演義のお決まりパターンですが、馬超はその美貌も玉（宝石）や流星の如しと表現されます**。ほかにも、

「曹操が見やれば、馬超は白粉をはたいたような顔、紅をさしたような唇、腰は細く肩は広く、人を圧する雄姿である。」（演義第五十八回）

「獅子頭の兜に獣面模様の帯、白銀の鎧に白い袍といういでた

人物ファイル

馬超（176～222年）

字を孟起。司隷右扶風郡の出身。馬騰の長子で、後漢の光武帝の功臣である馬援の末裔。潼関の敗戦後、さらに夏侯淵に敗れて涼州を追われ、流浪の末に劉備に帰順。演義では、五虎大将の一人にふさわしいように徹底して漢の忠臣として描かれた。その徹底ぶりは、版本を重ねるたびにたった一字のミスに至るまで修正されたほど。

人物ファイル

許褚（?～?）

字を仲康。豫州沛国の出身。古くから曹操に仕える怪力無双の忠臣。何度も曹操の死地を救った勇猛さの一方、日頃はどこか抜けていたために「虎痴」とあだ名された。曹操に非常に愛され、その曹操が死んだ際、許褚は号泣して血を吐いたという。

ち。威風にあふれ、人品また群を抜く。玄徳は思わず、『錦馬超と人は言うが、誠であったか』と感嘆した。」（演義第六十五回）とあります。**錦馬超の異名をとる馬超は、これまで登場してきた呂布や趙雲にも勝る三国きっての戦場の美丈夫なのです。**

しかし演義にとって、馬超の美はあくまで二の次。演義が**馬超にもっとも注意を払ったのが、漢の忠臣としての位置づけです。**すでに演義は、父の馬騰を反董卓連合や董承の曹操暗殺計画に参加させる虚構により、その漢の忠臣化を図っています。

馬超に対する最大の脚色は、馬騰の死と馬超の挙兵の因果関係の逆転にあります。**演義の馬超は父の仇討ちのために挙兵していますが、実は正史では、馬騰は馬超の謀叛の責任を負って処刑されたのです。**これでは、馬超は父を死に至らしめた不孝者となってしまいます。そこで演義は、出来事の前後を入れ替えることで馬超の汚名を避け、かつ父の遺志を継ぐ忠臣としての人物像を固めたのです。

馬超は潼関・渭水の戦いで曹操に敗れたのち、成都で劉備に帰順し、五虎大将の一角として迎えられます。演義は、劉備が不孝者の馬超を配下に加えたことにならないよう、馬超の忠と孝に細心の注意を払ったのです。

三国志マップ

錦馬超が輝き、傷ついた潼関・渭水の戦い

潼関・渭水において、馬超の武勇は最高潮にきらめく。一時は死を覚悟させるほど曹操を追いつめたが、賈詡の離間の計で韓遂との関係を引き裂かれ、個別に撃破された。

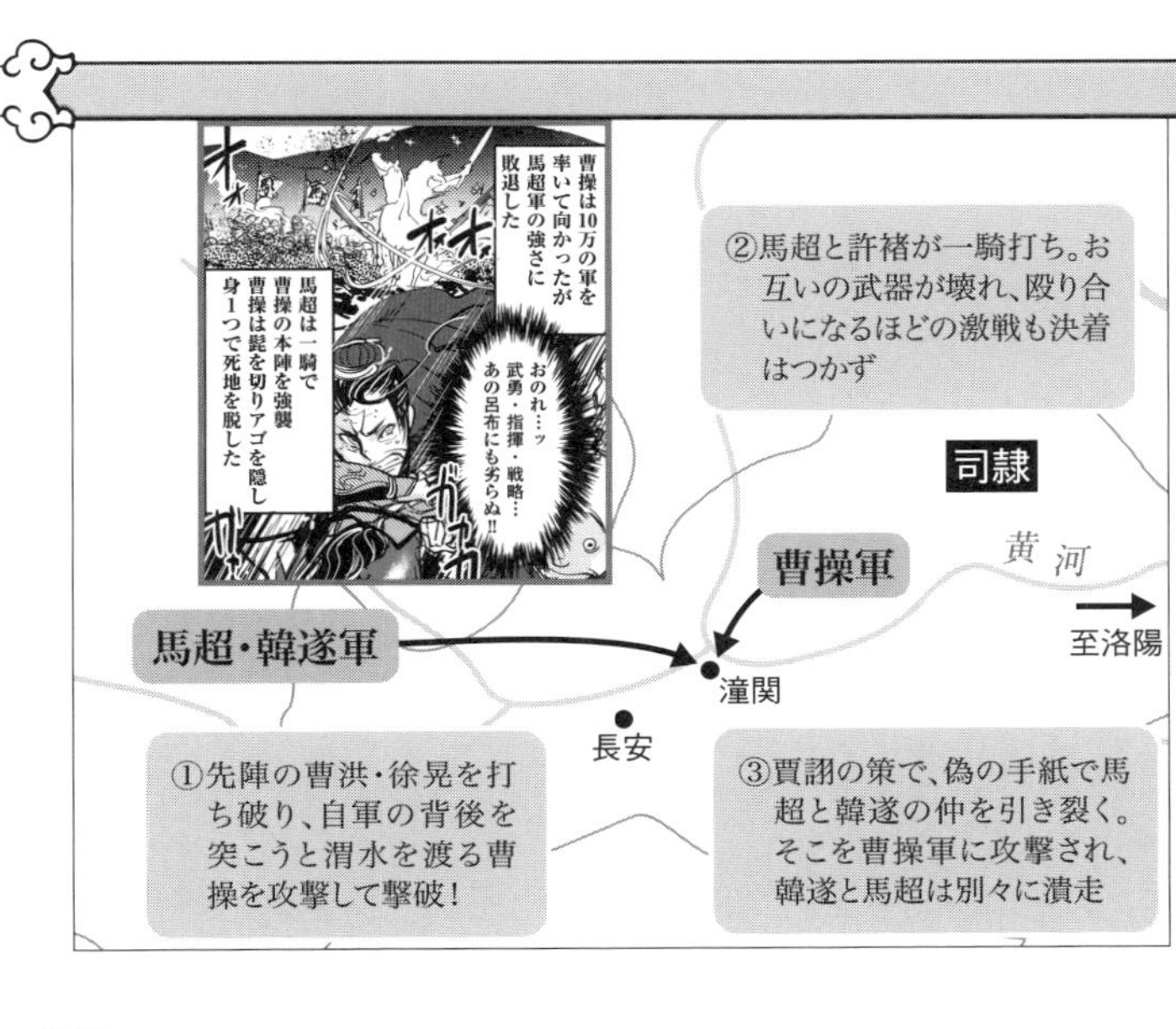

COLUMN 12

なぜ英雄たちは特徴的な面構えなのか？

演義は、英雄たちを特徴的な身体描写で表現していることが多い。ここでは劉備三兄弟、孫権、曹操の身体描写とその背景を探っていく。

英雄だからこそ異相として描かれた

演義において英雄の身体描写が特徴的なのは、中国では、王者は異相（ふつうの人とは異なった姿かたち）を持つとされたため。あるいは明清時代に盛んだった人相術が含まれるためである。

劉備

正史には、「手は垂れれば膝より長く、両耳は自分で振り返って見ることができるほど大きかった」とある。これは、そのまま演義にも受け継がれた。

明代の人相術の書『麻衣相法』によれば、劉備の耳は「垂肩耳」という「天下一人の大貴」であり、天寿は80歳を超えるとされる。手が長いことも、同様に貴人の相とされる。

関羽

関羽は、三国志に限らず多くの物語に登場するが、その人相はほぼ変わらず、「あご髯は長さ二尺、熟したナツメのような赤い顔、鳳凰の眼に蚕のような眉」と描かれる。とくに長い髯は、「美髯公」とあだ名されたように関羽を象徴する。「鳳凰眼」は出世して王侯となる相、「臥蚕眉」は若くして科挙に主席合格する相である。

張飛

「豹のような頭にドングリ眼、燕のような顎に虎髭」とされる。燕のような顎は、諸侯となる将軍の相。

また、張飛のトレードマークである虎髭は、劉備の大耳や関羽の美髯と異なり、実は正史にまったく見られない。それでも、張飛のような虎髭を子どもが笑う唐の時代の逸話（↓14ページ）が残るように、かなり早い段階で張飛のイメージとして定着したようだ。

孫権

演義で、「角ばった顔立ちで口が大きく、碧眼で紫の髯」と表現される。いずれもほぼ史書にもとづく。それによれば大貴の相で、兄弟中でもっとも長寿であるとされる。孫権も劉備と同じく、帝王にふさわしい相を持つとされたのである。

曹操

曹操にまつわる異相は、意外なことに正史にも演義にもない。ただ、『世説新語』という史書には、曹操が自分の見てくれの悪さを気にして、異民族との会見に影武者を立てたという逸話が伝わる。それによると、曹操は小柄だったらしい。演義でもそのイメージは踏襲され、劉備の身長八尺（あるいは七尺半）に対し、曹操は七尺（およそ160センチか）とされた。

劉備の挿し絵（漢昭烈帝像）。

関羽の挿し絵。

曹操の挿し絵（魏太祖像）。

孫権の挿し絵（呉大帝像）。

第二十一話 劉備入蜀
益州牧 劉璋の配下である張松は蜀の地を守るために名高い劉備に譲り渡すべきと考えていた
劉璋様はボンクラだしなぁ…強い指導者がほしい
こうなったら劉備様を益州にお呼びして蜀を治めてもらいたい…
益州士人 張松
劉璋様！乱世は深まるばかりです！劉備殿に力を借りましょう!!
そ…そう？
益州牧 劉璋
益州士人 法正
張松・法正ら親劉備派は反劉備派を押さえつけ劉備を益州に呼び寄せることに成功した
諸葛亮の紹介で新たに軍師となった鳳雛こと龐統は益州獲りを劉備に献策
それって人様の国を乗っ取るってことだぜ？俺様 大悪党じゃねぇかよ
なぁにが!! 乱世にアホが国を治めることのほうがよっぽど悪いことですぜぇ!!
新軍師 龐統
お願いします！
龐統や法正らの説得を受け劉備は益州乗っ取りを決意
漢中の張魯に備える名目で劉備は葭萌関に入ったが張松は劉備と内通していることがバレて処刑された
劉備討つべし！
劉備めぇ…私を追い落とす気だったか劉備を討つ!!
張松刑死の報を聞いた劉備は葭萌関から出撃し劉璋軍と開戦した
黄忠・魏延を先陣とし龐統が指揮する劉備軍は雒城に迫る
さっすが鳳雛!! 龐統の策 ズバズバと当たるじゃねぇか！

雒城攻撃を前に
劉備は龐統が落馬する
不吉な夢を見た
やな予感が
するんだよ
お前に何か
あっちゃ困るんだ
俺の馬に
乗ってくれよ
ありがてぇ〜
あとのことぁ諸葛亮に…
漢室復興の志を持つ者を
集めて…曹操を倒して
くだせぇ…
バカ言うな龐統!!
生きて…一緒に
天下を取ろうぜ!
…俺みてぇな男を…
大事にしてくれて…ひっ
うれしかったですぜ…
あの白馬…
劉備だ!! 撃て!!
馬を変えた龐統は
劉備に間違えられ
矢を射込まれてしまう
落鳳坡
龐統の死後 劉備は
漢中に逃れていた
馬超を招き入れた
おぉー
噂の錦馬超か
一緒に曹操を
ぶっ倒そうぜ!!
諸葛亮は荊州に
関羽を残し
張飛・趙雲とともに
益州に乗り込む
さらに馬超までもが
劉備に加わったと
聞いた劉璋は
劉備に降伏した
すいませんでした〜!!
漢中
成都
蜀
益州
荊州
劉備は益州の州都
である成都に入り
ついに蜀の地を
手中にした

劉備の蜀入り　建安十六（211）年

劉備の〝不義〟〝蜀獲り〟を考える

演義／第六十～六十二回

益州牧劉璋の配下である**張松**から蜀の乗っ取りを持ちかけられた劉備ですが、すぐには承諾しません。劉備たちにとって蜀（益州）は悲願の地です。軍師の龐統も蜀獲りをすすめますが、劉備は「**同族である劉璋から国を奪っては不仁**」だと渋ります。龐統の説得でようやく入蜀は決意しますが、劉備はそのあとも「同族の劉璋から奪っては……」と繰り返すばかりで、なかなか行動を起こしませんでした。

正史には、こうした劉備のためらいは見られません。劉備を仁君として描きたい演義の脚色でしょう。

蜀獲りは、劉備の生涯最大の不義として、長く議論の的にされました。また宋の時代、諸葛亮は理想の宰相と高く評価されましたが、こちらも劉備に蜀獲りをすすめた不義が問題にされました。その中で南宋の**朱子**は、「**蜀を奪ったことは、劉備の策謀であって、諸葛亮の意思ではなかったのかもしれない**」と

人物ファイル

劉璋（?～?）

字を季玉。荊州江夏郡の出身。劉備や劉表と同じく、前漢の景帝の末裔にあたる。益州牧だった父劉焉の跡を継ぐが、配下を統御し切れずに豪族の反発を招く。益州を明け渡したのちは荊州で余生を過ごすも、荊州が呉に奪われたため、最期は呉の臣として生涯を終えた。

クローズアップ

劉備と劉璋の因縁

劉璋の父である劉焉は、演義では黄巾の乱で劉備の後ろ盾としても登場する。義勇兵を募った劉備が面会した幽州太守が、劉焉なのである（↓42ページ）。劉焉は同族の劉備を歓迎し、義理の甥とした。つまりこの設定に従えば、劉備は世話になった叔父の国を、その子から奪ったことになるのである。

述べました。しかし蜀を奪うことは、諸葛亮が天下三分の計で示したことです。**朱子ほどの大学者が論理破綻を見逃すくらい、宋代の諸葛亮への評価は絶大だったのです。**

いい迷惑なのは劉備です。朱子学は、宋代以降の儒教思想の王道であり、何より演義は朱子学の価値観の上に成り立つ文学です。さりとて、朱子などの言う通りに劉備を不仁としては、物語の根本が崩れてしまいます。演義の劉備がしつこく蜀獲りを渋るのは、こうした歴代の議論を背景とした演義の懸命の擁護なのです。**劉備が釈明した相手は、龐統でも法正でもありません。朱子たちなのです。**

自分の名誉がかかっている劉備も必死です。たとえば、正史の劉備は天下三分の計を聞いて、すぐさま「善し」と喜んでいますが、演義ではこの時点でもう「劉璋は……」と渋っています。劉備の仁を一貫させようとする、入念な脚色です。

しかし、いかに弁明しようとも、劉備が蜀を奪った結果に変わりはありません。むしろ渋れば渋るほど、その仁の欺瞞が際立ってしまいます。**近代の文学者魯迅が「劉備を温厚な人物と強調するあまり偽善者らしくなった」と指摘したことは、残念ながら的確な評価でした。**

三国志図解

劉備・諸葛亮の蜀獲り問題

南宋の朱子の議論をはじめとして、蜀獲りは劉備たちの不義として長らく批判され続けていた。演義は、こうした歴代の議論から劉備を守らなくてはならなかった。

朱子
（南宋の大儒者）

「諸葛亮は義に殉じた理想の宰相である」

「では蜀獲りを劉備にすすめたことはどうですか？」

「よろしくない。もしくは蜀獲りは劉備の策謀であって、諸葛亮は関係ないかもしれない」

『三国志演義』

「劉備は漢再興の義に生きた理想的人物である」
「だから最期の最期まで同族を攻める不義を拒む姿を描く」

魏公即位　建安十八（213）年

なぜ荀彧は魏公即位に反対したか？

演義／第六十一回

赤壁の戦いの直前に、曹操は三公の制度を廃止して、自ら丞相に就いています。三公よりも大きな権限を持つ、いわば総理大臣のような役職です。

そして、赤壁の戦いで敗れた曹操は、劉備・孫権をすぐに滅ぼすことは無理と見たのか、方針を内政固めに切り替えます。**漢朝の帝位を奪う道です。曹操の重臣である董昭が献策した九錫の拝受、魏公の即位はその第一歩でした。**

しかし、これに猛然と反対した者がいました。これまで曹操の覇業を支え続けてきた荀彧です。なぜこのときになって荀彧が曹操に反抗したのか、はっきりした見解は現在も定まっていません。あくまで天下統一を目指す荀彧と漢朝簒奪を急ぐ曹操との間で方針が決裂したためとも、名士である荀彧が価値基準の根底に漢を置いていたためとも言われています。

荀彧に反対された曹操は激怒し、魏公就任を断行します。そ

クローズアップ

儒教と漢の関係性

一般に儒教は、孔子の『論語』などによって、個人の道徳を学ぶものだとイメージされる。しかし儒教の力は、それに留まらない。前漢の高祖劉邦は大変な儒者嫌いだったが、皇帝に即位したのち、儒者が仕切る儀礼の整然とした様子を見て、「皇帝が貴いことを初めて知った」と感嘆したという。儒教には、国家の支配に権威と正統性を与える力があるのである。

後漢は、儒教を国教として、後漢を正統化するための唯一絶対の思想とした。つまり後漢を滅ぼすことは、その正統性を支える儒教との対決を意味する。演義の献帝は魏の脅迫に屈して帝位を譲ったが、献帝の一存で終わらせられるほど、漢を支える儒教はやわではない。自身も儒教に精通する曹操は、その重みを熟知していた。曹操の晩年は、この儒教との戦いに注がれる。

れでも曹操の怒りは収まらず、**荀彧を遠征に従軍させると、病を理由に引きこもる荀彧にあるものを贈りました。それは、中には何も入っていない空箱でした**。自分はもはや不要なのだと悟った荀彧は、毒を飲んで自害します。曹操に仕え、21年が経っていました。

なお正史と演義では、曹操の魏公即位のタイミングが少し違います。演義では荀彧の存命中に強行されていますが、正史には「荀彧は病を理由に寿春（じゅしゅん）に留まり、憂（うれ）いを以（もっ）て死去した。翌年、曹操はかくして魏公となった」とあります。**史実では、曹操は荀彧の生前に魏公となることができなかったのです**。名士の筆頭である荀彧の影響力は、それほど絶大でした。

その影響力は、曹操が荀彧を遠征先に連れ出した上で死に至らしめていることからもうかがえます。遠征中の将軍には、将兵たちを処断する権限があるためです。**曹操は、軍事力という君主が持つ最後の切り札によって、名士の荀彧を殺したのです。**

こうして魏公となった曹操は、3年後には魏王（ぎおう）に進み、天子（てんし）までであと一歩となります。それは、荀彧亡きあとに残された名士たちとの、そしてその名士たちが掲げる儒教という漢を正統化する思想との対決の始まりでもありました。

三国志図解

九錫とは何か？

九錫とは、皇帝の権威を象徴する9つの道具のこと。皇帝と同じ儀礼を行うためのものとも言える。九錫が賜与されることは、皇帝に準じた待遇を許されることを意味する。後世では、九錫ならびに公・王の爵位の賜与は、「魏武輔（ぎぶほ）漢（かん）の故事」という禅譲マニュアルの1つに組込まれた（↓204ページ）。

①車馬
②衣服
③楽則（王者の楽器）
④朱戸（朱塗りの門）
⑤納陛（外から見えない階段）
⑥虎賁（近衛兵）
⑦鉄鉞（おのとまさかり）
⑧弓矢（朱弓と黒弓）
⑨秬鬯圭瓚（祖先を祀る宗廟の祭器）

皇帝と同じ儀礼を行うことができる
＝
皇帝に準じた待遇を許されたこと意味する

劉備入蜀を招いた益州の内紛

建安十六〜十八（211〜214）年

演義／第六十一〜第六十五回

劉備は、益州平定に足かけ4年もの時間をかけました。劉璋がこれほど粘ることができた理由は、配下の張任たちが率いた東州兵の強さにあります。東州兵とは、劉焉（劉璋の父）の時代に黄巾残党を中心に組織された軍隊のことで、益州劉氏の権力の要でした。しかし、劉璋が惰弱な人物だったので、東州兵は暴走して益州豪族と対立しました。

益州豪族である張松が劉備入蜀を画策した背景には、こうした益州の事情がありました。**張松は東州兵の増長を止められない劉璋を頼りなく思い、そこで勢力を拡大中の劉備に目をつけたのです。**

ゆえに東州兵が龐統を戦死させるほど激しく抵抗したことに対し、李厳や呉懿などの豪族はたいした抵抗もせずに降伏しました。もちろん豪族の中には、劉璋のために劉備入蜀に断固反対する者もいました。**その彼らも、劉備が新たな益州の主とな**

人物ファイル

張任（?〜214年）

益州蜀郡の出身。劉璋配下の将軍。代々貧しい家柄だったが、豪胆な性格は一目置かれていた。劉備に敗れて生け捕りにされたが、「老臣は二主（二人の主君）に仕えない」と帰順を拒絶したため、劉備はやむなく処刑した。演義では、龐統を射殺したのは張任の配下とされる。

人物ファイル

法正（176〜220年）

字を孝直。司隷右扶風郡の出身。劉璋に失望し、張松とともに劉備に内応した。抜群の戦術眼を持つ一方、昔の仇に執拗に報復したため批判されたが、劉備はあつく信頼した。定軍山の戦いで劉備を勝利に導いたが、直後に若くして没した。のちに劉備が夷陵の戦いで敗れたとき、諸葛亮は「孝直さえおれば」と嘆いたという。

ると、劉備に出仕しています。劉璋は、こうした忠臣からも見離されたのでした。

ところで、先ほど触れた龐統の戦死について、演義に興味深い表現があります。

演義では175ページのマンガのように、龐統は劉備から馬を借りたせいで、敵の伏兵に劉備と間違われて討たれました。しかし、劉備の乗馬と言えば、それは乗り手に祟るという凶馬の的盧だったはずです（↓135ページ）。もしかしたら、劉備が貸した馬は的盧だったのではないでしょうか。

しかもこれより前、徐庶が「的盧の祟りを避けたければ、配下にいったん貸して祟りを移せばいい」と助言する場面があります。もしこのとき、この馬が的盧だったとしたら、劉備は意図せずして徐庶の助言を実行したことになります。

ただし演義では、この馬は「白馬」と明記されており、決して的盧ではありません。**しかし、物語としては「的盧」のほうが徐庶の助言が伏線になり、ぴたりと因果が符合します。実際、清の時代の演劇にはこれを的盧とするものがあります。もしかしたら演義も、もともとは的盧だったものが、劉備の過ちを避けるために白馬に変更されたのかもしれません。**

三国志マップ

劉備の入蜀

同族を攻める不義を承知で蜀獲りを決意した劉備は、龐統・黄忠・魏延を従えて、葭萌関から成都へと進む。しかしその途中、敵の矢を受けて龐統が死ぬという悲劇に見舞われる。龐統の代役として諸葛亮が張飛・趙雲を連れて参陣。諸葛亮の計略で漢中にいた馬超も加え、劉備は成都を包囲。劉璋を降伏に追い込んだ。

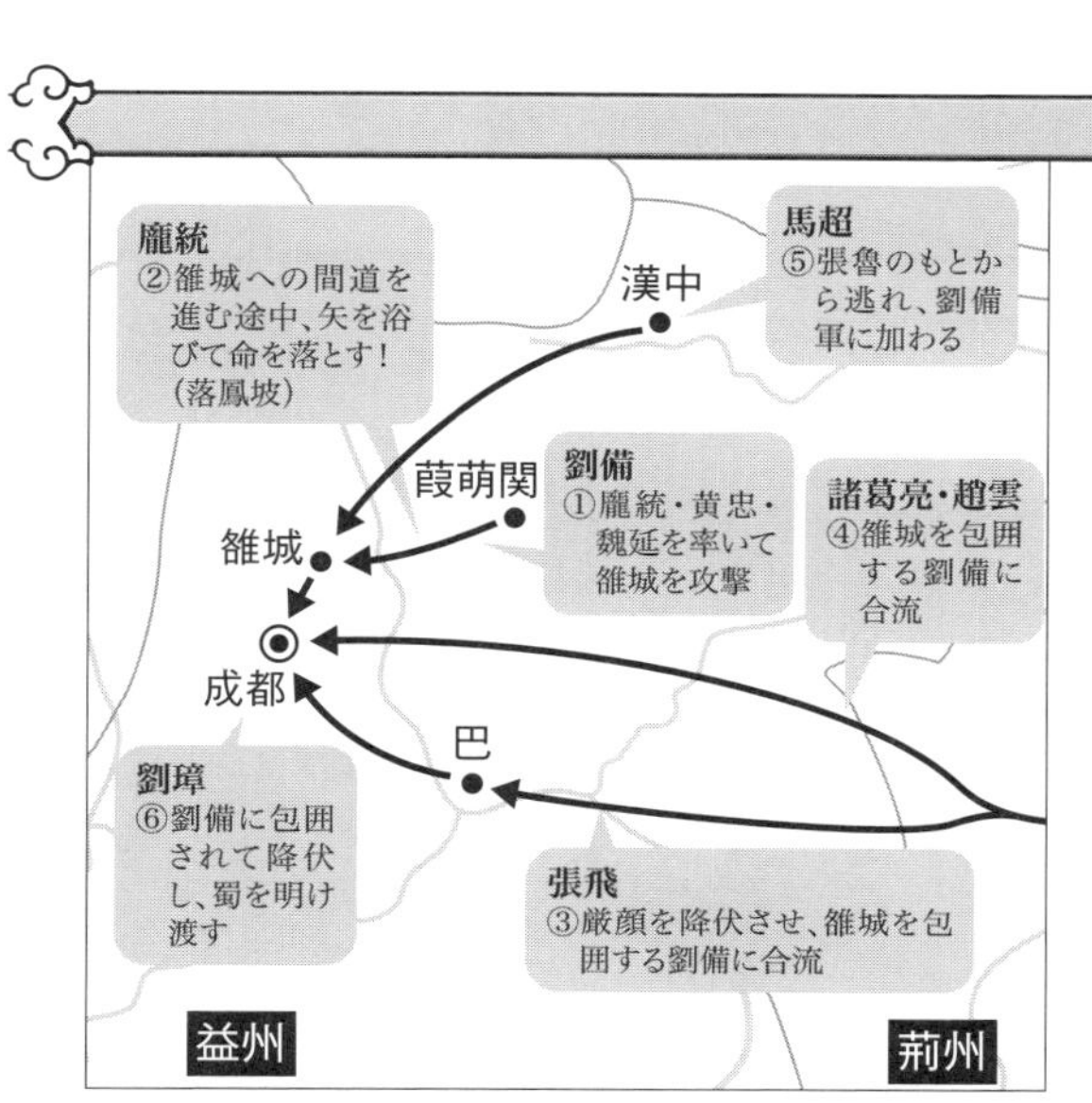

龐統
②雒城への間道を進む途中、矢を浴びて命を落とす！（落鳳坡）
馬超
⑤張魯のもとから逃れ、劉備軍に加わる
漢中
葭萌関
劉備
①龐統・黄忠・魏延を率いて雒城を攻撃
諸葛亮・趙雲
④雒城を包囲する劉備に合流
雒城
成都
巴
劉璋
⑥劉備に包囲されて降伏し、蜀を明け渡す
張飛
③厳顔を降伏させ、雒城を包囲する劉備に合流
益州
荊州

第二十二話 魏王と漢中王
益州を手に入れた
劉備に対し孫権は
荊州南郡の返還を要求
関羽は独断で拒絶した
ザン
荊州返還を
突っぱねたので
私を殺そうと
しておるな
関羽め…殺気に
気づいたな
さぁさ
飲もうではないか
荊州の件は
よきようにしよう
怒った孫権は
関羽を酒席に呼び
荊州返還を求めた
魯粛
孫呉はこのような
関羽の傲慢な態度に
怒りの炎を燃やした
「単刀会」
甘寧
呂蒙
一方 許都では
伏皇后らによる
曹操暗殺計画が発覚
伏皇后らは処刑され
代わりに
曹操の娘が献帝の
皇后となった
曹操様 万歳！
どうか魏王になって
くだされ
ばんざーい
曹操は中原での
権力をさらに
盤石なものとした
ばんざーい!!
曹操は五斗米道なる
宗教の教祖張魯が
治める漢中に進軍…
張魯を降伏させた
曹操は河北の
ほとんどを手中にし
魏王にのぼった
曹
今度こそ
中華統一を
実現させるぞ!
魏王曹操 60歳——
赤壁で挫折した
中華統一に向けて
走り始めた
魏王 曹操
五斗米道・教主
張魯
漢中

孫権は曹操の漢中遠征の隙を突き魏と呉の国境にある合肥を攻める
合肥の戦い
曹操が漢中にいる好機を逃さん!!
孫呉の兵よ！曹操軍に我らの気炎を見せよ！
オオオオオ
この張遼がおるかぎり!!合肥は落とさせぬ!!
張遼来来!!
張遼来来
張遼——呂布の武を受け継いだ男が精兵を率いて孫権の本陣を急襲孫権は散々に敗れた
マジかよ!?!!
その後 漢中から転進してきた曹操は呉の拠点濡須口を攻めた
孫権は水軍を展開し曹操軍を迎え撃ったが…
ダメだっ！転覆するるっ!!
ゴォオオ
この海戦では大嵐が吹き荒れ孫呉の船団は大被害を受けた
濡須口

ザァ
すっすまん周泰!!
危うく死ぬところだったぞ…
周泰ァァ…
周泰は傷だらけになりながら孫権を救い出した
一方 劉備は夏侯淵と張郃が守っている漢中に軍を進めた
張郃
夏侯淵
漢中は中原進出の拠点になる！頼むぜ 法正!!
法正
ちぃっ…張飛に趙雲 馬超 魏延…劉備軍が強くなってやがる!!
定軍山
援軍が来るまで定軍山にこもり持ちこたえる
えっ？もう良いの？

…狼煙…見事に曹操軍を定軍山に追い立てたか
ふふ…法正殿の策が当たっておるのう…さぁ仕上げじゃ
ブルッ…

皆の者！
崖を駆けおりよ!!
逆落しじゃぁああ!!
必殺必中の強弓！
馳走してくれよう!!
オォォ
黄忠
黄忠は奇襲を仕掛け
夏侯淵を討ち取る
大金星をあげた
オ
夏侯淵を失った
曹操は怒り
定軍山に迫ったが…
鶏肋！
鶏肋！
鶏肋…!!
法正の巧みな
防衛策を打ち破れず
撤退を余儀なくされた
劉
劉備様も曹操に
対抗して王を
名乗りましょう
？
漢中の王…
「漢中王」を
名乗るのです
漢中王・劉備だ!!
漢室復興を願う者たちよ
俺様のもとへ集まれ!!
漢中王
劉玄徳
「漢」の始まりの地である
漢中の王を名乗ることで
劉備は漢室の継承者である
と宣言したのである

単刀会　建安二十（215）年

関羽V.S.魯粛、単刀会の真相

劉備が益州を得たことで、またも**呉との荊州問題**が起こりました。魯粛は、荊州を預かる関羽を宴会に招いて直談判し、それでも承知しないなら伏兵で殺害する計略を立てます。**対する関羽は魯粛の思惑を見抜きつつ、宴会に行かなければ名誉に関わると、周倉らわずかな側近と青龍刀一振りだけを持って会に出向きました。**

宴席も半ばになった頃、魯粛は関羽へ荊州の返還を要求します。魯粛の舌鋒は鋭く、関羽の反論をことごとく論破します。そこへ周倉が「天下の土地は徳ある者が治めるべきもの」と叫ぶや、関羽は「国家の大事に口出しするな」と叱りつけます。しかし、これは二人の決めた合図。関羽は魯粛を捕まえて人質とすると、手出しできない呉の伏兵たちを尻目に、周倉が用意した船に乗り、呉の陰謀から脱出してみせました。

単刀会、あるいは単刀赴会と呼ばれるこのエピソードは、**正**

人物ファイル

周倉（?～219年）

架空の人物。もと黄巾賊だが、関羽に憧れ、直談判して配下に加えられた。関羽の忠臣として単刀会や樊城の戦いで活躍。現在でも、関帝廟にて関平とともに祀られている。

クローズアップ

より露骨な『平話』の単刀会

『平話』の単刀会は、より露骨な関羽暗殺劇になっている。会の途中、魯粛は楽隊に演奏をさせると、「羽（音階の1つ）が鳴りませぬ」と叫ぶ。羽の音と関羽を掛けて、関羽を殺せと暗に命じたのだ。それを悟った関羽は魯粛を捕まえて、「お前の胸の鏡を壊してやろうか」と脅す。鏡と子敬（魯粛の字）という同音の掛け言葉でやり返したのである。

演義／第六十六回

史に由来するものですが、本来は魯粛の毅然（きぜん）とした正論と、関羽相手に刀ひとつで会見した豪胆さを表すエピソードでした。

正史では、関羽は魯粛に反論できず、要求に応えて荊州の一部を譲り渡しています。また、口出しした者（正史では名無しの将）を叱ったのは関羽ではなく、魯粛でした。

蜀（しょく）（劉備）を主役とするにあたり、この単刀会も関羽のためのエピソードとする必要がありました。呉が関羽の命を狙っていたという虚構はそのためであり、これによって単刀会は、関羽の勇ましさを表現するものへと変化しました。

演義も、そうした武勇譚としての単刀会を継承します。一方で正史に基づき、魯粛と関羽の議論も盛り込みました。**歴史の義を説く演義にとって、荊州領有の正当性をめぐる議論は避けることのできないテーマだったのです。**

しかし中途半端に正史を盛り込んだためか、演義の関羽は明らかに魯粛に言い負かされています。演義の歴代の改訂者たちもそれを感じたのでしょう。関羽のためにいくつかの修正を試みていますが、正直うまくいっているとは言えません。それでも、何とか関羽を正当化しようとする懸命の姿勢は、改訂者たちが関羽に寄せる思いの大きさを物語ります。

三国志図解

単刀会にみる正史と演義の違い

正史では魯粛の正論と豪胆さを表すエピソードだったが、演義では、関羽のためのエピソードへと変化している。しかし荊州問題はそのまま盛り込まれたため、やはり関羽に不利な印象になっている。

演義

- 魯粛は鋭く主張する裏で、関羽を暗殺する手立ても整える。
- 関羽は魯粛の策略を見抜き、武勇と知恵を使って脱出する。

↓

荊州問題よりも関羽の勇ましさが強調される。

正史

- 魯粛は猛将関羽を相手に刀1つで会見に臨んだ。
- 魯粛が舌鋒鋭く荊州の返還を主張し、関羽は荊州の一部を譲り渡す。

↓

魯粛の毅然とした正論と豪胆さが示される。

魏の後継問題

建安十九～二十二（214～217）年

曹丕が後継者となった本当の理由

演義／第六十六～第六十八回

帝位簒奪の野望を露わにした曹操に、漢の旧臣たちは次々と反旗をひるがえします。**伏皇后の事件**もその1つです。曹操を恐れる伏皇后は、父の伏完と宦官の穆順に曹操暗殺を託しますが、計画は露見。**伏皇后は曹操の前で撲殺され、伏皇后が生んだ二人の皇子も毒殺されました。そして、曹操は代わりに自分の娘を献帝の皇后としますが、反対できる者はいませんでした。**

このあと、曹操は漢中の**張魯**を降し、ついに**魏王**となります。同時に、曹操にも**後継問題**が起こりました。曹操には多くの子がいましたが、正妻の卞氏が産んだ**曹丕・曹彰・曹植が有力な後継候補でした。**演義ではわりと簡単に解決していますが、**史実では背景に名士と儒教との問題がからんでいます。**

曹操はこの以前、「才ある者ならば不義不貞であっても登用せよ」という**求賢令**を発しています。しかし後漢では、人材登

人物ファイル

曹丕（187～226年）

字を子桓。曹操の嫡長子。曹操を継ぎ、漢からの禅譲を受けて魏を建国した。九品中正制を制定するなど、魏の基礎を固めた。諡号は文帝。在位220～226年。弟には劣るもやはり、優れた文才を持ち、中国最古の文学評論『典論』を著した。演義では、漢を滅ぼした悪辣さ、身内を粛清する冷酷さが強調される。

人物ファイル

曹植（192～232年）

字を子建。曹丕の弟。詩は現実を反映させる叙事詩が主流とされた時代に、虚構によって個人の感情を詠む抒情詩の境地を切り開いた。曹植の文学は、唐代に杜甫・李白が出現するまで中国文学の神の座にあった。ただし政治的には、後継者争いに敗れ、不遇の生涯となった。

用は孝を基準に行うことになっていました。儒教において、孝行な者は同時に君主にも忠であるとされていたためです。そのため才能を重んじる**曹操の唯才主義は、儒教にもとづく人材登用を担っていた名士との対立を引き起こします**。

このような状況下で、曹操は「文学」を興しました。曹操や曹植が主な担い手となったこの文学の潮流を**建安文学**（けんあんぶんがく）といいます。当時の文学は、今日のような一個人の芸術性を表現するだけのものではなく、国家を担う官僚の才の一部と見なされていました。曹操は、文学を人材の登用基準とするなどしてその価値を高め、それにより、それまで唯一絶対の価値基準であった儒教を相対化しようとしたのです。

こうした背景から、曹操に勝る文学センスに恵まれた曹植は、魅力的な後継候補でした。ですが名士の多くは長幼の順序から、長子曹丕を支持しました。**曹操は苦悩の末、曹丕を選びます**。名士たちを完全に屈伏することは、天下三分の現状では危険だったからです。しかし、儒教の力を弱めようとする曹操の努力は、儒教に衝撃を与えました。こうした影響もあり、漢を正統とするはずの儒教は、やがて漢の滅亡と革命を容認するようになっていくのです。

三国志図解

曹氏の系図

宛城の戦い（↓92ページ）で長男の曹昂を失っていた曹操には、曹丕と曹植という二人の後継者候補がいた。曹操は文学に天才的な才能を見せる曹植を可愛がっていたと言われるが、揉めごとを避けるため、長子の曹丕を後継者にした。

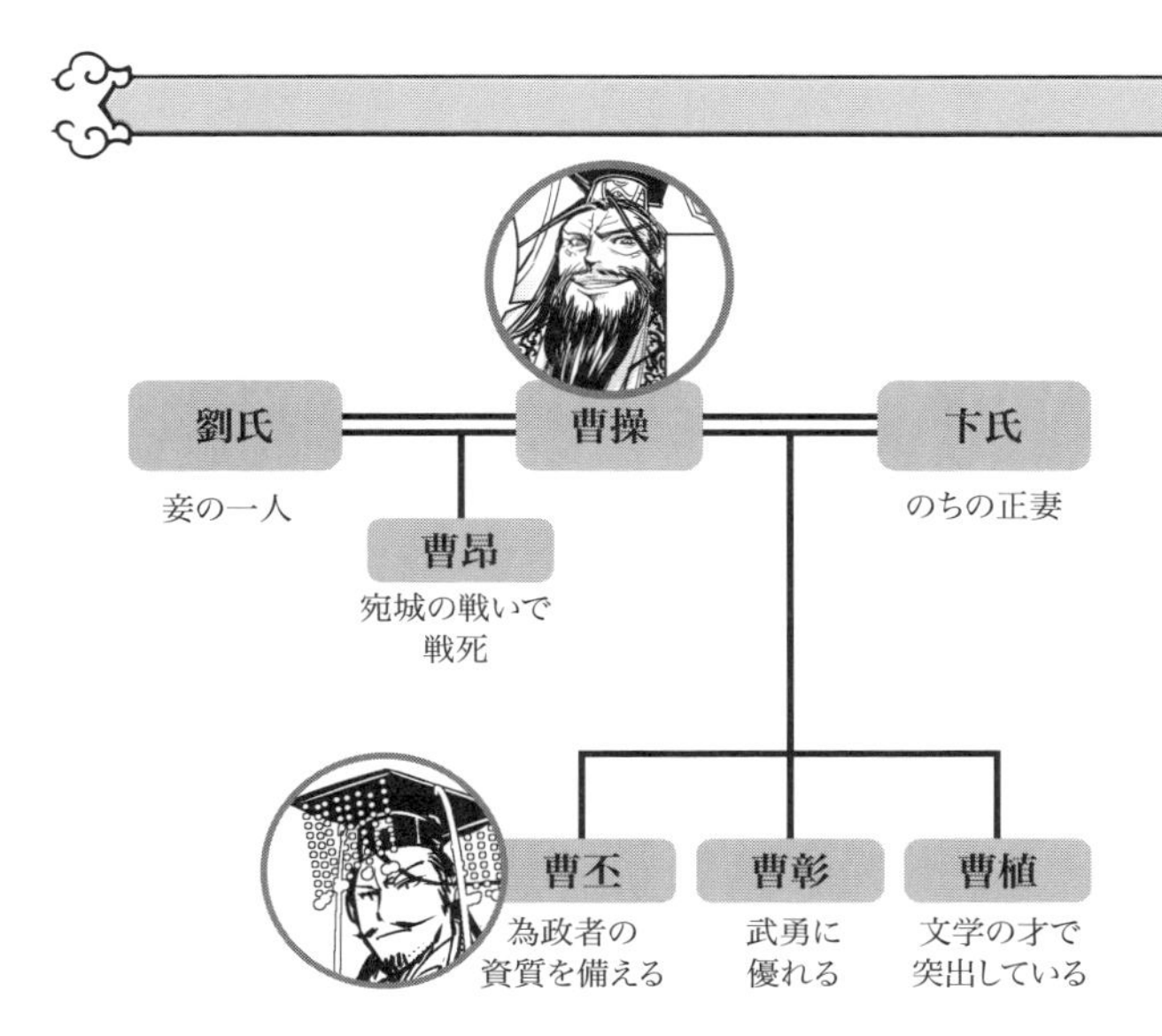

定軍山の戦い

建安二十四（219）年

一度の活躍で名を残した〝老黄忠〟

演義／第七十～第七十三回

定軍山の戦いは、劉備が初めて直接曹操を倒し、その領土を奪い取ることに成功した戦いです。いわば劉備軍の総決算です。

張飛は張郃相手に武勇だけでなく、智略でも勝利します。

張飛ははじめ、張郃と対陣するなり酒を飲むばかりで戦おうとしません。また悪い癖が出たかと心配する劉備に、諸葛亮は蜀の美酒を届けようかとうそぶきます。諸葛亮は、これが張郃を油断させる張飛の策であることを見抜いたのです。張飛は張郃をあざむき、さらに間道を使う戦術で張郃を破りました。もはや武勇一辺倒の将ではありません。こうしたギャップも、張飛が愛される理由でしょう。

趙雲は、共闘していた黄忠が帰陣しないことを知ると、敵陣に突撃してたちまちに黄忠を救出。さらに曹操が追撃してくると、わざと陣門を開け放ち、その前に仁王立ちして曹操を威

人物ファイル

夏侯淵（?～219年）

字を妙才。豫州沛国の出身。曹操や夏侯惇のいとこ。曹操の旗揚げから従う猛将で、とくに速攻戦を得意とした。方面司令官として涼州方面を一任された。曹操の信頼がとくに厚かったが、同時に曹操から将としての軽率さも危ぶまれていた。曹操の予見どおり、わずかな隙を突かれて定軍山で黄忠に斬られた。

クローズアップ

五虎大将は演義の虚構？

劉備は漢中王に即位すると、関羽・張飛・趙雲・馬超・黄忠を五虎大将とした。しかし、これは演義の虚構で、正史には五虎大将という称号はない。それでも正史がこの五人の列伝を同じ巻にまとめているように、彼らが蜀軍の中核と見られていたことは間違いない。

圧します。曹操は、趙雲に何か策があると恐れて撤退しました。**劉備は趙雲の豪胆さを「子龍は満身これ胆なり」と讃え、曹操も「長坂の豪傑はまだ健在だったか」と歎息しました。**

このように躍動する劉備軍の中で、とびきりの戦果をあげたのは夏侯淵を討った老将の黄忠です。

夏侯淵は曹操のいとこにあたる最古参の将軍です。広い領土を持つ魏では、こうした信頼できる将軍を方面司令官として配置していました。

対する黄忠は、演義では劉備軍の五虎大将に数えられる将軍ですが、正史の黄忠伝にある功績は「益州平定で先陣を駆けたこと」「夏侯淵を討ち取ったこと」の2つしかありません。裴松之の注もないのです。言い換えれば、夏侯淵を斬った功績その一点が相当の快挙であったことをうかがわせます。

そのため演義の黄忠像は、老将であることも含め、ほぼすべてが創作です。しかし現在でも中国では、黄忠は「**老当益壮**」として老将の代名詞とされます。演義の影響力の大きさがうかがえます。

こうして曹操を退けた劉備は**漢中王**に即位し、魏王曹操に肩を並べる地位にのぼります。劉備の生涯で絶頂のときでした。

三国志マップ

漢中の戦いと鶏肋

思わぬ劉備軍の快進撃に悩まされた曹操。ある日、出された鶏の汁物を見て、思わず「鶏肋」とつぶやいた。漢中を、捨てるには惜しいが、食べようとしても肉はない鶏の肋にたとえたのである。こうして曹操は、劉備の前に漢中からの撤退を余儀なくされた。

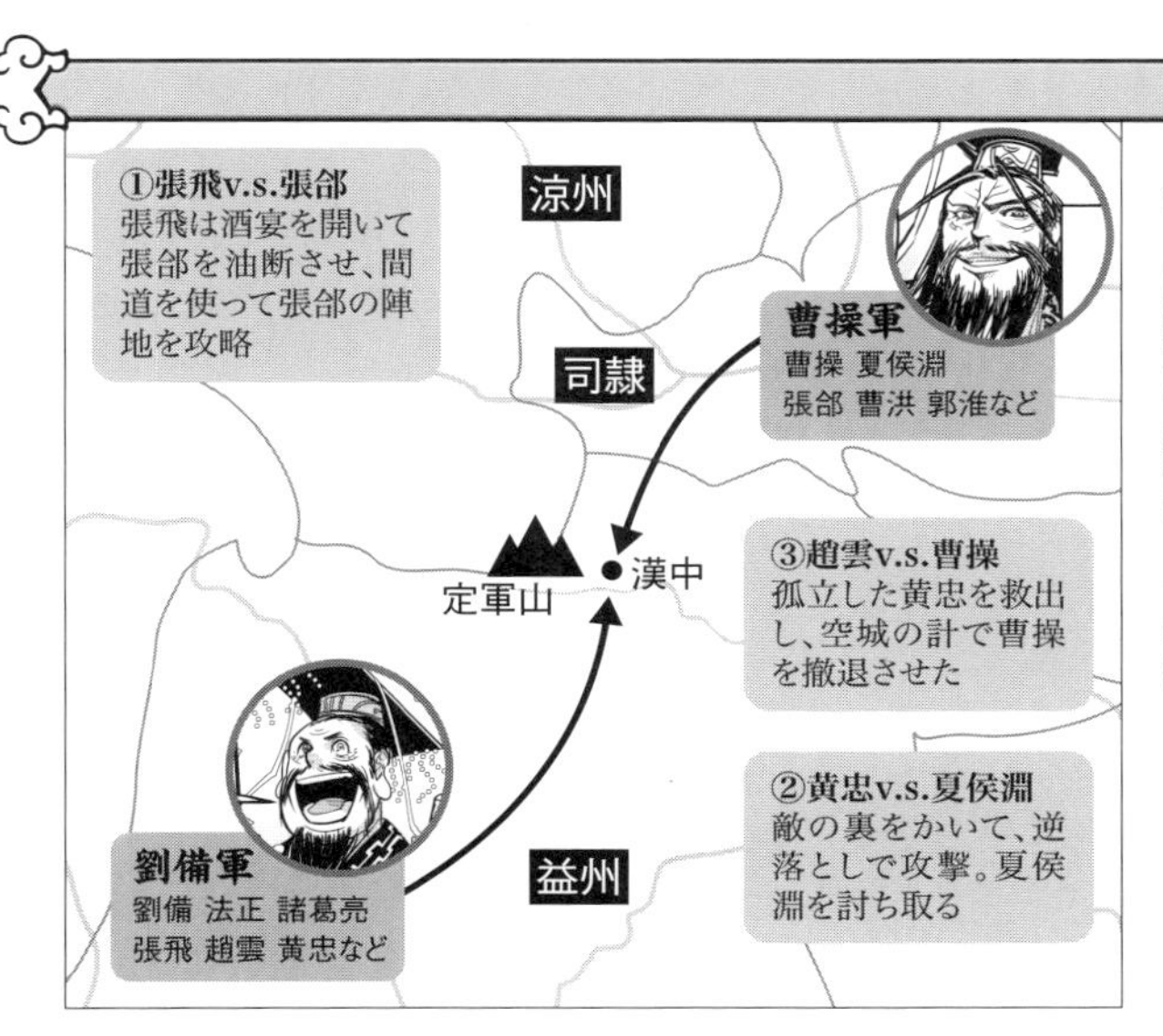
①張飛v.s.張郃
張飛は酒宴を開いて張郃を油断させ、間道を使って張郃の陣地を攻略
涼州
司隷
曹操軍
曹操 夏侯淵
張郃 曹洪 郭淮など
定軍山
漢中
③趙雲v.s.曹操
孤立した黄忠を救出し、空城の計で曹操を撤退させた
②黄忠v.s.夏侯淵
敵の裏をかいて、逆落としで攻撃。夏侯淵を討ち取る
益州
劉備軍
劉備 法正 諸葛亮
張飛 趙雲 黄忠など

COLUMN 13

漢帝国の王国制度と曹操と劉備

演義の中で曹操と劉備は、ほぼ同じ時期に「王」となった。では、二人がのぼった王という位は、漢帝国においてどのような立場にあったのだろうか。

曹操が即位した魏公・魏王とは？

古代中国で言う「王」は、私たちがふつうイメージする王（king）とは少し異なる。

漢では、皇帝の皇子たちは王として各地に配され、領地を持った。漢という帝国の中に、皇族たちの王国がいくつも存在するのである。

ただ、かつては強い勢力を持っていた王も、後漢ではかなり弱体化していた。王国の領地は大幅に縮小され、王は統治権すら失い、代わりに中央から派遣された官僚である相が国の行政を担った（↓84ページ）。

演義に劉氏の王がまったく登場しないのは、彼らが歴史の表舞台に現れることがほとんどなくなっていたからである。

しかし、曹操が即位した魏公・魏王は、以下の3つの点で特殊だった。

1つ目は、曹操の領地、つまり魏国が非常に広かったこと。2つ目は、魏国内では漢帝国とほぼ同じ官僚制度が敷かれたこと。つまり曹操は、当時のほかの王とはまったく異なり、実際に自分の領地を統治する「強い王」だった。

そして3つ目は、曹操という一臣下が王位にのぼったことである。高祖劉邦以来、王になれるのは皇族の劉氏だけとされていた。

これにより曹操は、臣下の分を超越したと言ってよい。明らかに漢を滅ぼす準備段階である。

だからこそ、荀彧は命を賭して曹操の魏公即位を阻んだのである。

劉備はあえて漢中王を称した

この曹操に対抗し、劉備も漢中王に即位する。ここでのポイントは、劉備が「蜀王」などではなく、あえて「漢中王」の称号を選んだ理由である。

それは、漢中が漢帝国の創業の聖地であるため。漢の初代皇帝である高祖劉邦は、ライバル項羽の策略で辺境の漢中に追いやられ、漢王となった。そこから挽回して項羽を倒し、中華を統一したのだ。それゆえ、漢帝国なのである。

劉備は、自分をこの劉邦になぞらえ、漢を継承する者と宣言するために、漢中王という称号を求めたのである。

“王”となった曹操と劉備

魏公・魏王となった曹操

- ほかの王と異なり、広大な領地と強い権力を持った。
- 漢では、皇族以外が王となることは禁じられていた。一臣下である曹操の魏王即位は、漢の滅亡を決定的にした。

曹操の勢力範囲と魏国

漢中王を称した劉備

- 自身の本拠（成都）がある蜀郡の王ではなく、あえて漢中の王を名乗った。
- 漢のはじまりの地である漢中の王を名乗ることで、漢室再興の志を世に示した。

劉備の勢力範囲と漢中

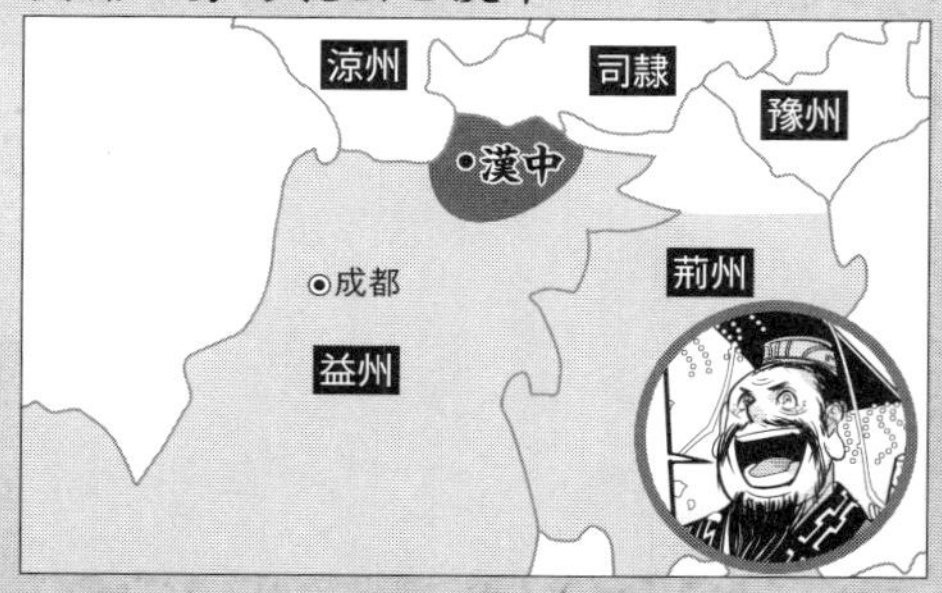

第二十三話 関羽、義神となる
孫権は自分の息子と関羽の娘との縁組を申し入れたが…
…虎の子をイヌの子にやると思うのか…？出直してまいれ
孫権
ほざいたな 関羽ゥ…!! 曹操と同盟し関羽を討つ!!
魏
樊城
関羽は荊州から北上し樊城の守将曹仁を追いつめ
樊城を包囲し水攻めにした
その最中 関羽は右ヒジに毒矢を受けるが神医と呼ばれた華佗に治療を施される
フム…
パチ
華佗
ボタ…ボタ…
関羽殿…右ヒジを切開されているのに平然と碁を打ってる!?
劉備様が漢中王を名乗ってから鬼神のごとき力を得られたようだ…
ヒェ～…!!
龐徳斬死!!
兄者の天下のためすべての敵を滅さん!!
于禁捕縛!!
敵の援軍も蹴散らし関羽の武威が頂点に達したとき
孫呉の陸遜という新たな将軍が関羽にこびた内容の手紙を送ってきた
どうか
仲良く!!
フッ…
イヌの分際を知ったかこれで樊城攻めに注力できるぞ

ところがその手紙は
孫呉の計略であり
関羽不在の隙を突き
劉
傅士仁
呂蒙は商人に化け
狼煙台を乗っ取り
狼煙で関羽側の
城を開かせた
呂蒙
孫呉のイヌども!!
漢中王劉備の領土を
かすめ取るとは不敬の極み!!
孫呉は漢室の敵だ!!
漢室の守護神関羽!!
イヌどもを狩り尽くさん!
麋芳
この不始末…
関羽は君を
許しませんよ
脅された麋芳と
傅士仁は呉に降り
荊州は呉に落ちた
陸遜
後日——
成都
御討ち死に!!
関羽将軍
御討ち死に!!
孫呉の馬忠に
とらえられ
処刑されたと…!!
関羽将軍の…
首は曹操のもとに
送られたと…
荊州も孫呉の
手に落ち…
軍神関羽の死は
蜀漢の運命に
大きな影を落とす
こととなる——

関羽の最期

建安二十四（219）年

神となった関羽

荊州陥落を知らされた関羽は引き返して荊州を奪回しようとしますが、呂蒙の包囲は万全でした。やむなく関羽は麦城に拠り、劉封と孟達に救援を求めます。しかしかねてから関羽をうらむ両者は、要請を握りつぶしました。

関羽は孤立し、麦城も捨てて蜀へ落ちのびる途中、呂蒙の伏兵によって捕らえられました。最期は、帰順を迫る孫権をののしり、子の関平とともに刑場の露と消えました。58歳でした。建安二十四年冬十月のことです。劉備は、関羽と荊州という何にも代えがたい2つを同時に失いました。

正史には関羽の性格について、プライドが高く、兵卒は厚遇したが、士大夫には傲慢だったとあります。荊州という要所を統治する者として、それは致命的な欠点でした。呉に対して威圧的な態度を崩さず、また呂蒙・陸遜をあなどったことでその計略に落ち、麋芳・傅士仁・劉封・孟達に裏切られました。関

人物ファイル

呂蒙（178～219年）

字を子明。豫州汝南郡の出身。若い頃は武勇一辺倒だったが、孫権に諭されて一念発起。魯粛をして、「呉下の阿蒙に非ず（呉にいた頃の蒙ちゃんじゃないな）」と言わしめる文武両道の名将となった。

クローズアップ

関羽の死は書かない

物語では、神である関羽の死は、「天に帰った」「刀馬を還した」などと象徴的に表現されることが多い。関羽の最期が書かれるべきページを丸々空白にした本もある。『源氏物語』の雲隠を想起させる死の暗示である。読者も関羽の死を忌避した。「読むな。これは関帝が麦城に走った巻だ」と落書きされた本や、関羽の死を塗りつぶした本が現在に伝わっている。

羽はその性格のために敗北した、と正史は評します。

演義もこうした関羽の欠点を取り上げて惜しみますが、それ以上に関羽を裏切った糜芳たち、関羽を罠にはめた呂蒙たちの不義不信を非常に強くとがめます。そのため演義では、関羽の最期に関わったほぼ全員がほどなくして非業の死をとげます。とくに呂蒙は、戦勝の宴で関羽の霊にとりつかれ、孫権を罵ったあげくに全身から血を流して死ぬという無惨な最期でした。

演義が広く読まれた明や清の時代は、関羽を神として崇める関帝信仰が全盛期を迎えていました。そのため演義には、至るところに関帝信仰の影響が見られます。

たとえば演義の関羽は、亡きあともしばしば神将として登場します。夷陵の戦いでは、息子関興の前に現れて仇討ちを果たさせ、北伐ではやはり関興の窮地に現れ、敵兵を蹴散らして蜀漢の勝利を助けました。現に明清時代にも、関帝が現れて国家の苦難を救ったという記録が実際に残されています。これらは、その反映なのでしょう

中国人にとって、関羽は単なる歴史上の英雄ではありません。今もなお、現実に存在する神なのです。

三国志マップ

関雲長が麦城に馬を廻らす

劉備の漢中攻略に呼応するように、北上を開始して樊城の曹仁を攻めた関羽。優勢に進めていたが、呉の呂蒙・陸遜に背後の江陵を奪われてしまう。孤立した関羽は蜀に向かったが、呉軍の追撃を振り切れず、最期のときを迎える。

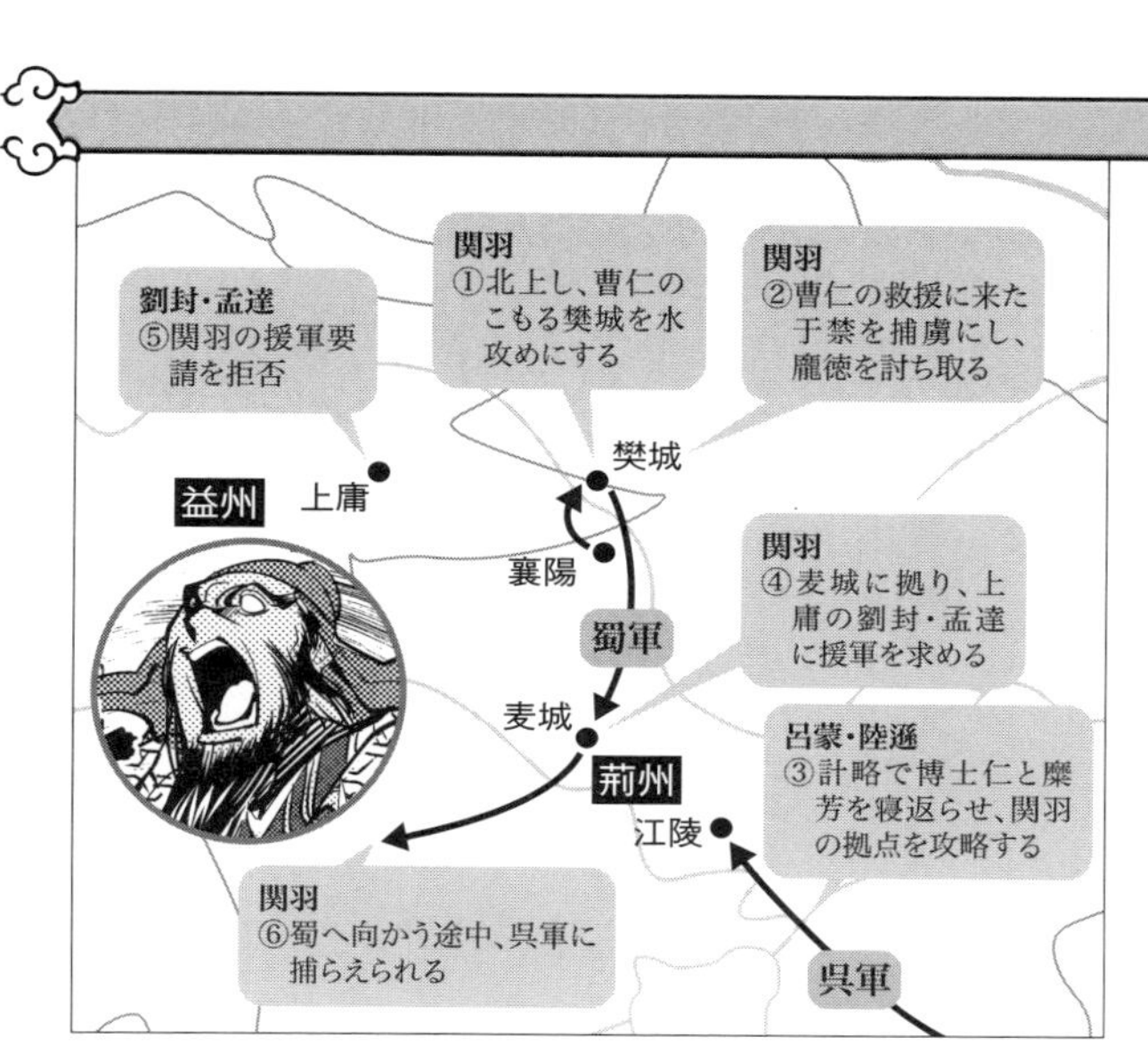

関羽
①北上し、曹仁のこもる樊城を水攻めにする
関羽
②曹仁の救援に来た于禁を捕虜にし、龐徳を討ち取る
呂蒙・陸遜
③計略で博士仁と糜芳を寝返らせ、関羽の拠点を攻略する
関羽
④麦城に拠り、上庸の劉封・孟達に援軍を求める
劉封・孟達
⑤関羽の援軍要請を拒否
関羽
⑥蜀へ向かう途中、呉軍に捕らえられる
益州
上庸
樊城
襄陽
蜀軍
麦城
荊州
江陵
呉軍

COLUMN 14

三国志の世界を超えて神になった関羽

現在、関羽を祀る関帝廟は世界各地にあり、中国人のみならず、多くの人々が義神となった関羽を崇めている。その理由や背景を探っていこう。

なぜ関羽だけが特別な神となったのか

関羽は後世、「関聖帝君（関帝）」と称され、神として崇拝された。

その起源ははっきりしないが、本格的に信仰が拡大するのは宋の時代になってからである。

宋は歴代の中国王朝でも、とくに軍事的に弱い国家だった。ゆえに武神である関羽を祀り、その武威にすがった。ただし、武神とされたのは関羽だけではない。たとえば、諸葛亮も「威烈武霊仁済王」として祀られている。

中国では、歴史上の英雄が神として祀られることは珍しくない。ではなぜ関帝は、たくさんいる神々の中でもっとも広く崇拝されるようになったのだろう。

その鍵が関羽の故郷にある。現在の山西省西南部にあたるこの地には、解池という巨大な塩湖がある。中国最大の塩の生産地である。生活の必需品である塩は、国家の財政を左右するほど大きな利益を生む。

この利益によって中国経済界のトップクラスにまで発展したのが、山西省や陝西省出身の商人軍団「山西商人」である。彼らは行商の際、故郷の神である関羽を旅の守り神とした。さらには異郷で商売の拠点を築く際にも、まず関羽の廟（関帝廟）を建てた。そうして同じ仲間同士で関帝を崇拝し、結束を固めた。

こうして山西商人の台頭に伴い、関帝信仰も中国全土に広まっていったのである。

相互の信頼関係づくりを義神関羽が取り持つ

古今東西、コミュニティの中核に信仰を据えるのは、どこも同じである。中国の商人たちは、義の神である関帝をともに祀ることで、信頼関係を築くかなめとした。また信用第一の客商売では、義は重要な価値観だった。関帝が同郷の山西商人のものだけで終わらなかった理由である。

のちに世界に散らばった華僑も、やはり関羽を崇拝した。横浜、シンガポール、ニューヨーク。世界中のチャイナタウンに関帝廟はある。

そして現代でも、関帝は義の神として君臨している。関羽の生き様は今もなお、それを崇める人々の生きる規範となっているのである。

関帝信仰が拡大する流れ

背景① 中国の英雄観

中国には関羽に限らず、歴史の英雄を神格化する慣習がある。

河南省洛陽市 関林（関帝廟）関帝像・関平像・周倉像

背景② 関羽の出身地

解池は中国最大の塩の生産地であり、山西商人たちはその利益で発展した。

→ 山西商人の行商時の守り神として、義神・財神となり、中国全土に広がる。

背景③ 中国人コミュニティ

世界各地でチャイナタウンがつくられ、出身の異なる者同士で協力し合う必要が生まれる。

→ 異郷でもゆるぎない結束を生み出すため、義神・関羽に対する信仰心がより強くなる！

第五章へ

時代を変革した奸雄は、
皇帝になることなく
この世を去る。
一方、周囲に推されて
皇帝となった仁君は
義弟の仇討ちに失敗し、
失意の中で没した。
主役たちが去っていく中、
物語は最終局面を迎える。

はたして
時代の勝者と
なったのは……。

主な登場人物

劉備（りゅうび）

演義の主人公。蜀漢の皇帝に即位。義弟の仇を討つため、孫呉征伐に赴くが、陸遜の計略を受けて大敗。失意のうちに崩御。

曹操（そうそう）

劉備のライバル。嫡長子の曹丕に後事を託して死去。曹丕は亡父の遺志を継いで献帝に禅譲を迫り、魏の初代皇帝となる。

陸遜（りくそん）

呉の将軍。劉備の孫呉征伐に対抗するため、総司令官に抜擢される。蜀の大軍を川沿いに誘導し、火計で殲滅した。

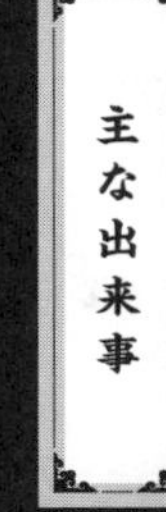

主な出来事

奸雄の死	建安二十五(220)年
後漢の滅亡	建安二十五(220)年
夷陵の戦い	章武元～三(221～223)年
仁君の死	章武三(223)年
南蛮平定戦	建興三(225)年
出師表	建興五(227)年
街亭の戦い	建興五～六(227～228)年
呉帝即位	建興七(229)年
五丈原の戦い	建興十二(234)年
正始の変	延熙十二(249)年
蜀漢の滅亡	炎興元(263)年
晋の天下統一	太康元(280)年

そして中華統一

諸葛亮

蜀漢の丞相。劉備の遺志を継ぎ、中原を目指して北伐を繰り返す。しかし、劉備の宿願は果たせず、五丈原に没す。

馬謖

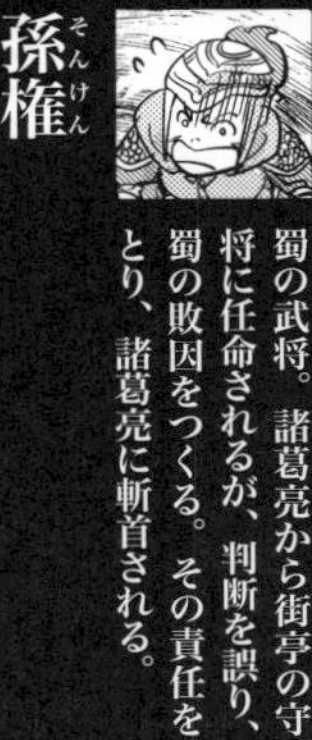

蜀の武将。諸葛亮から街亭の守将に任命されるが、判断を誤り、蜀の敗因をつくる。その責任をとり、諸葛亮に斬首される。

孫権

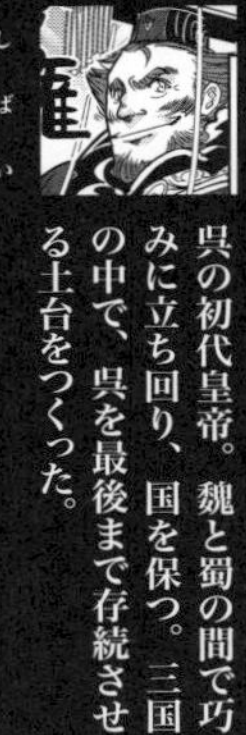

呉の初代皇帝。魏と蜀の間で巧みに立ち回り、国を保つ。三国の中で、呉を最後まで存続させる土台をつくった。

司馬懿

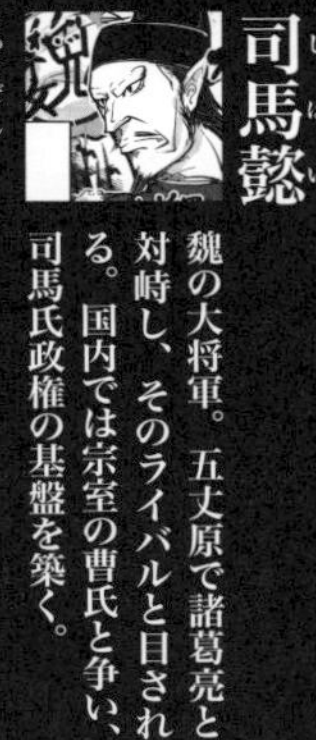

魏の大将軍。五丈原で諸葛亮と対峙し、そのライバルと目される。国内では宗室の曹氏と争い、司馬氏政権の基盤を築く。

劉禅

劉備の子で、蜀漢の二代皇帝。宦官黄皓の専横を許し、蜀漢滅亡の原因をつくる。その後は魏の客分となり、余生を過ごす。

第二十四話
後漢滅亡
死期を悟った曹操は近臣を呼び…自らの葬儀を
質素にすることなど後事を遺言した
ギ
あっ俺の妾たちには手に職をつけさせて生計が立つようにしてやってくれ
新たな世を築くことがあなたの望みだ
なのになぜ…漢室に引導を渡さぬまま逝くのだ
生涯を世の革新に捧げ戦塵にまみれた奸雄は穏やかに寝台の上で息絶えた
政治・軍事・文化――後世に影響を与えた曹操は時代を超える英雄となったのである
おい夏侯惇俺の女に手ぇ出したら化けて出てやるぞ
バカを言うな安心して逝けい‼
…父よなぜ「禅譲」に触れぬのか
曹操の太子
曹丕
in禅譲台
許都――禁裏
陛下‼この曹丕に帝位を譲っていただく
もはや漢室は腐り落ちている民草のためにも潔く身を引かれよ‼
献帝
曹丕は献帝からの禅譲を受けて魏王朝を開くおよそ400年続いた漢はここに滅亡したのである
魏

奸雄死す　建安二十五（220）年

今一度問う、曹操は魔王か？英雄か？

演義／第七十八回

曹操は破格の人です。乱世を勝ち残って魏の礎を築いたことはもちろんですが、曹操の才はそれにとどまりません。儒教経典に精通した学識、『孫子』に注をほどこす軍略、建安文学を興した文学センス。当時、新興の道教にも興味を示し、囲碁・音楽・書にも一流だったとあります。**誰よりも才に満ち、同時に誰よりも才を愛した英雄でした。**

演義は、こうした曹操を敵役にすえつつ、古今の奸雄中の奸雄としてそのスケールの大きさを表現しました。よく曹操は中国では演義のために悪役のイメージが強く、日本では吉川英治『三国志』の影響で人気が高いと言われます。はたして、そうでしょうか。**もし吉川の曹操に惹かれるものがあるとすれば、それは吉川が演義のうちから曹操の魅力を巧みにすくい取った結果です。**人々を惹きつける曹操の姿は、すでに演義に込められているのです。

クローズアップ

曹操の遺言は本音か、偽りか

臨終の曹操は、曹丕のこと、自分の埋葬のことを指示し、さらに貯蔵していた名香を妾たちに分け与え、彼女らに「私の死後、お前たちは針仕事を習い、絹の履き物をつくって暮らしを立ててゆくがよい」と言い遺した。自分の葬儀や後継者のことはわかるが、遺される女性たちのことまで気にかけているのが面白い。現代から見れば、曹操の愛情の深さを読み取ることができるだろう。

しかし、毛宗崗はこれを曹操の「偽」の表れとする。毛宗崗は、臨終の曹操にとって禅譲より大事なことはないのに、それには一切触れず、妾を気にかける見せかけの善行で本心を隠した、曹操はその死に及んでもなお偽りをつらぬいた、と批評するのだ。演義の曹操は、最期の最期まで奸雄だったのである。

魏武輔漢　建安二十五（220）年

漢魏の禅譲は偉業か、詭弁か

中国には、王者が徳を失った場合、徳を持つ別の者が代わって天命を受け、王朝を交替させる思想がありま す。**王者の姓が易わる革命ということで、これを易姓革命と言います。**

そして易姓革命にも、武力で前王朝を倒す**放伐**と、前王朝の皇帝が自ら帝位を譲る**禅譲**の2つがあります。理想とされたのは禅譲ですが、もちろん皇帝が自らすすんで帝位を譲るわけはありません。あくまで建前ですが、それでも宋（北宋）までおよそ800年間、王朝交代は常に禅譲の形式がとられました。

その禅譲の手順を完成させ、後世の規範となったのが曹操でした。**この禅譲のモデルを魏武輔漢の故事といいます。**

万世一系とされている天皇を持つ私たちにはピンとこないところですが、**王朝交替の正統性を確立すること、言い換えればなぜ前王朝の支配がダメで、なぜ自分がそれに代わることができ**

人物ファイル

華歆（157～231年）

字を子魚。青州平原郡の出身。荀彧に招かれた名士であり、魏の建国に貢献した重臣。魏では三公を歴任し、最後は太尉となった。演義では、漢魏革命を主導し、また伏皇后の誅殺に関与した華歆を、漢を滅ぼした奸臣の極みとする。

クローズアップ

曹植の七歩の詩

位を継いだ曹丕は、邪魔者の曹植を粛清しようと、七歩あゆむうちに詩をつくれという難題を課す。しかし曹植は命令どおり、「豆を煮るに豆萁を燃やし　豆は釜の中に在りて泣く　本は是れ根を同じくして生ぜしに　相煎ること何ぞ太だ急なると」と詠み上げた。自分たち兄弟を、煮られる豆と燃やされる豆がらにたとえたのである。曹丕は思わず、涙を落とした。

演義／第七十九～第八十回

きるかを証明することは、とても困難なことなのです。

曹操と、その後継者である曹丕は、そうした王朝交替という国家の最重要課題を前例のないかたちで達成したのです。この二人が禅譲という形式を完成させなければ、中国史は変わっていたでしょう。

しかし演義は、そうした曹操・曹丕の歴史的意義には触れません。各地で瑞祥（新王朝の誕生を予兆するめでたい奇跡）が現れたと報告する百官、献帝を脅迫する華歆や曹洪、禅譲を強要しながら建前でへりくだる曹丕など、禅譲を欺瞞と暴力に満ちた漢の悲劇として描きます。

これはもちろん、演義が漢を正統視するためです。それに加え、演義が成立した明の時代では、すでに禅譲が行われなくなって久しいことも理由にあります。

明は、モンゴル族による元を倒して成立した、漢民族の国家です。元を滅ぼした明が正統王朝であることは明らかであり、曹操・曹丕が苦心した正統化のための理論は必要ありませんでした。そのために、そうした明の時代に成立した演義にとって、漢から魏へという王朝交替の禅譲劇は、正統化のための詭弁に固められた、偽りの革命に見えたのでしょう。

三国志図解

魏武輔漢の故事にならう禅譲の形式

曹操は九錫を賜り、娘を献帝の皇妃とし、魏王となる。結果的に禅譲を受け、皇帝になったのは子の曹丕だったが、曹操・曹丕親子がつくった禅譲の形式は、北宋までの約８００年間にわたり、王朝交替の基本モデルとなった。

禅譲の3ステップ

Step1 宮中で名乗ることが免除され、帯刀を許される。

Step2 九錫（皇帝の権威を示す9つのもの）の使用を許される

Step3 皇帝に娘を嫁がせ、縁戚関係を結ぶ。自らは公、王と爵位をのぼる。

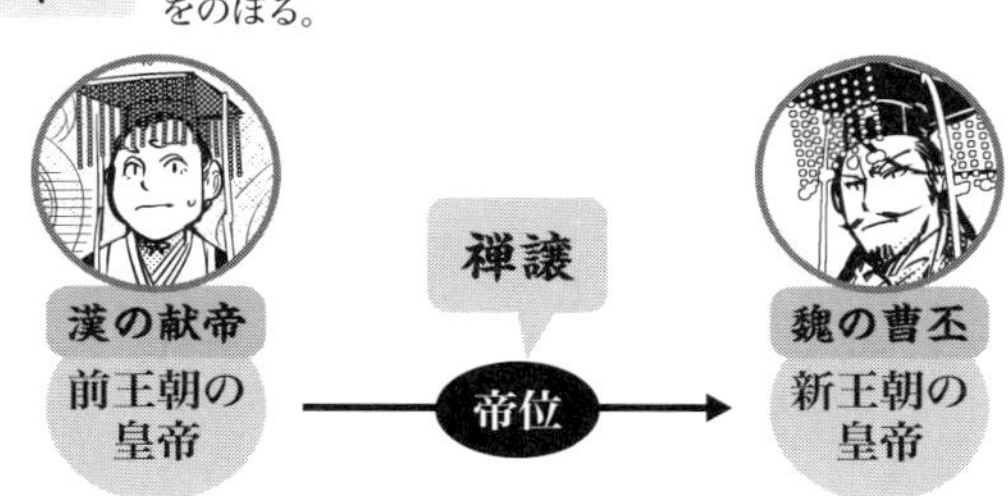

第二十五話 仁君の最期
献帝が廃されたことから諸葛亮は劉備に漢の帝位を継ぐことを献策した
…そんなんアリかよ
中原も手に入れてねぇし
勝手にそんなことしたら
400年続いた漢室が絶え
民の心の拠りどころはなくなりました!!
今こそ民草には
真の支配者の血統たる劉氏が必要なのです!!
ドクン…
民の拠りどころ…か…
ドクン…
劉備は漢室を継承し蜀漢の皇帝に即位した
そして皇帝劉備は呉への遠征を企てる
関羽を殺した孫呉を滅ぼす!!
とむらい戦だぜ!!
オオオ
オオ
陛下 こらえてください!!
蜀漢の国是は曹魏の打倒!
孫呉討伐は私事に過ぎませぬ!!
趙雲
趙雲よぅ!! 雲長が殺されたんだよ
孫呉と仲良くなんざできねぇ!!
蜀漢のためには
嫌でも孫呉と手を組まねばならぬ
翼徳!!
だが…止められぬ
我らは劉備様の仁にひかれて集ったのだ
仁…義兄弟のための戦を止めることなど
我らにはできぬ…
行こうぜ兄者!!
雲長兄の仇を取る!!

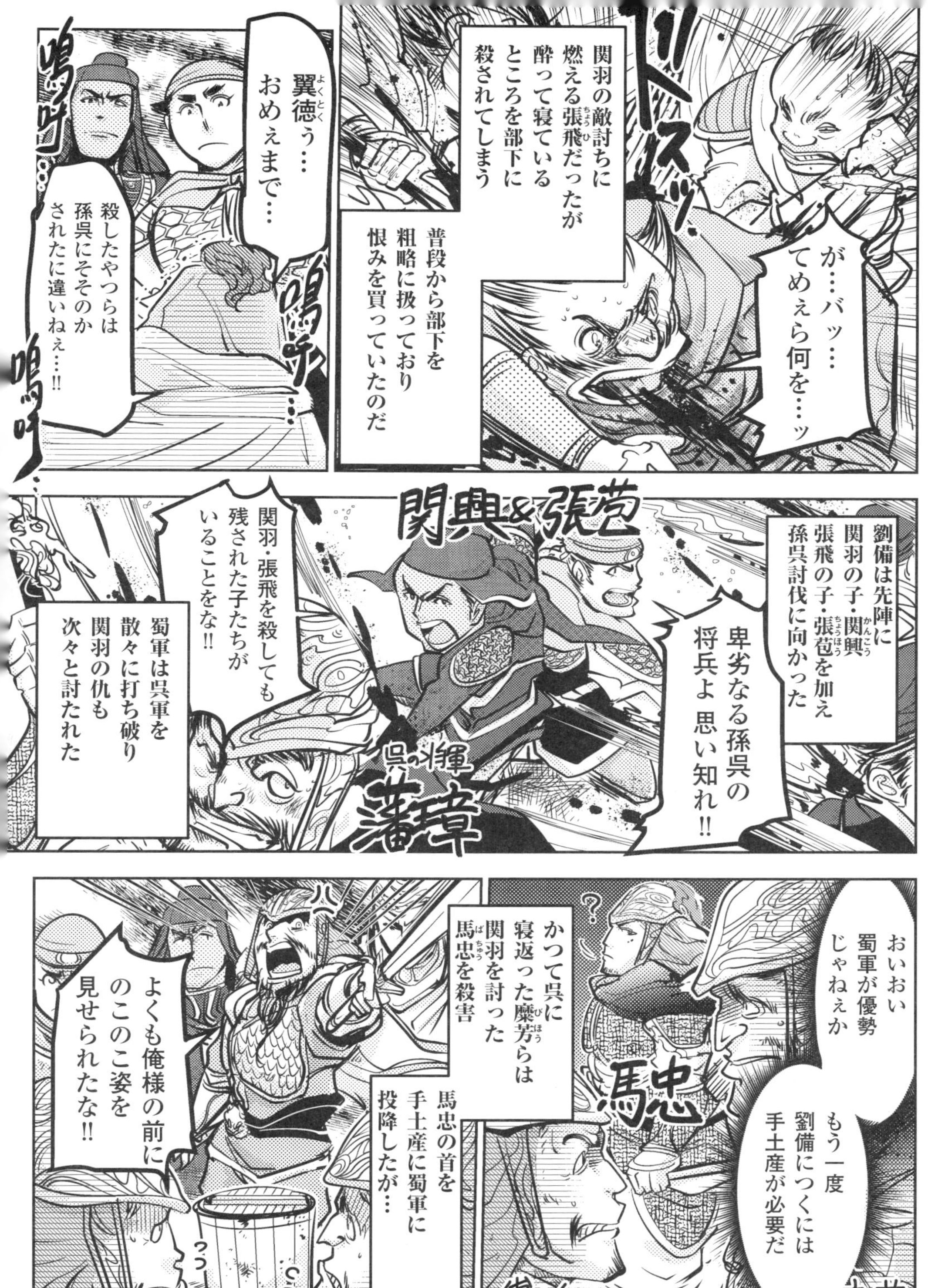
ドスッ
が…バッ…てめぇら何を…ッ
関羽の敵討ちに燃える張飛だったが酔って寝ているところを部下に殺されてしまう
普段から部下を粗略に扱っており恨みを買っていたのだ
翼徳う…おめぇまで…
嗚呼…
嗚呼…
殺したやつらは孫呉にそそのかされたに違いねぇ…!!
嗚呼…
劉備は先陣に関羽の子・関興張飛の子・張苞を加え孫呉討伐に向かった
関興&張苞
卑劣なる孫呉の将兵よ 思い知れ!!
関羽・張飛を殺しても残された子たちがいることをな!!
呉の将軍
潘璋
蜀軍は呉軍を散々に打ち破り関羽の仇も次々と討たれた
おいおい蜀軍が優勢じゃねぇか
もう一度劉備につくには手土産が必要だ
馬忠
かつて呉に寝返った糜芳らは関羽を討った馬忠を殺害
麋芳
傅士仁
馬忠の首を手土産に蜀軍に投降したが…
よくも俺様の前にのこのこ姿を見せられたたな!!

劉備は自らの手で
二人を処断し
関羽の霊廟をつくった
孫権は劉備との
和平の道を探ったが
劉備は拒絶…
雲長…翼徳…
あの桃園の誓いは
果たせなかったが…
孫呉だけは…
滅ぼしてやる
からなぁ…
対応に困った孫権は
陸遜を大都督に抜擢し
蜀軍対策を任せたが
若輩で無名の
陸遜に対し
孫呉の宿将たちは
不信感を露わにした
韓当
甘寧
丁奉
朱然
不安だ…
これでいい…
私は無名の若造だ
すなわち…
劉備も私を
ナメてくる!!
陸遜

夷陵
孫呉の将兵も
みじめなもんだ
若輩の将軍しか
残っていないとは…
しかし江南は暑い…
川沿いに布陣して
一休みするか!
夷陵まで攻め込んだ
劉備は川沿いに
大軍を並べて
休息をとった
成都でその布陣を
伝え聞いた諸葛亮は
「漢は終わるのか」と
絶望したという

ゴォォオォオォ
陸遜はわざと敗退を重ね
夷陵に蜀軍を誘導していた
そして逃げ場のなくなった
蜀軍に火計を仕掛ける
劉備…貴様は
義兄弟の仇討ちを
大義名分とするが
周瑜殿 魯粛殿 呂蒙殿…!!
我らにも恨みがある
その恨み…
骨身に刻んで
焼け死ね…!!
石兵八陣
しかし蜀軍を追撃する
陸遜は諸葛亮が事前に
敷いていた陣に入り込み
迷ってしまう
陸遜殿…
蜀軍を見逃すなら
この陣の脱出方法を
お教えしますぞ
諸葛亮の岳父
黄承彦
陸遜はなんとか
石兵八陣を脱出し
劉備も命からがら
白帝城に逃げ込んだ
白帝城
劉備は大敗による
失意から憔悴し
体調を崩していった
すまねぇ…
俺を皇帝にして
漢室再興を叶えて
くれようとしたのに
ポロ…
ポロ…
感情に振り回され
失敗しちまった…
最後まで…ダメな
皇帝だったよな
孔明…俺様にも
お迎えが来たみたいだぜ
息子の劉禅が
ボンクラなら…
おめぇが蜀を
率いるんだ…
パタ
パタ…
劉備崩御——
「仁」をもって
成り上がった男は
「仁」に殉じて
死んでいった——

孫呉討伐　章武元（221）年

復讐にこだわる劉備は仁者か？

演義／第八十～第八十一回

曹丕が漢の帝位を簒奪したことを知った劉備は、蜀の百官に推されて帝位に即きます。**むしろ売りの男が、ついに漢の皇帝となったのです。**

皇帝となった劉備は、まず最初に関羽の仇討ち、つまり**孫呉討伐**を行います。これには趙雲が、「国賊は曹操であり、孫権ではございません」と反対しました。**後漢を滅ぼした曹魏を討つことは、蜀漢の大命題です。それを捨てておいて義弟の仇討ちという私事に走るのは、皇帝としてふさわしくありません。**

この劉備の行動を、正史の視点から説明することは簡単です。孫呉討伐は、関羽の仇討ちであるとともに、荊州回復の意味があったと言えます。天下三分の計が示すように、荊州は対曹魏の前線となるべき重要な拠点でした。孫呉が支配を固める前に百戦錬磨の劉備自身が奪回に向かうのは、一定の合理性があります。そのためか、演義では孫呉討伐に反対した諸葛

人物ファイル

関興（？～？）・**張苞**（？～？）

それぞれ関羽、張飛の子。正史にはどちらも早世したとして詳しい記録がないが、演義では関羽、張飛の二世武将として登場。夷陵の戦いや、諸葛亮の南征・北伐で活躍する。しかし、ともに北伐の最中に戦没し、諸葛亮を悲しませた。

クローズアップ

短気が災いした張飛の死

張飛は関羽の仇討ちにはやり、そのために配下の范彊・張達に無茶な命令を下して恨みを買った。范彊たちは、張飛が泥酔したところを襲って殺害。その首級を持って、呉に亡命した。結局、張飛はその短気のために身を滅ぼしたのである。翌日、劉備は張飛の部下が報せを持ってくるのを見て、「ああ、張飛が死んだ」と悟ったという。

亮も、正史ではこの件に何も発言していません。

しかし演義は、そうした正当化をしません。劉備はあくまで関羽の仇討ちを主張し続けます。**公事を捨て、私事にはしる劉備。義弟の復讐に、執念を燃やす劉備。かつての仁君の姿は、どこへ行ったのでしょうか。**

仁は定義することが難しい概念です。ただ、仁とは差別愛であるとも言われます。キリスト教のアガペー（隣人愛）のような万人を平等に愛する博愛とは異なり、血縁関係の濃い者から薄い者へと広めていく、差のある愛です。

そうした仁のあり方において、義弟である関羽への愛は、劉備にとって何にも代えがたいものです。**国家の道理を捨て、皇帝の立場を忘れ、すべてを投げうって劉備は関羽のために戦います。**桃園の誓いで結ばれた義兄弟への情愛をつらぬくこと、それが劉備のすべてであり、演義が描く劉備の仁なのです。

しかしその矢先、もう一人の義兄弟である張飛の死という悲劇が劉備を襲います。「手足」を失った劉備に、もはや引き返すことはできませんでした。同日に死ぬと誓い合った兄弟の死。劉備の最期のときが近づいていました。

三国志図解

人への愛を貫く劉備の仁

蜀漢の皇帝でありながら孫呉討伐を断行する劉備の姿は、義弟の復讐にとらわれ、漢再興の志も忘れ、仁者の姿を失ったようにも見える。しかし、これこそ徹頭徹尾、仁に生きた劉備のあるべき姿であり、皇帝になったからといってその本質は変わるものではないのである。

公事
曹魏を討つこと（漢の再興）

私事
孫呉を討つこと（関羽の仇討ち）

演義は

劉備が波乱の生涯を閉じる

章武元～三（221～223）年

演義／第三十四回

夷陵の戦いで、劉備ははじめ快進撃を続けます。この戦いで、**関羽を裏切った麋芳・傅士仁、関羽を捕らえた呉将の朱然・潘璋・馬忠、張飛を殺した范彊・張達など、関羽・張飛の仇はことごとく殺されました。** 恐れおののいた孫権は、配下の諸葛瑾（諸葛亮の実兄）を派遣して和睦を申し出ますが、劉備は「弟の仇とは倶に天を戴かぬ」と一喝しました。関羽・張飛の仇を討ち果たした劉備は、なおも孫呉を滅ぼすべく突き進みます。

その孫呉の窮地を陸遜が救います。一介の書生にすぎない陸遜を、劉備はもちろん呉将たちもあなどりました。**しかし、陸遜は劉備を懐深くまで引き寄せ、その陣営が長く延び切った隙を突き、火計で一挙に討ち破りました。** 正史には、馬良など多くの配下が戦死したとあります。ふつうの敗戦で、名のある人物が何人も戦死することはまずありません。それほどの致命的

人物ファイル

陸遜（183～245年）

字を伯言。揚州呉郡の出身。「呉郡の四姓」と謳われた江東随一の名門の生き残り。関羽との戦いや夷陵の戦いで功績をあげ、荊州の統治を任された。のちに丞相となるが、二宮の変で孫権に諫言したことで流罪とされ、憤死した。二度も蜀漢を打ちのめしながら、演義では意外にもあまり貶められていない。

クローズアップ

死に花を咲かせた黄忠

黄忠は劉備から年寄り扱いされたことに怒り、敵陣へ無謀な突撃を繰り返す。黄忠は奮闘するが多勢に無勢、ついに陣没した。75歳だった。なお史実の黄忠は220年に没している。演義は、黄忠を222年の夷陵の戦いに参加させ、最期に死花を咲かせたのである。

な大敗を喫したのです。

劉備は趙雲に助けられ、かろうじて**白帝城**に逃れます。しかし、痛恨のあまり死の床に就きました。最期を悟った劉備は、諸葛亮を呼び、後事を託しました。

「君の才は曹丕に十倍する。必ずや天下を安んじて大事を成し遂げるだろう。もし劉禅が補佐するに値するなら助けてやってくれ。しかしもしその才がなければ、君が国を奪え」（演義第八十五回）

こう言い遺された諸葛亮は、全身から汗を流して泣き伏し、「臣は股肱として力を尽くし、忠誠をささげ、最期には命を棄てる覚悟です。肝脳が地にまみれたとしても、ご恩に報いることはできません」と答えました。

歴史学から見れば、この劉備の遺言は君主がすべきではない「乱命」と言えます。**それでも、陳寿が「君臣の至高」と評したように、この故事は君主と臣下の理想のかたちとされ、後世では忠の典型としてきわめて高く評価されます。**

こうして章武三年、劉備は白帝城にて崩御。63年、波乱の生涯でした。

三国志マップ

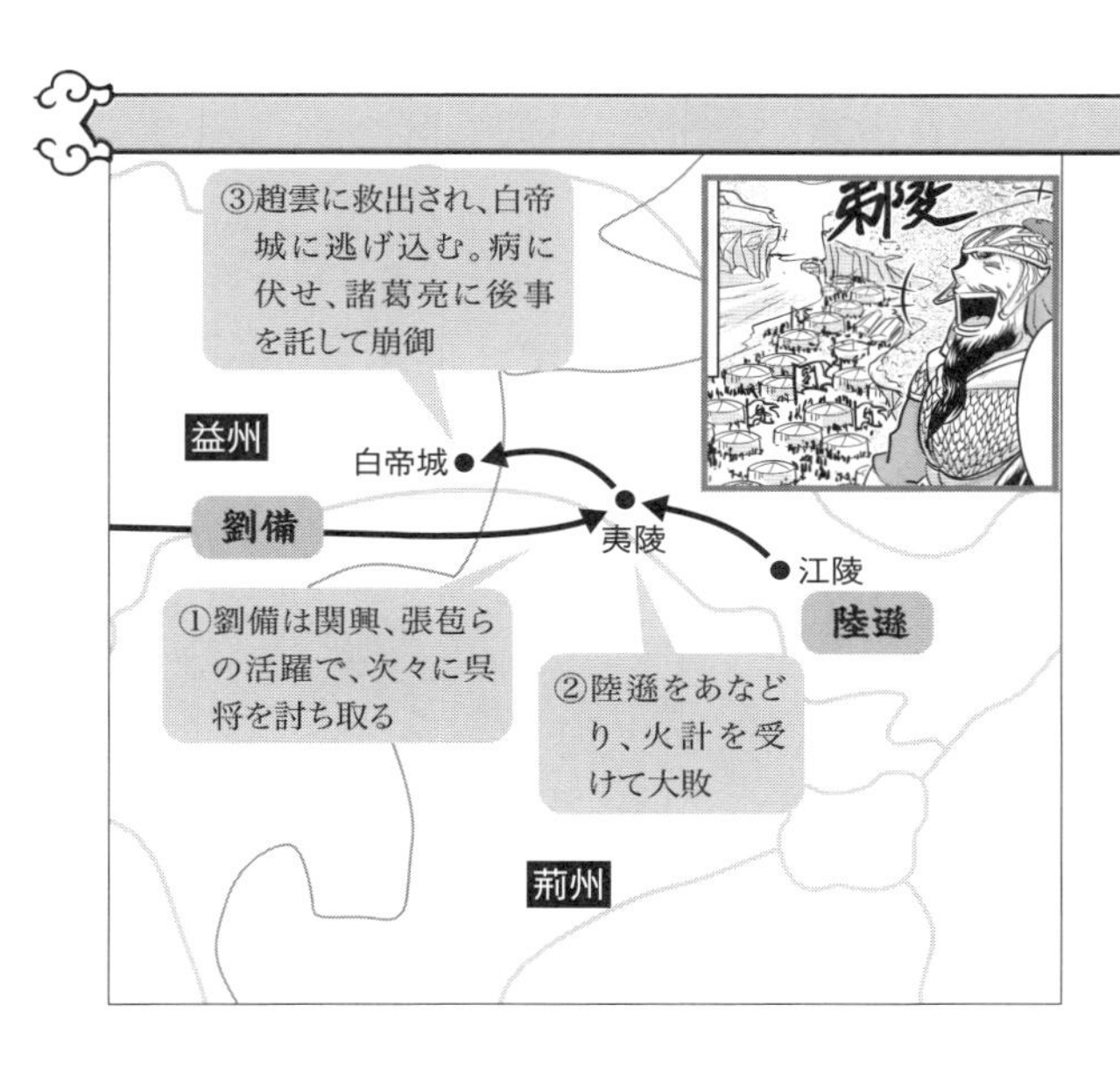
③趙雲に救出され、白帝城に逃げ込む。病に伏せ、諸葛亮に後事を託して崩御
益州
白帝城
劉備
夷陵
江陵
陸遜
①劉備は関興、張苞らの活躍で、次々に呉将を討ち取る
②陸遜をあなどり、火計を受けて大敗
荊州

夷陵の戦い

劉備は関興（関羽の子）、張苞（張飛の子）ら、若い将を連れて孫呉討伐の軍を起こす。当初は破竹の勢いで勝ち進んだが、孫呉の大都督となった陸遜をあなどり、長蛇の陣列を組んだところへ火計を受け、大敗北を喫した。そうして失意の中、逃げ込んだ白帝城で病に伏せった。

第二十六話 南蛮平定
劉備の死後 諸葛亮は呉と講和し 蜀の政治を安定させた
南蛮王 孟獲
馬謖
諸葛亮殿！ 南中の孟獲が 反乱を起こしました
後顧の憂いは 断たねばなりませんね 私自ら遠征しましょう
蒸し暑い…
蛮族を心服させる には城ではなく 心を攻める べきです！
in 南中
孟獲は正面から 突撃したり 策や罠を仕掛けたり して攻めかかったが
毎回諸葛亮に敗れ そのたびに 捕らえられた
一回目
二回目
三回目
四回目
ところが諸葛亮は 孟獲を捕らえては すぐに解放した
五回目
まったく 歯が立たねぇ…
あの諸葛亮… 何者なんだ…
まだだよアンタ!! 南中人の意地 見せなきゃ!!
孟獲夫人 祝融
木鹿大王
風雨を呼び 虎狼 蛇蠍!! 神兵3万を率いる…
木鹿大王が 来てやったぜ!! 蜀漢のやつらを ぶっ潰すぜぇ!!

オォォオ
火を噴く虎だぁ!!
こんな兵器見たことねぇ!
発明者。
孔明夫人
黄月英
ゴォ
逃げろぉおおお!!
諸葛亮は火炎を放射するカラクリ兵器で木鹿大王を討ち取った
ぐぬ
また捕まってまた解放された…
まだあきらめるには早いぜ 孟獲大王!!
この兀突骨と…
兀突骨
刀も矢も通さぬ藤甲兵で蜀軍を倒そうぜ!!
藤甲…藤で編んだ鎧か
ならば火で焼いてしまおう
ゴォォ…
ギャァアア木製だから火には弱ぃいいいい!
諸葛亮は火計で兀突骨と藤甲兵を焼き殺した
蜀漢のためとはいえ
むごいことを…私も長生きできないだろう
もうわかった…諸葛亮様には勝てねぇ!!
孟獲は7度目の捕縛でついに心服蜀漢に忠誠を誓った

七縦七禽 建興三（225）年

まるで『西遊記』のような南蛮平定戦

演義／第八十七～第九十回

正史の注には、諸葛亮が孟獲を「七縦七禽」にしたとありますが、その詳細は記録されません。演義ではそのわずかな記録がおおいに脚色され、諸葛亮はていねいにも七度ごとに捕らえるパターンを変えて、孟獲もあの手この手で諸葛亮に対抗します。**毒泉や妖術、猛獣に異形の蛮将が跋扈する様子は、もはや『西遊記』の域です。**豊かな空想にあふれる、演義の中でも異質のエピソードとなっています。

一方、思想的に見るならば、このエピソードの根底には儒教的な中華思想があります。**中華思想とは、漢民族が支配する中華を世界の中心と捉え、周辺にいる異民族を自分たちの下に見る考え方のことです。**

そのため中華思想では、異民族が中華を慕って教化される（中華の文化に教え導かれる）ことは、中華の王者の徳の高さを示します。諸葛亮が孟獲たち南蛮を攻め滅ぼすのではなく、

人物ファイル

孟獲（？～？）

益州益州郡の出身。益州南部で叛乱を起こした豪族の一人。漢族でもあるとも、益州南方の異民族の西南夷であるとも言われる。諸葛亮に平定されて降伏、のちに官吏に登用されたという。演義では南蛮の王とされ、七縦七禽の末に諸葛亮に心服した。

クローズアップ

饅頭の起源は諸葛亮にあり

諸葛亮は南蛮から帰還する途中、氾濫する川に行く手を阻まれた。孟獲は、川が荒れたときは人頭を供物に奉げるのがしきたりだと言うが、諸葛亮は代わりに麦をこねて中に牛肉や羊肉を詰めたもので人頭をかたどった。これが饅頭の起源だという。このように諸葛亮にあやかって、その発明とされるものは非常に多い。

「心を攻める」方針を目指したのは、そうした中華のあり方こそが中華思想で理想とされたからなのです。

ところで、この南蛮平定では突如、**関索**という関羽の三男が登場します。

この関索、正史などの史料にはまったく記録がなく、演義でもろくに活躍しないまま姿を消します。明らかにあとの時代につけ足された英雄で、実態は長らく謎に包まれていました。

それが1967年、中国で**『花関索伝』**と題された明代の白話小説が偶然出土したことで、関索の活躍の全貌が明らかになりました。この物語は、だいたいの筋は三国志をなぞるものの、話の中心になるのは関索をはじめとした架空の人物ばかり。しかも、関索が父の仇である呂蒙・陸遜を殺したり、諸葛亮が劉備の死後さっさと郷里に引き上げたりするなど、史実とまったく異なる展開が連続します。

『花関索伝』は、三国志の物語がいくつも展開していく中で、史実をなぞる演義とはまったく別の道を進んだ作品と言えます。実は、こうした物語は少なくありません。いかに三国志の物語が人気を博し、そして多様に展開していったかがわかるのではないでしょうか。

三国志図解

捕まるたびに解放された孟獲

諸葛亮は、後方で不穏な動きを見せていた南蛮の平定を目指す。馬謖の「心を攻めるを上策、城を攻めるを下策」という進言を採用し、南蛮を蜀に心服させることを遠征の目的にすえた。

が 孟獲 を七縦七禽する
（7回釈放し、7回捕まえる）

1回目	正面から戦って勝利し、孟獲を捕縛する。
2回目	毒川に苦しむも、計略で南蛮兵を寝返らせ、孟獲を捕らえる。
3回目	孟優（孟獲の弟）の偽降を見破り、孟獲・孟優を捕縛。
4回目	軍勢をかき集めて攻撃してくる孟獲を、落とし穴にはめて捕縛。
5回目	朶思大王の洞にある4つの毒泉に苦しむも、孟節（孟獲の兄）の手助けで孟獲を捕らえる。
6回目	孟獲の援軍に現れた祝融、木鹿大王を虎戦車などの兵器で打ち破り、孟獲を捕まえる。
7回目	孟獲の援軍に現れた兀突骨（烏戈国の国王）と藤甲兵を、火計で焼き殺す。孟獲は捕縛される。

↓

孟獲はついに涙して心から帰順を誓う

COLUMN 15

中国儒教の忠と孝の本質を探る

忠と孝を大事にする考えは、日本と中国の両方にあるが、その中身はまったく同じではない。ここでは中国の忠・孝について掘り下げて見ていこう。

すべては祖先の祭祀を絶やさないため！

忠と孝は、中国でもっとも重視される徳目である。ただし、中国と日本では、忠・孝の理解が似ているようで、まったく同じでもない。

とくに具体的に何が孝とされるかについては、日中の家族観が異なるためかなり違う。

たとえば、中国では後継ぎを残さないことは非常な不孝とされる。祖先霊の祭祀をきわめて重んじるためである。家を絶やす、つまり祖先祭祀を絶やすことは祖先に対する不孝なのである。

そのため、家の維持は何よりも重視され、それを妨げうる女性の嫉妬や不貞（↓70・93ページ）は強く否定された。

異姓養子を避けるのも、やはり孝の延長にある（↓144ページ）。

曹操の父である曹嵩は、出自が不明で、一説には夏侯氏から曹騰の養子になったともいう。演義、とくに毛宗崗本はこの説を採用することで、曹操を異姓養子の子として貶めた。曹操は漢に仇なす不忠者であると同時に、祖先を冒瀆する不孝者の子とされたのである。

もしも忠と孝を両立できないときは？

ところで、忠と孝とが衝突した場合には、はたしてどちらを優先すべきなのだろう。たとえば主君と父親が重病にかかり、もし薬が1つしかないならば、どちらを助けるべきか。

儒教の永遠のテーマである。

一般的には、日本では忠が優先され、中国では孝が優先される傾向にあるという。

たしかに、中国における孝の重みはすさまじい。たとえば、親殺しには可能な限りの厳しい刑罰が加えられた。これに対して主君殺しも大罪ではあるが、こちらは正当化する理屈がないことはない。

また、先ほどの重病の主君と父親のたとえは、実際に曹丕が臣下に出した問題だが、ある臣下が「父です」ときっぱり答えたため、曹丕は反論できなかったという。曹丕という君主が、孝の優先を認めざるをえなかったのである。中国における孝の重み、言い換えれば一族関係の重みを見ることができる。

中国における「孝」の重要性

祖先への孝

・祖先霊の祭祀を絶やしてはいけない。
・祖先を祀れるのは、同じ血筋（同姓）の子孫だけ。

⬇ このことから

後継ぎを残さないことは非常な不孝である！

× 女性の嫉妬はいけない
➡家の維持をあやうくする
× 女性の不貞はいけない
× 異姓養子はいけない
➡異なる血筋が混ざる

司馬昭は、「無道の君主は殺してもよい」という儒教経典の解釈で、皇帝殺害を正当化した。

徐州時代の劉備のもとへ、呂布が保護を求めてきた際、張飛は二度の親殺しを理由に嫌悪感を露わにした。

第二十七話 智絶墜つ
曹魏の皇帝曹丕が亡くなるとその子の曹叡が魏の二代皇帝となった
曹魏二代皇帝 曹叡
陛下…諸葛亮の思いこの書に込めました
劉禅（阿斗）
諸葛亮は蜀漢の二代皇帝劉禅に出師表を上奏する

今蜀は疲弊しており国家存亡の危機にあります
私はもともと田舎で鍬を手にとる田舎者
無位無官で立身出世も望んでおりませんでした
されど先帝は私をあなどらず三度も足を運ばれた

そして私に問われたのです天下の行く末を‼その思いに私は心を動かされ
先帝のために働こうと誓ったのです
南方も平定され軍備も万端‼今こそ北伐を決行し先帝の思いをとげるべきときです‼

姜維
諸葛亮様の熱き思い!!
応えずして男と言えようか!!
出師表に感動した蜀将の奮闘で緒戦から連勝…
第一次北伐
姜維を降伏させ手に入れた街亭の守備は馬謖に託されたが——
諸葛亮様は街道を守れと言っていたが山に布陣したほうが効率いいだろ
まずいっ! 山のふもとを曹魏に押さえられた…
これでは私たちは孤立してしまう
張郃
馬謖の独断により大敗北を喫した蜀軍は撤退を余儀なくされ
命令を無視した馬謖は軍規により処刑された
「泣いて馬謖を斬る」
蜀の未来を任せるべく育てていたが
惜しいが見せしめに殺すしかないのだ
第二次・三次北伐
諸葛亮は再び北上し今度は陳倉を落とし魏の将軍曹真を憤死させた
おのれ…諸葛亮… 私では勝てぬ…!!
曹真
曹真の死を受け曹操すらその才を警戒したと言われる稀代の俊傑…
司馬懿が曹魏の大将軍に抜擢され諸葛亮と対峙した
大将軍
司馬懿

それでも諸葛亮は司馬懿相手に優勢に戦を進めるが…
諸葛亮様！呉軍が西進し蜀の領土に侵入しました!!
第四次北伐
呉皇帝 孫権
諸葛亮はやむなく撤退 呉軍の西進は虚報であったが大きな知らせが届く
呉王の孫権が皇帝に即位したというのである
何の正統性もなく皇帝を名乗るとは…しかし孫呉を敵に回す余力はない…
第五次北伐（五丈原）
諸葛亮は孫呉との同盟を維持し五度目の北伐へ五丈原で魏の司馬懿と対峙した
奇襲！火計！挑発を続けて野戦に持ち込め
木牛
火計で少々の犠牲が出てもかまわぬ!!
木牛で兵糧を運ばせているが兵站はきびしい

ハッ… ハッ…
短期決戦に持ち込まねば…兵糧も…私の寿命も持たんぞ…!!
クク…ッ
諸葛亮の攻め手は強引すぎる…何か理由があるのだ
魏延
激務で寿命が近づく諸葛亮は陣中で延命祈祷を行ったが…
ガタッ
どういうことです諸葛亮殿!! 火計で私も巻き込まれかけ――

ザバッ!?
ゴトッ
魏延(ぎえん)は祈祷の火を
消してしまい
延命は失敗――
諸葛亮は死の淵に
立たされた
体が死んでいく…
だが…脳みそは
まだ生きている
司馬懿…
我が最期の策…
とくと見よ!!
巨星が落ちていく…
諸葛亮は死んだ!!
今こそ好機!!
諸葛亮のいない
蜀軍なぞ烏合の衆だ
オオオ
と思ったが
なんだこの強さは
諸葛亮が先陣に…ッ
生きておったのか…!!
司馬懿は諸葛亮が
死の間際に
用意した木像を目撃し
驚いて逃走――
「死せる諸葛
生ける仲達(ちゅうたつ)を走らす」
諸葛亮の才を人々は
そう讃えた――

出師表　建興五（227）年

諸葛亮は滅びを予見していたのか？

演義／第九十一回

「先帝創業未だ半ばならずして、中道に崩殂せり。今天下三分し、益州疲弊す。此れ誠に危急存亡の秋なり。然れども侍衛の臣は内に懈らず、忠志の士は身を外に忘るるは、蓋し先帝の殊遇を追ひて、之を陛下に報いんと欲すればなり。」

有名な**「出師表」**（表は天子に奉る文章）の書き出しです。諸葛亮は劉備の遺志を継いで、北伐（曹魏討伐）を行うにあたり、その思いを劉備の子・劉禅に伝えました。**これを読んで涙を落とさない者は不忠であるとまで言い切られた、諸葛亮の忠のすべてが込められた文章です。**

出師表において諸葛亮は、劉備が自ら「三たび臣を草廬の中に顧み」たことに「感激」し、劉備のもとで奔走することを承知したと述べています。また、出師表では「先帝」という言葉が実に13回も使われています。一方、現在の主である劉禅への

人物ファイル

劉禅（207～271年）

字を公嗣。劉備の子で、蜀漢の二代皇帝。在位223～263年。治世の前半は諸葛亮を信任して政権を安定させた。しかし次第に政治に興味を失くし、宦官の黄皓による専横を招くなど、蜀漢滅亡の原因をつくった。中国では、阿斗（劉禅の幼名）は暗愚の代名詞になっている。

クローズアップ

日本人における諸葛亮人気の背景

日本でも古くから諸葛亮は慕われたが、とくに明治以降は土井晩翠「星落秋風五丈原」の影響で、悲運の忠臣としての諸葛亮が人気を博し、教科書の題材にもなった。また、戦時中の吉川英治『三国志』では、吉川の英雄観を反映した大衆とともに歩む諸葛亮像が示され、戦後の三国志ブームに大きな影響を与えた。

忠は、「臣が先帝に報いて、陛下に忠なるの所以」として、劉備の恩に報いることの延長として表現されます。**諸葛亮の忠は、三顧の礼で劉備から受けた恩によって支えられているのです。**

諸葛亮は、その劉備から白帝城で後事を託されたとき、「臣は一死をもって股肱の力を尽くし」「肝脳地にまみれようとも」、命をかけて報いると答えました。この思いは、北伐中に書かれたもう1つの出師表（後出師表）の締めくくりでも、「臣は鞠躬尽力し、死して後已まん（つつしんで力を尽くし、死してのちやむ覚悟です）」と表現されます。後出師表は偽作説が強いのですが、演義は当然、最初の出師表とともに全文を引用します。それが諸葛亮の想いのすべてだと考えたからです。**そして、「死して後已む」覚悟の通り、諸葛亮は死ぬまで蜀漢のために戦うことをやめませんでした。**

それにしても、諸葛亮ほどの人物が漢の行く末を予見できなかったことがあるでしょうか。かつて諸葛亮の友人は劉備に対し、漢の滅亡は天が定めた必然だと言いました。当然、諸葛亮もそのことをわかっていたでしょう。わかっていてなお、**その才のすべてを「先帝に報い」ることに注ぎ尽くしたのです。これを忠と言わずして何と言うべきでしょうか。**

三国志図解

出師表（抜粋）

これを読んで涙を落とさない者は不忠であるとまで言い切られた名文。根底には三顧の礼を示し、自分を見出してくれた劉備に対する報恩の念がある。それは蜀を引っ張る立場となった諸葛亮にとって、嘘偽りない原動力であった。

先帝 創業未だ半ばならずして、中道に崩殂せり。今 天下三分し、益州疲弊す。此れ誠に危急存亡の秋なり。

（中略）

先帝、臣の卑鄙なるを以てせず、猥りに自ら枉屈し、三たび臣を草廬の中に顧み、臣に諮るに当世の事を以てす。是に由りて感激し、遂に先帝に許すに駆馳を以てす。

（中略）

今、南方は已に定まり、兵甲は已に足り、当に三軍を奨率、北のかた中原を定むべし。庶わくは駑鈍を竭し、姦凶を攘い除き、漢室を興復し、旧都に還さん。

（中略）

臣、恩を受くるの感激に勝えず。今、遠く離るるに当り、表に臨みて涕零ち、云ふ所を知らず。

呉帝即位　建興四〜七（226〜229）年

諸葛亮はなぜ呉と同盟を継続したか？

演義／第九十一・第九十八回

北伐と前後し、魏と呉でも大きな動きが起こります。

呉では229年、ついに孫権が皇帝に即位。夷陵の戦いのあとに蜀漢との同盟を回復し、また魏の侵攻を何度も退けたことを踏まえての即位でした。これによって、本当の意味で三国鼎立が成立したと言えます。

孫権即位の知らせは、蜀漢を動揺させました。理念上、中華に皇帝はただ一人でなくてはいけません。**漢による中華の再統一を国家方針とする蜀漢にとって、孫権の即位を認めることはその理念を歪めることになります。**

しかし、諸葛亮は反対する群臣の言葉を退けて、孫権との同盟を継続させました。益州しか領土のない蜀漢では、単独で魏を滅ぼすことが不可能だったためです。益州は北に険しい秦嶺山脈があるため、兵を出すにも狭い桟道を通る以外になく、守りに堅い一方、打って出るには非常に不都合な地でした。諸葛

人物ファイル

曹叡（206〜239年）

字を元仲。曹丕の子で、魏の二代皇帝。諡号は明帝。在位226〜239年。生母の甄氏が曹丕の寵愛を失っていたため、若い頃は不遇だった。国家祭祀や暦法などの諸改革を行い、また呉や蜀に親征するなど、才気煥発で決断力に富んでいたという。ただ、後年に宮殿の造営を繰り返したため、国力を疲弊させたとも言われる。

クローズアップ

〝狼顧の相〟をもつ司馬懿

司馬懿は疑り深く、慎重な性格であったといい、また狼顧の相を持つとされた。ある日、曹操がそれをたしかめようと、司馬懿を召して後ろを向かせたところ、狼のように身体は動かさず、首だけを真後ろに振り返らせることができたという。

亮の描いた天下三分の計が、益州・荊州の確保を前提とした理由です。しかし荊州が失われた以上、同地を領有する呉との同盟は必須。諸葛亮はこの基本方針をつらぬくため、国家の理念を曲げざるをえなかったのです。

一方、魏では226年、皇帝曹丕が崩御して曹叡が即位し、それにともなって司馬懿が台頭しつつありました。

司馬懿は字を仲達、司隷河内郡温県の名門の出身です。**司馬八達**という優れた八兄弟の中でももっとも優秀であり、若くして荀彧に推挙されて名士らと親しく交わったという、名士の本流の継承者とも言うべき人物です。そのため、曹操からはその才を警戒されたともいいます。しかし、曹丕は若い頃から自分を支えた司馬懿を重用し、そして臨終にあたって後事を託しました。

演義での司馬懿は、諸葛亮の北伐に立ちはだかる最大の壁であり、諸葛亮と同じ軍師的な人物とされます。天文を観て吉凶を予知し、諸葛亮の策術を見抜くこともしばしばで、時として諸葛亮を退却に追い込みます。もちろん最終的には諸葛亮に及ばないのですが、一方的なやられ役にされた周瑜とは一線を画す、まさに好敵手と言うべき人物です。

三国志マップ

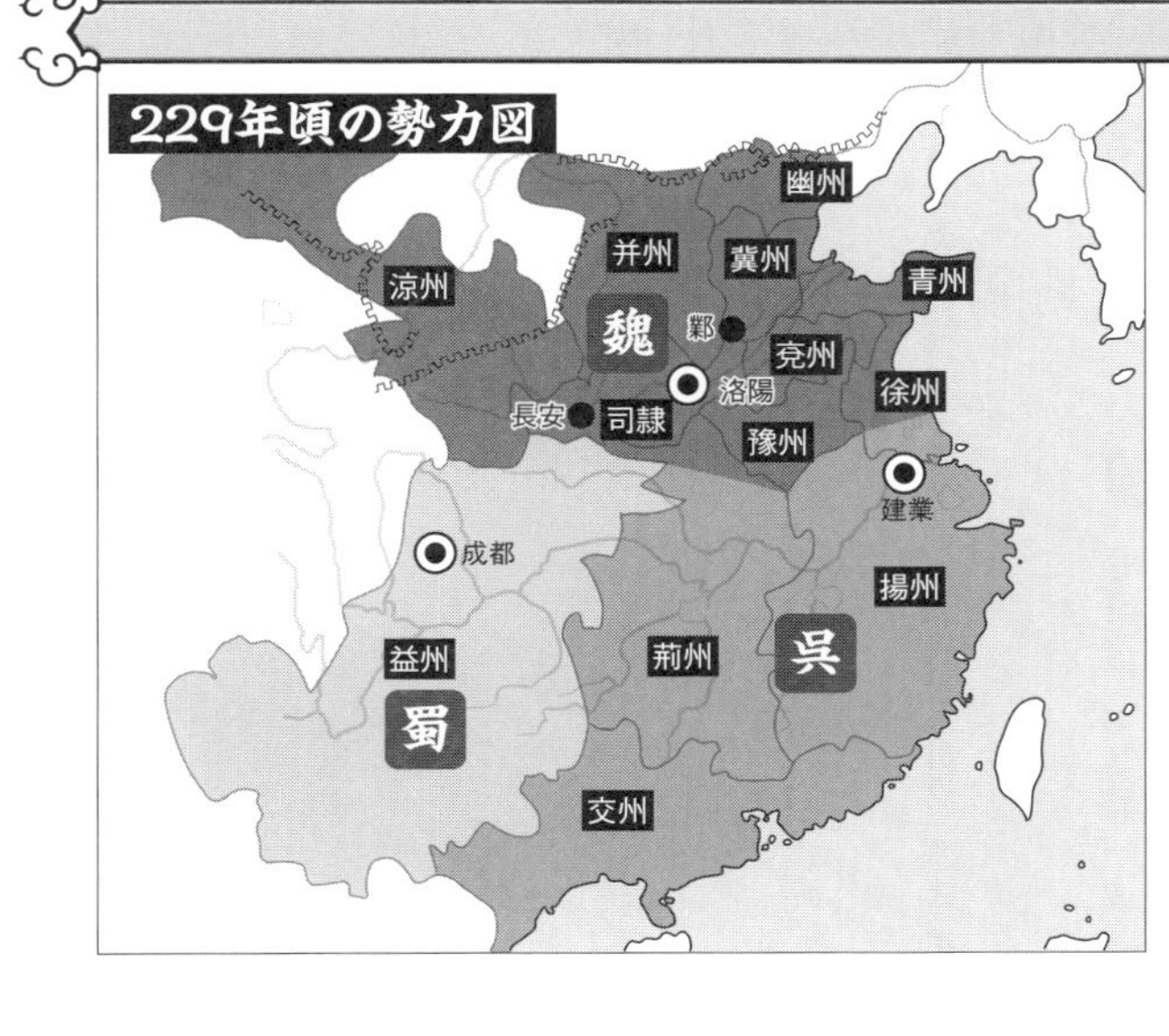

ついに3つの王朝が並び立つ!

孫権が皇帝となったことで、黄河流域一帯の中原を治める魏（皇帝曹叡）、揚州・荊州・交州を治める呉（皇帝孫権）、益州を治める蜀漢（皇帝劉禅）の三国鼎立が成立する。蜀漢の丞相である諸葛亮は魏に対抗するため、呉との同盟を継続させる道を選ぶ。

街亭の戦い

建興四～七（226～229）年

馬謖は泣いて斬るほどの人物か？

演義／第九十二～第九十六回

2

227～234年の一連の諸葛亮の北伐は、演義では「**六たび祁山に出づ**」とされますが、史実としては五回に分けることができます。このうち、もっとも勝機があったのは、演義でも正史でも**第一次北伐**でした。

北伐の第一目的は、旧都である長安奪還にあります。魏延は長安を一気に目指す方針を主張しますが、諸葛亮はそれを採用せず、まず涼州に軍を進めます。長安の背後である涼州を得ることで、益州と涼州からの二方面侵攻で長安を落とそうとしたのです。また、涼州はシルクロードにつながる交易上の要衝でもあります。これは堅実かつ非凡な戦略であり、実際に諸葛亮は天水郡ほか二郡を制圧し、涼州の掌握まであと一歩というところまでいきました。

しかし、街亭の戦いで馬謖が敗れたことですべてが瓦解しました。涼州の東に位置する要害の街亭を失えば、魏はいくらで

人物ファイル

馬謖（190～228年）
字を幼常。荊州襄陽郡の出身。兄の馬良は、秀才揃いとほまれ高い兄弟の中でももっとも優秀で、白い眉をしていたことから「白眉」の語源になった。馬謖も南蛮征伐で、「心を攻めるが上策」と進言して評価されるなど諸葛亮に重んじられた。しかし街亭で失敗。「泣いて馬謖を斬る」の語源となってしまった。

人物ファイル

姜維（202～264年）
字を伯約。涼州天水郡の出身。諸葛亮に高く評価され、蜀漢末期に政権を握る。繰り返し北伐を断行したため、周囲の支持を失う。最期は、蜀漢再興のクーデターを謀って討ち死にした。演義では、諸葛亮の臨終に兵法の極意を伝授されるなど、その後継者としての面がより強調される。

も涼州へ援軍を送れてしまうからです。諸葛亮は制圧した三郡も放棄し、全軍撤退せざるをえませんでした。**ただこのとき、諸葛亮が軍事上もっとも困難な撤退戦を無難にやりとげたことは、その軍才の1つとして評価すべきでしょう。**演義ではこれは、空城の計として脚色されました。

それでも、第一次北伐の失敗は大きすぎる痛手でした。敗戦を招いた馬謖は、諸葛亮と親交の厚かった馬良の弟であり、諸葛亮からその才覚を評価されていた、いわば愛弟子でした。**一方で、劉備は馬謖の才を危ぶみ、重要な仕事を任せぬよう諸葛亮に遺言していました。**しかし諸葛亮は、馬謖を重用しました。荊州時代からの友人は、すでにほとんどが世を去っていました。それが諸葛亮の判断を誤らせたのかもしれません。

諸葛亮は、馬謖を抜擢した責任を負わなくてはなりませんでした。**群臣には馬謖の才を惜しむ者もいましたが、諸葛亮は法を遵守する重要性から、馬謖を処刑します。「泣いて馬謖を斬る」の故事です。**

しかし実際、残された人材は多くありませんでした。劉備時代の古参、趙雲も北伐のさなかに没しています。諸葛亮はただ一人で、劉備の遺命に向かい続けなくてはなりませんでした。

三国志マップ

第一次北伐(正史)の顛末

演義では関興・張苞ら次世代の武将に加え、老境にさしかかっていた趙雲が競い合うように活躍。夏侯楙・曹真を相次いで破る。しかし、諸葛亮の愛弟子ともいうべき馬謖の敗北で、第一次北伐は失敗に終わった。

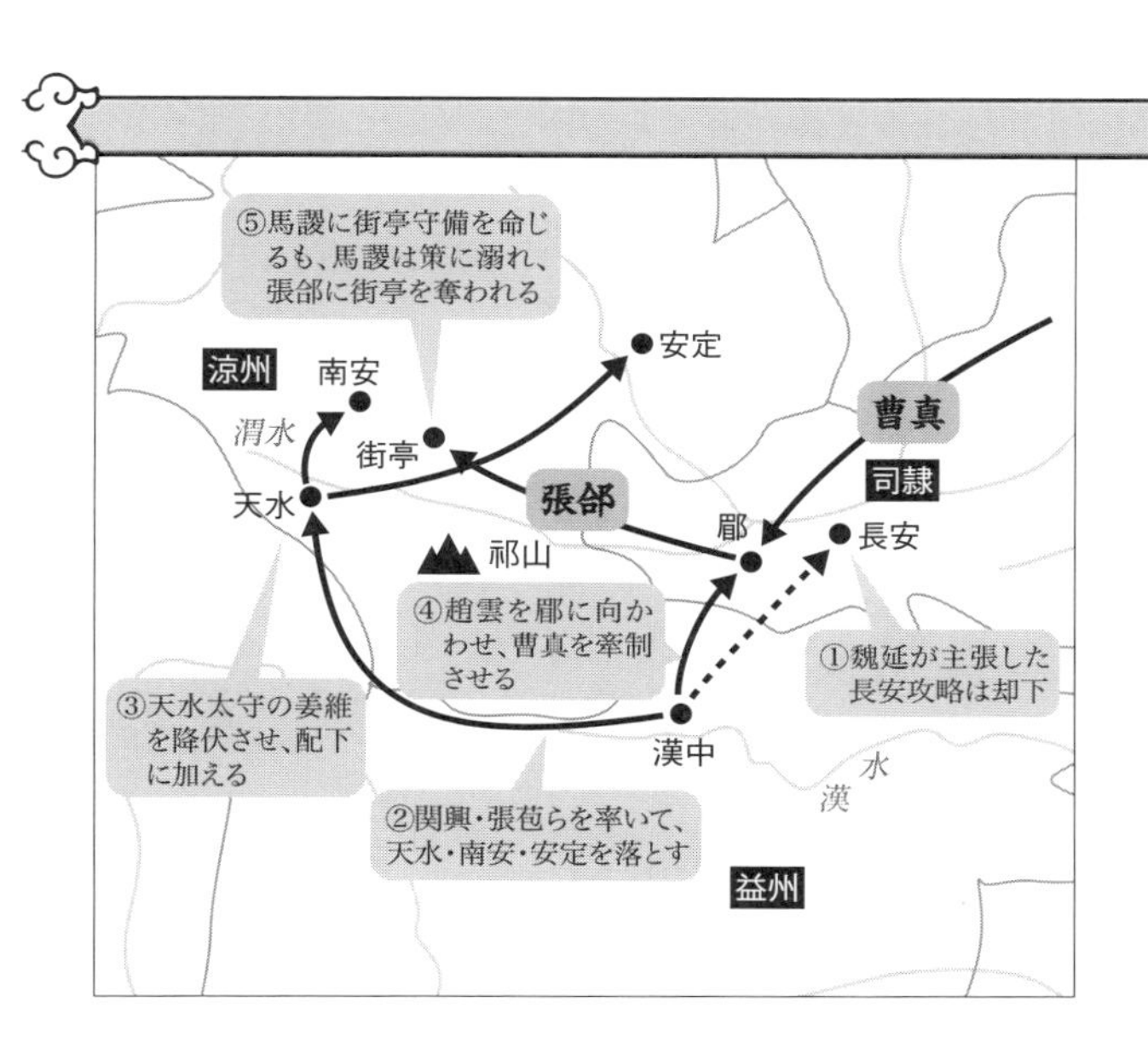

なぜ天は諸葛亮を見放したのか？

演義／第百二～第百四回

諸葛亮は五度の北伐の中で、何度も司馬懿相手に局地的な勝利を収めます。しかし、慎重な司馬懿はそれ以上の大敗をせず、粘り強く諸葛亮の攻撃をしのぎます。

最大の好機は、第五次北伐における上方谷の戦いでした。諸葛亮は兵糧を餌に司馬懿を上方谷に閉じこめ、火計で一気に焼き払います。ところが死を覚悟した司馬懿は、突然の豪雨に救われました。諸葛亮は、天を仰いでこの不運を嘆きました。

これで警戒を一層強めた司馬懿は、五丈原で諸葛亮と対陣し、ひたすら守りを固めます。諸葛亮は女物の服を贈って挑発しますが、司馬懿は決して打って出ず、時を待ち続けます。やがて司馬懿の予見通り、激務の諸葛亮は病に倒れます。姜維のすすめで延命の祈祷を試みますが、それも魏延の失敗で身を結びません。諸葛亮は、**死生はただ天にあり**（生きるか死ぬかは、天次第だ）と歎息しました。

クローズアップ

魏延の失敗と最期

諸葛亮死後、魏延は自分こそが総司令官を継ぐと自負。退却する味方に反発し、軍勢を率いて立ちふさがった。しかし、対陣する楊儀に「俺を殺せる者がおるか」と挑発した瞬間、背後から副将の馬岱に斬り殺された。諸葛亮は魏延が謀叛を企てることを見越し、楊儀と馬岱に計略を授けていたのだった。

クローズアップ

天は諸葛亮を助けない

儒教の天は大きく分けて、人に報いを与えるような人格神か、自然界の運行を司る摂理かの2つがある。朱子学や演義の天は後者である。そして演義では、王朝の興亡が天の理とされ、漢は滅びる定めにある。だから演義の天は、諸葛亮を助けないのだ。

演義の諸葛亮は、言うまでもなく「善」の人間です。それにも関わらず、その諸葛亮に天が味方しないのはなぜでしょうか。

中国では古来、人の働きに応じて天が報いを与える**「応報」**の思想があります。しかし歴史をひもとけば、仁者が非業の最期を遂げ、悪人が生を全うする例は枚挙に暇がありません。『史記』の著者である司馬遷は、それを「天道、是か非か」と表現しました。**本当に天は人に報いてくれるのか。そうした悲痛な問いかけの中から、演義の文学性は生まれています。**はたして、天は諸葛亮に微笑みませんでした。

それでも諸葛亮は蜀漢のために生涯、戦いをやめることなく、蜀の建興十二年秋八月、齢54で五丈原にて没しました。「死して後已む」と言った諸葛亮ですが、死してなおその策略で司馬懿を退けます（**「死せる諸葛、生ける仲達を走らす」**）。諸葛亮は、最期まで司馬懿を負かしました。それでも、諸葛亮は悲願をとげることはできませんでした。

臨終に際して、亡きあとを誰にゆだねるべきか問われた諸葛亮は、まず蔣琬、その次に費禕を挙げたのち、その次を答えることなく息絶えました。諸葛亮には、蜀漢の命数が長くないことが、天が蜀漢に微笑まないことがわかっていたのでしょう。

三国志マップ

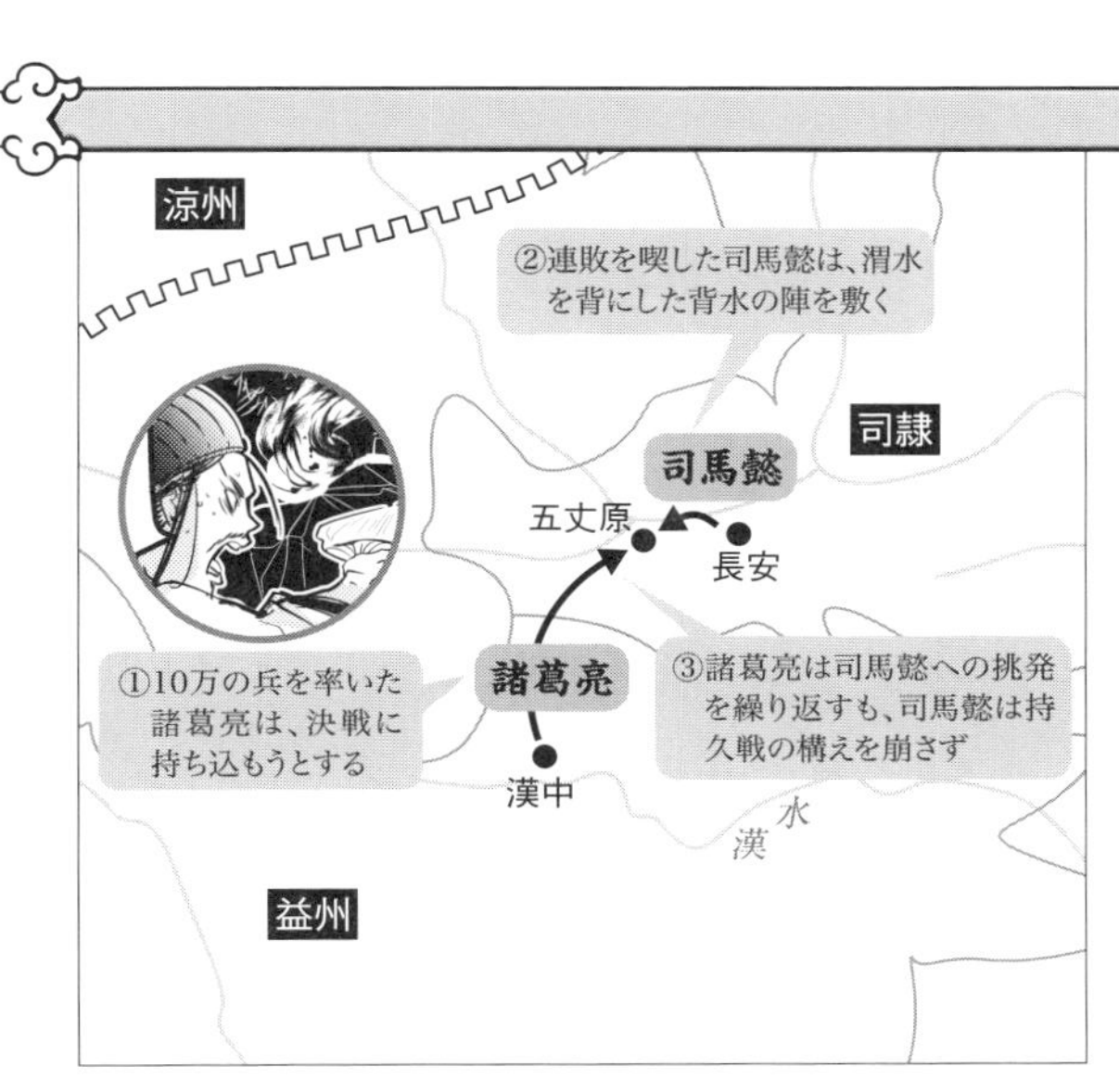

涼州
②連敗を喫した司馬懿は、渭水を背にした背水の陣を敷く
司隷
司馬懿
五丈原
長安
①10万の兵を率いた諸葛亮は、決戦に持ち込もうとする
諸葛亮
③諸葛亮は司馬懿への挑発を繰り返すも、司馬懿は持久戦の構えを崩さず
漢中
漢水
益州

五丈原の戦い（第五次北伐）

五丈原で対陣した両軍がにらみ合う中、諸葛亮が激務に倒れて陣没。それを知った司馬懿が蜀の陣地に攻め込むと、そこにはなんと諸葛亮の姿が！　これは諸葛亮がつくらせた自らの人形だったが、それに気づかぬ司馬懿は心底おどろいて撤退。これが「死せる諸葛、生ける仲達を走らす」の故事となった。

COLUMN 16

バージョン違いの三国志演義を読む

演義には、いくつかのバージョンの違う（版本の違う）ものがある。
ここでは代表的な毛宗崗本と李卓吾本を比較していこう。

諸葛亮は魏延を焼き殺そうとした？

何度も書き換えが行われた中で、とくに大きな書き換えがあったのが李卓吾本と毛宗崗本の間である。ここで取り上げる上方谷の戦い（↓230ページ）もその一例である。

この戦いで諸葛亮は、おびき寄せた司馬懿を火計で焼き払うが、その誘導役が魏延だった。李卓吾本の諸葛亮は、なんと司馬懿もろとも魏延も焼き殺そうとする。これを機に、長年の悩みの種だった魏延を始末するつもりだったのだ。しかし、いくら魏延が「反骨」でも、諸葛亮が味方をだまし討ちにするのは、さすがにどうか。このため、毛宗崗本はだまし討ちの部分をすべて削った。

いずれにせよ火計が失敗したため、魏延も生還した。李卓吾本の魏延は当然、諸葛亮を糾弾する。すると諸葛亮は、馬岱に全責任をなすりつけ、魏延に要求されるがまま馬岱を降格させて魏延の配下とした。しかし、これも諸葛亮の計略だった。馬岱はのちに魏延が謀叛を起こしたとき、諸葛亮の遺命に従って魏延を討ち果たす。つまり、上方谷での事件は、魏延の最期につながる重要な伏線だったのである。

しかし毛宗崗本は、諸葛亮のだまし討ちからすべて削ったため、なぜ馬岱が魏延の配下であるかがわからなくなっている。毛宗崗もその矛盾に気づいていただろうが、諸葛亮の人物像を守ることを優先したのである。

日本人は李卓吾本の三国志をよく知っている！

江戸時代、日本で最初に演義を翻訳した湖南文山（こなんぶんざん）『通俗（つうぞく）三国志』は、当時まだ主流だった李卓吾本を底本とした。これをベースにした歴史小説が吉川英治『三国志』であり、さらにそれをもとにしたのが横山光輝のマンガ『三国志』である。両者はともに戦後の三国志ブームを牽引し、現代でも広く読まれている。

このため毛宗崗本が主流になった現在でも、このエピソードをはじめ、本場中国でも忘れ去られたエピソードが日本では意外によく知られている。日本人は、世界でもまれな三国志マニアなのである。

三国志演義の諸版本

現在、発見されている演義の版本はおよそ30数種。初期には抄本（手書きの写本）で広まり、のちに版本（木版印刷本）で流通した。羅貫中が書いたとされる原作は、まだ見つかっていない。そのため、嘉靖本や葉逢春本によって、より羅貫中に近いかたちを復元する研究が試みられている。

現在、読まれている毛宗崗本は諸葛亮を理想化するあまり、矛盾が生じている箇所が少なくない。物語の整合性すら犠牲にしてでも、三国志のあるべきかたちを追求し続けたのである。

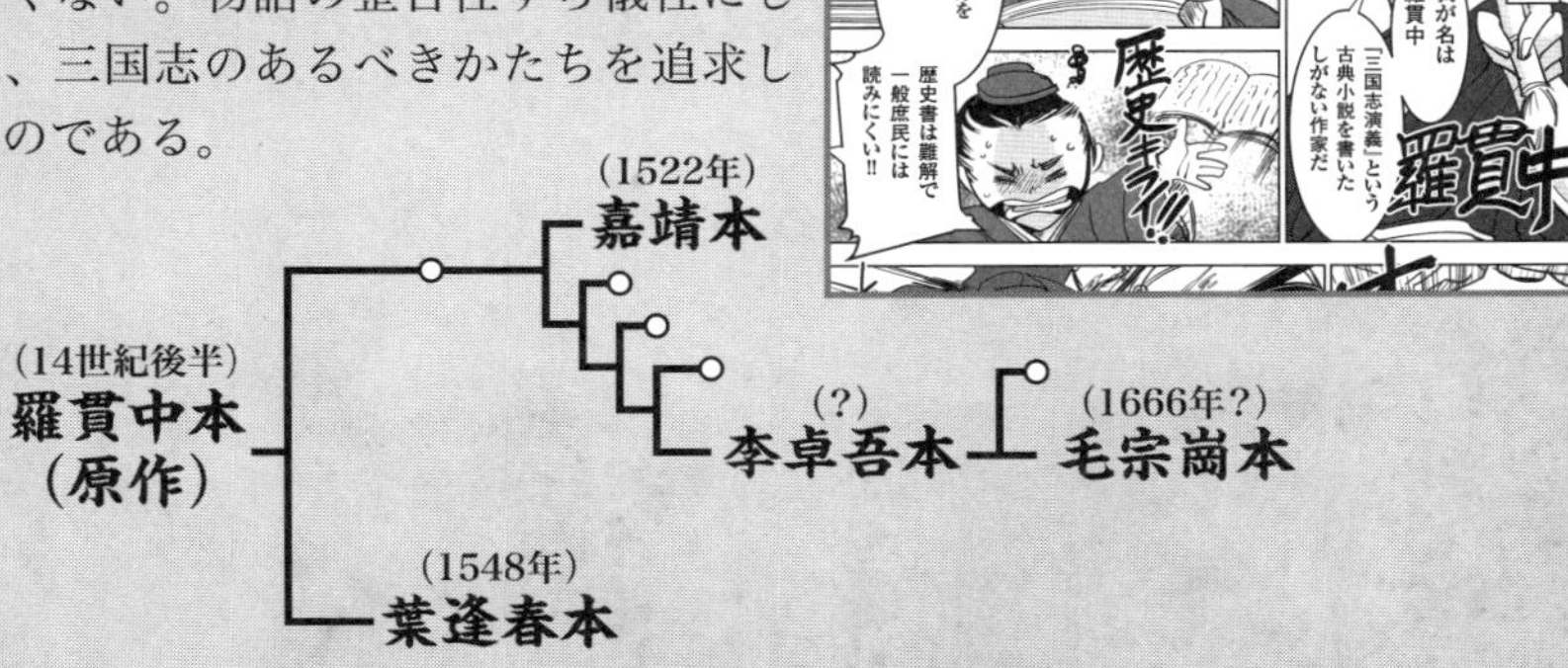

第二十八話 司馬氏の台頭
魏三代皇帝
曹芳
曹魏では三代皇帝の曹芳が即位すると重臣の司馬懿と宗族の曹爽との間で権力闘争が起こる
司馬懿も老いたな！実権を曹氏に取り戻せる!!
私ももう年だ隠居させてくだされ
曹爽
ところがこれは司馬懿の演技で曹爽の油断を突いてクーデターを起こし曹爽を殺してしまう
正始の変
気がつけば狼のごとく老獪で疑り深くなったな…
生き残るために…
兄
司馬師
弟
司馬昭
司馬昭!!貴様の野望は民ですらも知っておる
帝位簒奪!!朕自ら誅殺してくれ…
司馬懿は政敵を次々と排除し権力基盤を強固にした
司馬懿が死ぬと息子の司馬兄弟は曹芳を廃して曹髦を即位させあやつり人形にした
魏四代皇帝
曹髦
あやつり人形のままでいたなら
生かしてさしあげたのに
恨むなら力なき皇帝として生まれたことをお恨みなされ
皇帝を殺しても誰も歯向かえないほど司馬氏の権力は絶大となっていた

正始の変
むき出しになる司馬懿の野心

延熙二～十二（239～249）年

演義／第百六～第百七回

諸葛亮の北伐を防ぎ切り、遼東の公孫氏を滅ぼした司馬懿は魏で絶大な影響力を持つようになります。**その ため、三代皇帝の曹芳が即位したあと、後事を託された曹爽は、司馬懿を警戒して権力の中心から遠ざけました。**

司馬懿は、かつて諸葛亮と五丈原で対陣したときのように、じっと待ち続けます。やがて司馬懿は病を理由に政治から離れ、曹爽一派の一人が見舞いに訪れたときにはわざとボケたようにふるまい、曹爽を油断させました。

そして249年、曹爽が皇帝の行幸に従って城外に出た隙に、司馬懿は一気に宮中を掌握します。わずか一日のクーデターで、曹爽は司馬懿に屈しました。これを**正始の変**と言います。このときの司馬懿、すでに71歳でした。

司馬懿は魏の宗室を粛清し、司馬氏の地位を盤石にしたのち、73歳でこの世を去ります。魏が滅びる14年前のことでした。

人物ファイル

曹爽（?～249年）

字を伯仁。豫州沛国の出身。諸葛亮と北伐で対峙した大司馬・曹真の子。曹叡に後事を託されたことから、宗室の中心的存在として権力を握り、司馬懿を追い落とす。しかし、正始の変で敗れ、処刑された。

クローズアップ

司馬懿の公孫淵討伐

中国北東のさいはての遼東では、公孫氏が実に半世紀に及ぶ独立政権を築いていた。237年、魏と呉の間で二股外交を続けていた公孫淵は、燕王を名乗って自立を宣言する。辺境の地理的優位に頼る公孫淵に対し、討伐を命じられた司馬懿はわずか1年で公孫氏を滅ぼした。公孫淵は諸葛亮とも渡り合った司馬懿にとって、まったく敵ではなかった。

COLUMN 17

三国志から見た当時の日本、邪馬台国

三国志の時代は日本史で言うと、邪馬台国の卑弥呼の時代に当たる。ここでは、邪馬台国の記述がどのような背景で生まれたのかを見ていこう。

倭国は西の大国大月氏国と対比された？

陳寿の正史『三国志』東夷伝の倭人の条、いわゆる「魏志倭人伝」（以下、倭人伝）にある、倭国（邪馬台国）の女王卑弥呼が魏に使者を送って貢ぎ物を渡し、親魏倭王とされたというエピソードはよく知られている。

しかし昔から、倭人伝には論争がある。倭国の位置の問題だ。

日本史では、邪馬台国が大和（奈良）と北九州どちらにあったかという論争がある。そこで倭人伝を参照すると、洛陽から倭までの距離は一万七千里とある。しかしこれでは、明らかに現実の日本列島を越えてしまう。邪馬台国論争では、この一万七千里の計算をどう合わせるかが長らく問題となっていた。

しかし、この一万七千里を額面通り受け取る必要はない。理念上の数字なのである。理由は2つ。

1つめは、西のかなた約一万六千里、中央アジアからインド北部を支配した大国、大月氏国（クシャーナ朝）に倭を匹敵させるためである。中華思想では、異民族の朝貢がより遠くから来るほど、王者の徳は高い。倭国を大月氏国よりやや遠方に置くことで、それと同等以上の価値を持たせたのである。

2つめは、倭国を孫呉の背後の海上にあるように設定するためである。おりしも、魏は大月氏王に親魏大月氏王の称号を与えて、蜀漢との戦いの備えとしていた。つまり親魏倭王たる卑弥呼にも、対呉の備えとして同様の価値を期待したのである。

邪馬台国論争の裏には司馬氏と曹氏の争いがあった

このように、倭国は多くの点でこの大月氏国なる大国と対比される。

それは倭国との通交が、司馬懿が遼東の公孫氏を滅ぼしたことで可能になったためである。つまり倭国の朝貢は、司馬懿の功績だった。より正確に言えば、そのように西晋では認識されていた。

一方の大月氏国は、司馬懿の政敵である曹爽の父曹真の功績で通交した国だった。だから司馬氏にとっては、倭国は大月氏国よりも遠方の大国でなくてはならなかった。陳寿は、そうした西晋の公式見解を踏まえて、倭人伝を書いたのだ。

なぜ魏から倭国へ一万七千里と書かれたのか？

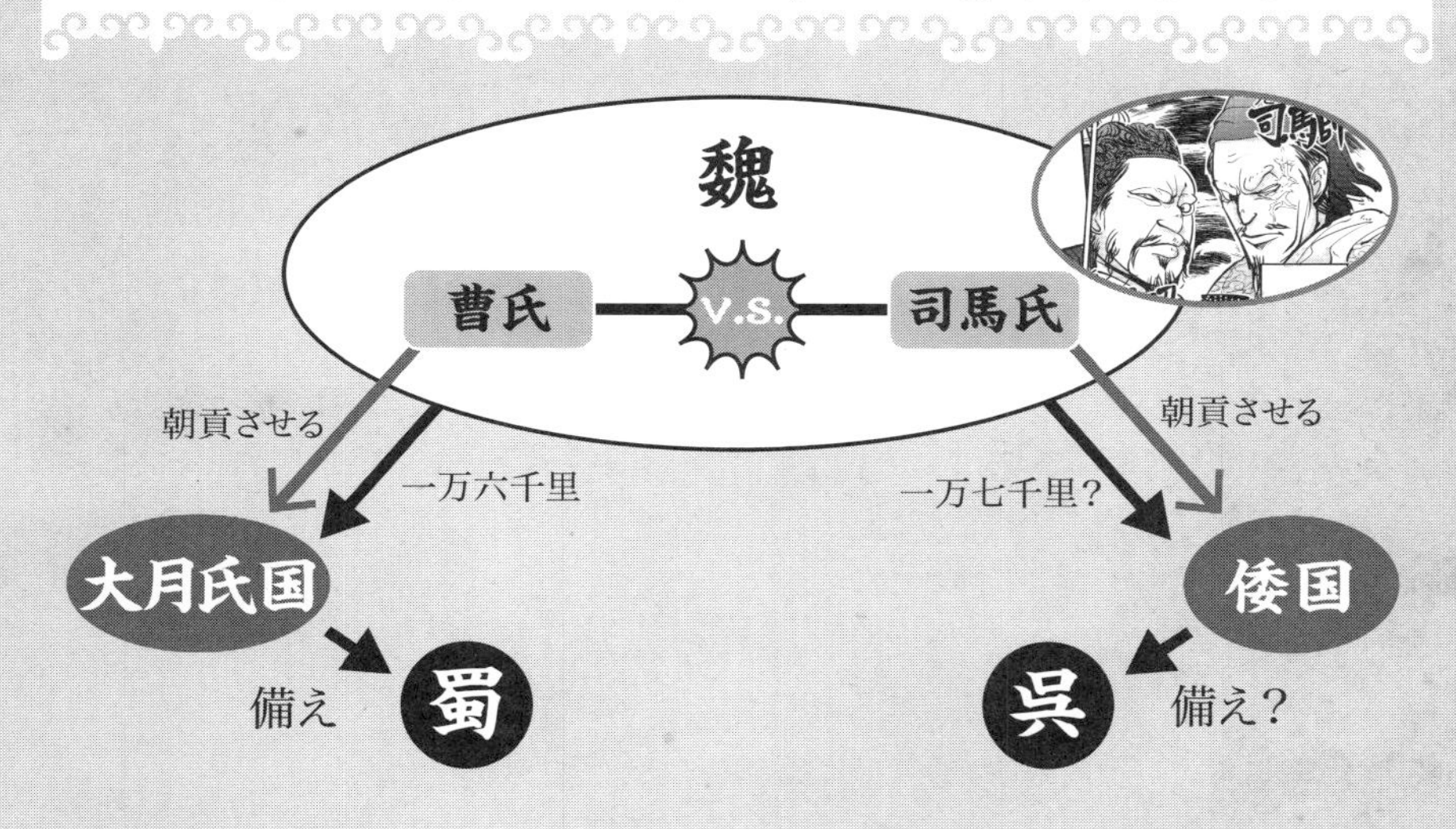

理由①　西のかなた一万六千里にある大国、大月氏国に匹敵させるため。

理由②　政敵である曹氏が朝貢させた大月氏国に対し、司馬氏は自身が朝貢させた友好的な倭国をそれ以上の大国としたかった。

炎興元（263）年

分裂し、内部から崩壊した蜀漢

演義／第三十四回

諸葛亮を継いだ蔣琬が死に、さらにそれを継いだ費禕が死ぬと、益州豪族たちの心は次第に蜀漢から離れていきます。彼らにとって、結局のところよそからやってきた政権という点では、かつての劉璋政権も蜀漢も変わりありません。**劉備や諸葛亮のような優れた統治者が健在だった頃はそれを慕うことはあっても、その遺志を継承して蜀漢の国是を遂行しようという意思は、はたしてどのくらいあったのでしょうか。**

その中で、費禕を継いで大将軍となった**姜維**は北伐を断行し続けました。姜維は諸葛亮から、その才能は馬良以上である、と高く評価された人物です。しかし涼州の出身で、しかも魏から降った者であるため、荊州・益州出身者で構成される蜀漢政権内に基盤を持ちません。**姜維は北伐という国是に殉じることでしか、自分を認めさせる方法がなかったのです。**

クローズアップ

蜀漢に殉じた最後の忠臣たち

劉禅が降伏する一方、最後まで蜀漢に殉じる者もいた。姜維は劉禅が降伏したのちも再興を図るが、失敗して討ち死にした。諸葛亮の子である諸葛瞻は、鄧艾の降伏勧告を一蹴して玉砕した。劉禅の子である劉諶は、父が降伏した日に、劉備の廟前で慟哭して自害した。いずれも、忠烈の士として演義に高く評価される。

クローズアップ

劉禅は暗愚か？

劉禅を暗愚とする逸話は数多い。ただし陳寿は、「賢明な宰相に政治を任せれば道理に従う君主だが、宦官に惑わされて暗愚な君主になった」と劉禅をあまり悪く言わない。もっとも見方によっては、賢明な宰相、すなわち諸葛亮を擁護するための評にも読める。

ただし、諸葛亮が短い期間で五度も北伐を行うことができたのは、それを支える内政の充実があってこそでした。姜維にそこまでの力はありません。姜維によって繰り返される北伐は、かえって蜀漢の国力を疲弊させ、益州豪族との間にさらなる対立を生みます。また、こうした対立の隙を突き、劉禅に寵愛された宦官の**黄皓**が内政の実権を握っていました。

そのため263年、魏の**司馬昭**（司馬懿の子）が**鄧艾・鍾会**らに蜀漢平定を命じたとき、蜀漢に抵抗する力はほとんど残っていませんでした。劉禅は成都に迫る鄧艾軍に対し、戦うことなく降伏します。炎興元年のことでした。

降伏した劉禅は洛陽に移住させられ、魏の賓客として扱われました。ある日、司馬昭が劉禅に、「蜀のことを思い出されますかな」と尋ねたところ、劉禅は「この地は楽しく、蜀を思い出すことはありません」と答えました。さすがにそれはないだろうと思った劉禅の側近の郤正が、今後同じことがあればこのように答えるようにと諫めると、劉禅はそっくりそのまま答え、司馬昭に「郤正の言葉どおりですな」と言われる始末。しかし、劉禅は驚いて目を見張るばかりでした。

漢は、ここに滅亡したのです。

三国志マップ

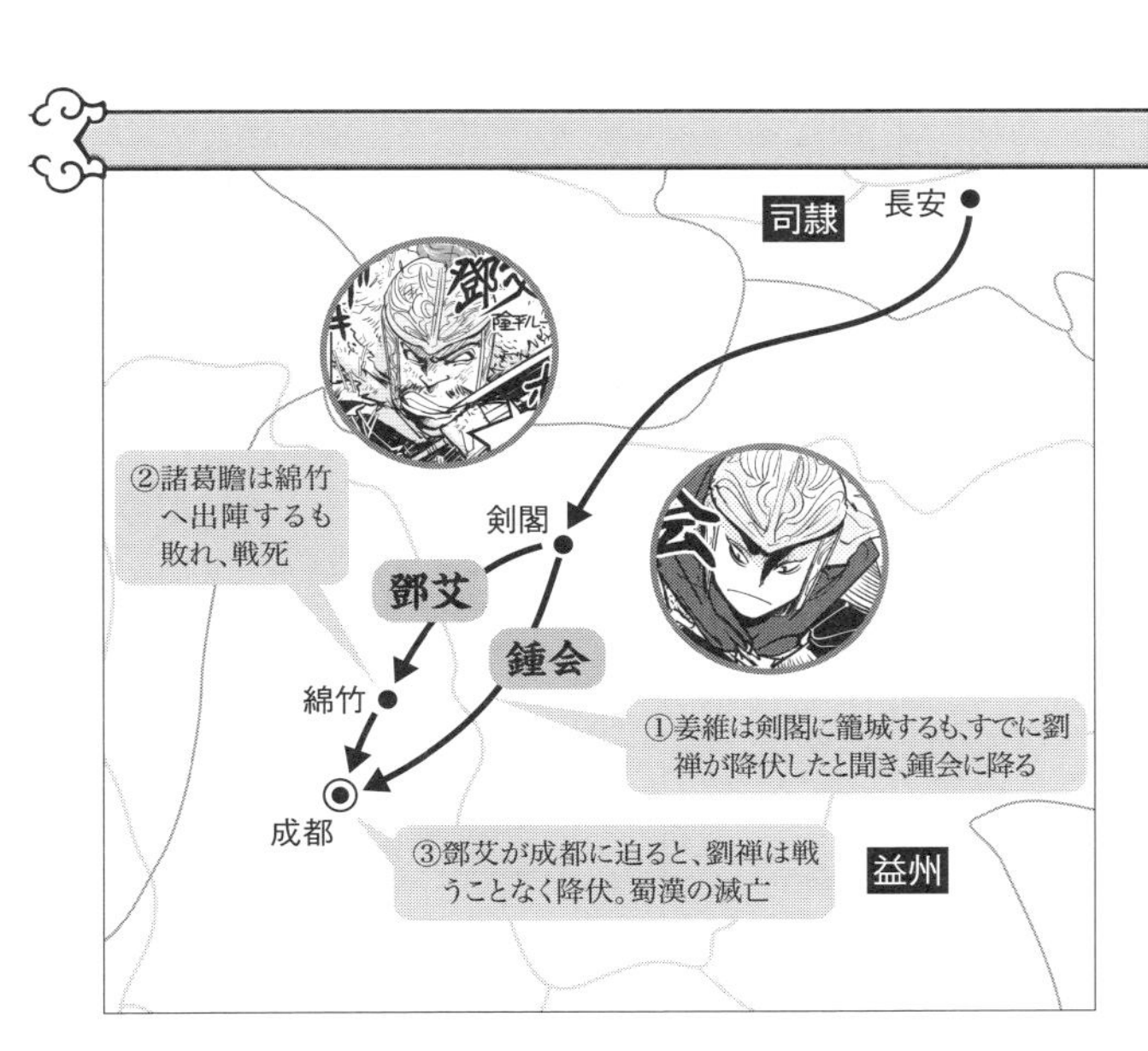

長安
司隷
剣閣
②諸葛瞻は綿竹へ出陣するも敗れ、戦死
鄧艾
鍾会
綿竹
①姜維は剣閣に籠城するも、すでに劉禅が降伏したと聞き、鍾会に降る
成都
③鄧艾が成都に迫ると、劉禅は戦うことなく降伏。蜀漢の滅亡
益州

蜀漢の滅亡

司馬昭の命令を受けた鍾会と鄧艾は、それぞれ別ルートで蜀に侵攻。姜維と諸葛瞻が防衛に出たが、諸葛瞻は戦死。姜維は健在だったが、一足先に成都に着いた鄧艾の軍勢を前に、劉禅は戦わずに降伏した。

晋誕生の裏側にあった曹氏V.S.名士

演義／第百十九回

司馬懿亡きあとを継いだ**司馬師**（司馬懿の長男）、さらに司馬師を継いだ**司馬昭**（司馬懿の次男）は、次々と旧曹爽一派を排除し、皇帝**曹芳**をも廃位させるなど、帝位すら意のままにできるほどの実権を握ります。

司馬氏の専横に対し、王淩・毌丘倹・諸葛誕らが相次いで反司馬の乱を起こしますが（**淮南の三叛**）、いずれも鎮圧されました。軍事権が司馬氏に握られていたためです。

曹操の時代、軍事権は曹操自身か宗室の曹氏・夏侯氏に限定されていました。それが曹丕・曹叡の時代になるにつれ、陳羣や司馬懿といった名士の手に移っていきます。**君主権力の要である軍事権を手にしたことは、名士の影響力の拡大を示します。**

軍事権とあわせて注目すべきは、人事権です。曹操は儒教の価値基準にもとづかない唯才主義で、能力重視の人材登用を行いました。これに対し曹丕の時代には、陳羣が中心となって**九**

人物ファイル

司馬昭（211～265年）

字を子尚。司馬懿の次男。兄の司馬師が病死すると、子がなかった兄に代わり司馬氏の権力を継承。魏晋革命まであと一歩に迫った。ただし、その過程で起こった皇帝弑殺は、司馬昭の罪として重くのしかかった。司馬懿の子孫である東晋の明帝はその事件を聞かされ、「どうして晋の世が長く続くだろうか」と悲しんだという。

人物ファイル

司馬炎（236～290年）

字を安世。司馬昭の長子。諡号は武帝。在位265～290年。父祖の帝業を継ぎ、魏から禅譲を受けて晋王朝を開く。さらに呉を滅ぼして、60年ぶりの中華統一を果たした。しかし貴族化した名士、強大化した皇族などの問題を遺して崩御。西晋の滅亡は、そのわずか26年後だった。

品中正制が制定されます。**儒教に則した人物評価を基準とするもので、名士の人物評価が反映された人事制度です。**

　こうしてみると、宗室に連なる曹爽が司馬懿を排除しようとしたことは、勢力を拡大させる名士層に対する曹氏の反撃であったことがわかります。司馬懿は曹爽を倒すことで、魏における名士の優位を確立したのです。

　260年、司馬氏に対する、曹氏による最後の抵抗が起こります。四代皇帝**曹髦**の叛乱です。しかし、皇帝の挙兵に従ったのは、側に仕える奴隷などわずか数百人。曹髦は、司馬昭の腹心である賈充の命令で、玉体を矛でつらぬかれて崩御しました。

　皇帝弑殺は、国家の大罪の最たるものです。しかも、挙兵した皇帝を討ち取るという前代未聞の事件にも関わらず、命令を下した賈充は罰せられず、司馬昭の地位も揺らぎませんでした。それだけ、司馬昭の権力は盤石だったのです。

　263年、蜀を滅ぼして権威を高めた司馬昭は曹操にならい、晋王となります。ただし、司馬昭はほどなく急逝。265年、跡を継いだ司馬炎が五代皇帝曹奐から禅譲を受けたことで、晋王朝が成立しました。**皮肉なことに、魏は自らが確立した禅譲の故事によって滅びたのです。**

三国志図解

司馬氏の系図

司馬氏は代々、漢の高官を輩出した家柄。司馬懿は「司馬八達」と呼ばれた8人兄弟の次男で、曹操に見出され、曹丕の側近となった。その後、名士の力を復活させ、司馬氏政権の礎を築く。そして、司馬昭・司馬炎の親子が「魏武輔漢の故事」に則り、禅譲を受けて晋王朝を興した。

司馬防
司馬懿
曹爽を倒し、名士の力を復活させる
司馬朗
司馬八達はほかに…
・司馬孚（叔達）
・司馬馗（季達）
・司馬恂（顕達）
・司馬進（恵達）
・司馬通（雅達）
・司馬敏（幼達）
司馬昭
魏帝曹髦を殺害。蜀漢を滅ぼし、晋王となる
司馬師
魏帝曹芳を廃位させる
司馬炎
魏帝曹奐から禅譲を受け、晋の初代皇帝となる

第二十九話 中華統一
諸葛亮の死後 蜀は宦官の黄皓が朝廷を牛耳り腐敗していた…
諸葛亮様の遺志を継ぎ北伐を続ける!!
姜維は腐敗した蜀の中で孤軍奮闘北伐を繰り返したがかえって国力を疲弊させていた
蜀 将軍
姜維
宦官
黄皓

司馬昭
魏の実権を握る司馬昭は蜀遠征を行い鍾会と鄧艾を派遣した
鄧艾
陰平ルート
バキ
ボキ
ベキ
やっ山に穴をあけがっ崖を転がりぬっ抜けてきた…ぞ!!
剣閣ルート
鍾会
!?
剣閣から攻めてくる鍾会は魏の名将…大軍をもって迎え撃つ!!
陰平は峻厳な山岳と竹林があるから兵の割り当てが少ないが…
陰平を越えてくるとは!ここを抜かれたら成都が丸裸だ!!
孔明の子
諸葛瞻

諸葛瞻は鄧艾に討たれ
成都の劉禅は
戦わずに降伏…
ここに蜀漢は滅亡した
姜維は敵である
鍾会と意気投合し
蜀漢の再興を
目指すも失敗…
鎮
圧!!
さらに司馬昭の子
司馬炎はついに
曹魏の皇帝曹奐に
禅譲を迫った
司馬氏こそが
帝位に就くべきだ!!
"晋 初代皇帝"
司馬炎
曹奐
曹魏も滅亡し
司馬氏による
晋が誕生した
呉は孫権以降
四代を数えたが
孫皓は酒色に溺れる
暗君であった
ヒック
呉・4代皇帝
孫皓
いっつもいっつも
うっせーな
陸抗!!
てめぇ晋に
内通してん
じゃねぇか
陸遜の子
陸抗
そんな呉に
晋が遠征軍を
送った
晋
守将の陸抗は
どこ行ったんだ!?
…朕が左遷したのか
晋軍の侵攻を受け
孫皓は降伏
晋によって
中華は統一された
ニタ…
魏・蜀・呉…
キラ星のごとき
現れた英傑たちが
命をかけて
争った三国は
「晋」
いずれも
勝者になることなく
終焉を迎えた——

中華統一　太康元（280）年

ついに、中華統一なる！

さかのぼること229年、皇帝に即位した孫権は、君主権力の強化に努める中で、次第に名士層と対立を深めました。張昭とのいがみ合いは、それを象徴します。あるとき、両者は遼東の公孫淵問題で対立し、はては張昭が邸宅にこもり、孫権がそれに火を放つ事態に発展します。**その中で孫権は、「呉の士人は宮中では私を拝するが、外に出れば君を拝する」と述べています。名士の持つ社会的権威が、君主権力に匹敵しうるものとして警戒されていたことを物語ります。**

こうした名士層との争いのためか、あるいは60歳を超えた孫権の老いによるものか、10年近くにわたり孫呉を分裂させた後継問題が起こります。**二宮の変です。**この政変で、陸遜をはじめとした呉の重臣の多くが罪に問われ、世を去りました。250年、孫権は泥沼化した政変を両成敗という形で強引に収束させ、当時8歳の末子・**孫亮**を太子としました。その2年後に孫

人物ファイル

杜預（222～284年）

字を元凱。司隷京兆郡の出身。羊祜の後任となり、孫呉平定の立役者となる。杜預が自軍の勢いをたとえた言葉は「破竹の勢い」の語源となった。学者としても一流で、とくに『春秋左氏伝』に熱中したため、「左伝癖」と自称した。

クローズアップ

羊祜と陸抗〝敵味方を越えた信義〟

西晋の南方司令官である羊祜と呉の重臣である陸抗は、前線で対陣する敵同士ながら交誼を結んだ。ある日、国境で狩りをした羊祜は、呉側で射た獲物をすべて呉へ送り届けた。陸抗がその返礼に酒を贈ると、羊祜は毒を疑う配下をよそに平然と酒を飲み干した。また、陸抗の病気を知った羊祜が薬を贈ると、陸抗もやはり平然と薬を飲んだという。

権は死去。71歳という、孫氏一族では異例の長命でした。

このあと、孫亮・**孫休**の二代で呉は衰退の一途をたどります。

そして、蜀・魏の滅亡と前後して即位した**孫皓**は、はじめこそ俊英のほまれ高かったといいますが、やがて暴君へと変貌します。些細なことで残虐な刑に処し、臣下に対する監視を強め、官僚の娘を強引に後宮に納めさせたなど、孫皓の暴走を示す逸話は数多く残されます。もちろん、国を滅ぼした君主に対する史料の偏りはあるでしょうし、これらを君主権力の強化の裏返しと見ることもできます。ただし、それは名士・豪族層との対立を深めることになりました。

それでも孫呉が生きながらえた理由には、新王朝を樹立したばかりの晋が統治を安定させるのに時間をかけたこと、陸抗（陸遜の子）など呉を支える人材が数少ないとはいえ残されていたことなどが挙げられます。

しかし、その陸抗も世を去った２７９年、ついに晋の皇帝司馬炎が孫呉討伐の断を下します。11月に始まった討伐は、破竹の勢いで呉に侵入。翌２８０年、孫皓は晋に降伏しました。

こうして黄巾の乱からおよそ１００年、天下は晋によってふたたび統一されたのでした。

三国志図解

孫氏の系図

孫堅は「孫子の兵法」で知られる孫子の末裔といわれる。実際は江南の小豪族で、孫堅、孫策、孫権の3代で呉に勢力を築いた。孫権の晩年以降は、名士・江東豪族との不和が続き、政権は安定しなかった。

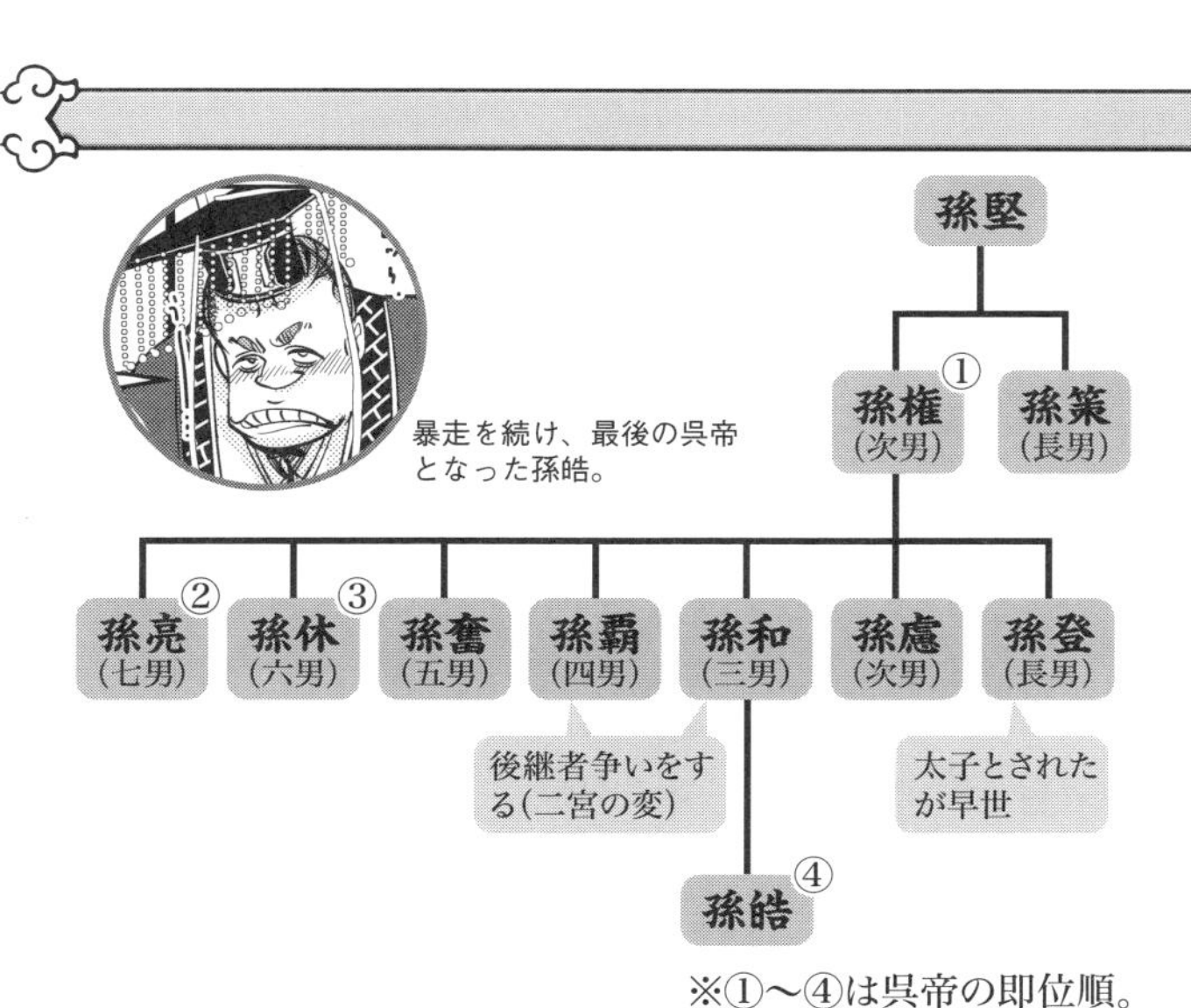

暴走を続け、最後の呉帝となった孫皓。

※①～④は呉帝の即位順。

終章　三国志、その後
晋によって
中華は再び統一され
三国時代は
終焉を迎えた
司馬炎
中華統一を
果たした晋は
千年帝国を目指す!!
永嘉の乱
!?…
ところがすぐに
内乱や異民族の侵入により
晋による中華統一は
30年ほどで終わった
中国では明代以降
数多くの白話小説が
生み出されたが
三国志演義
『三国志演義』は
その走りにして
もっとも広く人々に
愛された作品である
なぜ『三国志演義』は
人々の心を
捉えるのか?
それは…
『三国志演義』には
「滅びの美学」が
込められて
いるから…

滅びゆく漢とそれに殉ずる劉備三兄弟…燃えるよなぁ!!
苦境の蜀漢を一人で支える諸葛亮には泣かされるぜ!!
関帝廟
そして曹操や孫権の誘惑にも惑わされず
兄者の夢のため!!この関雲長まだ死ねぬわ!!
オオ
まさしく義に殉じて散った関羽は中華圏で神格化された
時代を経て商売の神ともなった関羽は中国はもちろん日本でも祀られている

「清」
「中華民国」
「中華人民共和国」
現在広く読まれている毛宗崗本がつくられた清代以降…
中国は近代化の波に飲まれ現代に至っている

悪玉
曹操!!
漢室再興をはばむ魔王め!!
義の戦士!!
この劉備と義兄弟が成敗してやるぜ!!
善玉
長きにわたり中国において劉備は永遠のヒーローであり対する曹操は絶対的な悪であったが
現代の中国では三国志のイメージが変化しつつある
なぁ三国志を読んでてちょっと思ったんだけどよ

曹操って法を重んじて合理的な手法で政治を改革したんだよな…むしろ今の中国に必要な政治家じゃないか？
曹操
逆に劉備といえば仁君…善玉の英雄って讃えられているけど中国を混乱させただけじゃね？
劉備
ゲーム化！
こうした新たな解釈も「三国志ワールド」に深みと新鮮味を与えることにつながる
SR+
さまざまなアプローチによって三国志には無限の楽しみ方が生まれるのである
女性化！
時代を超えて国を超えて…今もなお愛され続けているところに
三国志が持つ普遍的な魅力面白さが存在する

索引

ア行

阿斗 132 148
渭水の戦い 170
夷陵の戦い 212
烏丸（烏桓） 125 126
于吉 120
衛将軍 62
易京の戦い 102
袁熙 124
演義 21
袁術 58 94
袁紹 102
袁尚 124
宛城の戦い 93
延津の戦い 110
袁譚 124
老当益壮 191
王允 67

カ行

外戚 26
街亭の戦い 228
『花関索伝』 217
華歆 204
賈詡 93
郭嘉 124
郭汜 70
夏侯淵 190
何皇后 46
夏侯惇 36
何進 46
割股 101
下邳の戦い 100
華雄 58
華容道 158
臥龍 134 136
関羽 34 109 186 196
関羽千里行 113
宦官 26
関興 210
関公三約 109
関索 217
関聖帝君 198
寛治 123
漢中王 191 192
関帝 198
韓当 40
官渡の戦い 122
甘寧 142
漢寿亭侯 110
関平 113
寛猛相済 123
顔良 110
甘露寺の十字石 164
魏延 162
魏王 188 192
魏公 178 192
魏志倭人伝 236
吉平 106
魏武注孫子 110
魏武輔漢 204
求賢令 188
九錫 178
九品中正制 240
羌 127
姜維 228 238
橋玄 36
匈奴 126
許劭 36
許褚 170
許攸 122
紀霊 90
駆虎呑狼の計 86
苦肉の策 157
郡 84
鶏肋 191
県 84
建安文学 189
県長 84
献帝 47 82 106
県令 84
孝 69 218
校尉 62
黄蓋 156
黄巾の乱 30
高句麗 127
黄皓 239
後将軍 62
公孫淵 235
公孫瓚 60 102
黄忠 162 191
江東豪族 121 143
孔明 136 138
孔明、三たび周瑜を気らしむ 167
孔融 82
五行思想 30
国 84
五虎大将 190
『呉書』 65
五丈原の戦い 230
五関に六将を斬る 113
虎牢関の戦い 58

サ行

蔡瑁 132
蔡邕 67
酒を煮て英雄を論ず 106
左将軍 62
雑号将軍 63
山越 127
三公九卿制 28

『三国志演義』 20
『三国志平話』 20
三国鼎立 140
三顧の礼 136, 138
三姓奴 100
四安将軍 63
司空 28
刺史 84
汜水関の戦い 58
四征将軍 63
死せる諸葛、生ける仲達を走らす 231
士大夫 38
七縦七禽 216
七歩の詩 204
侍中 28
四鎮将軍 63
司徒 28
司馬 62
司馬懿 227, 235
司馬炎 240
司馬徽 134
司馬師 240
司馬昭 239, 240
四平将軍 63
車騎将軍 62
借箭 156
借東風 157
射戟轅門 91
州 84
十常侍 27
周倉 186
十七諸侯 59
周瑜 89
朱子 176
朱子学 21
荀彧 76, 178
荀攸 110
相 84
鍾会 239
小喬 89
将軍 62
相国 29
丞相 29, 178
尚書令 28
少帝 46
小覇王 89
上方谷の戦い 230
諸葛瞻 238
諸葛亮 136, 138, 216
燭に秉りて旦に達す 109
諸侯王 192
徐州大虐殺 78
徐庶 134
晋 241
甄氏 124
水魚の交わり 136
出師表 224
鄒氏 93
青釭 53
正始の変 18
正史『三国志』 235
青州兵 76
正統論 18
清流 27
青龍偃月刀 52
赤兎 48
赤壁の戦い 156
節鉞 62
禅譲 204
前将軍 62
鮮卑 126
曹叡 226
双戟 53
曹昂 93
双股剣 52
曹彰 188
曹植 188, 204
曹操 36, 203
曹爽 235
曹操暗殺計画 106
曹操の小升 94
曹丕 188
曹芳 235
曹髦 241
草廬対 140
孫堅 40
孫権 121, 142
孫皓 245
孫策 89, 120
孫夫人 164

タ行

太尉 28
大喬 89
大月氏国 236
太史慈 89
太守 84
大将軍 62
太平道 30
蛇矛 52
檀渓を跳ぶ 135
単刀会 186
忠 69, 218
仲王朝 94
中軍将軍 63
中常侍 28
中郎将 62
趙雲 60, 148
張角 30
張郃 122
張繡 93
張昭 120
張松 176
張譲 26

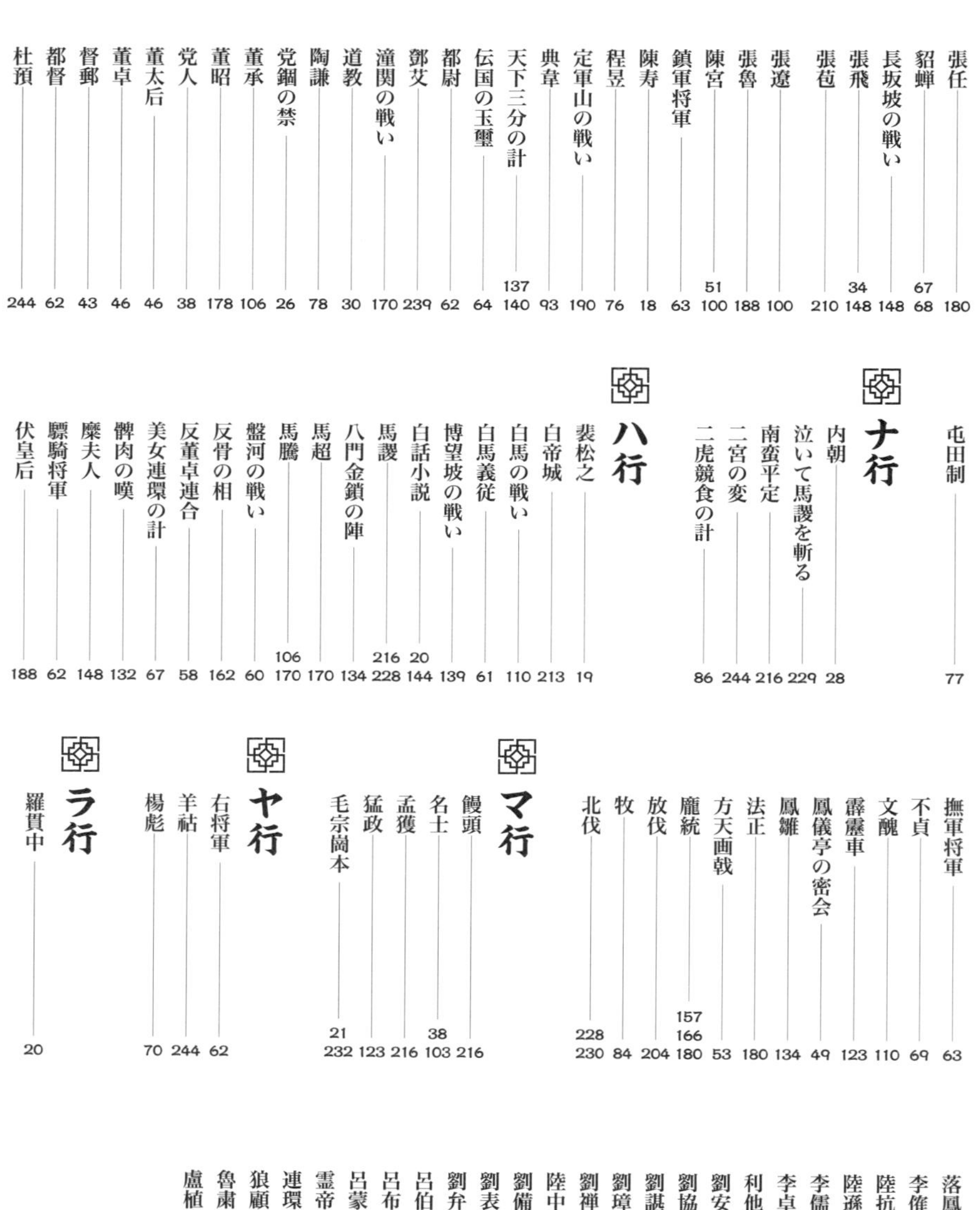

張任 180
貂蟬 67 68
長坂坡の戦い 148
張飛 34 148
張苞 210
張遼 100
張魯 188
陳宮 51 100
鎮軍将軍 63
陳寿 18
程昱 76
定軍山の戦い 190
典韋 93
天下三分の計 137 140
伝国の玉璽 64
都尉 62
鄧艾 239
潼関の戦い 170
道教 30
陶謙 78
党錮の禁 26
董承 106
董昭 178
党人 38
董太后 46
董卓 46
督郵 43
都督 62
杜預 244
屯田制 77

ナ行

内朝 28
泣いて馬謖を斬る 229
南蛮平定 216
二宮の変 244
二虎競食の計 86

ハ行

裴松之 19
白帝城 213
白馬の戦い 110
白馬義従 61
博望坡の戦い 139
白話小説 20 144
馬謖 216 228
八門金鎖の陣 134
馬超 170
馬騰 106 170
盤河の戦い 60
反骨の相 162
反董卓連合 58
美女連環の計 67
髀肉の嘆 132
糜夫人 148
驃騎将軍 62
伏皇后 188
撫軍将軍 63
不貞 69
文醜 110
霹靂車 123
鳳儀亭の密会 49
鳳雛 134
法正 180
方天画戟 53
龐統 157 166 180
放伐 204
牧 84
北伐 228 230

マ行

饅頭 216
名士 38 103
孟獲 216
猛政 123
毛宗崗本 21 232

ヤ行

右将軍 62
羊祜 244
楊彪 70

ラ行

羅貫中 20

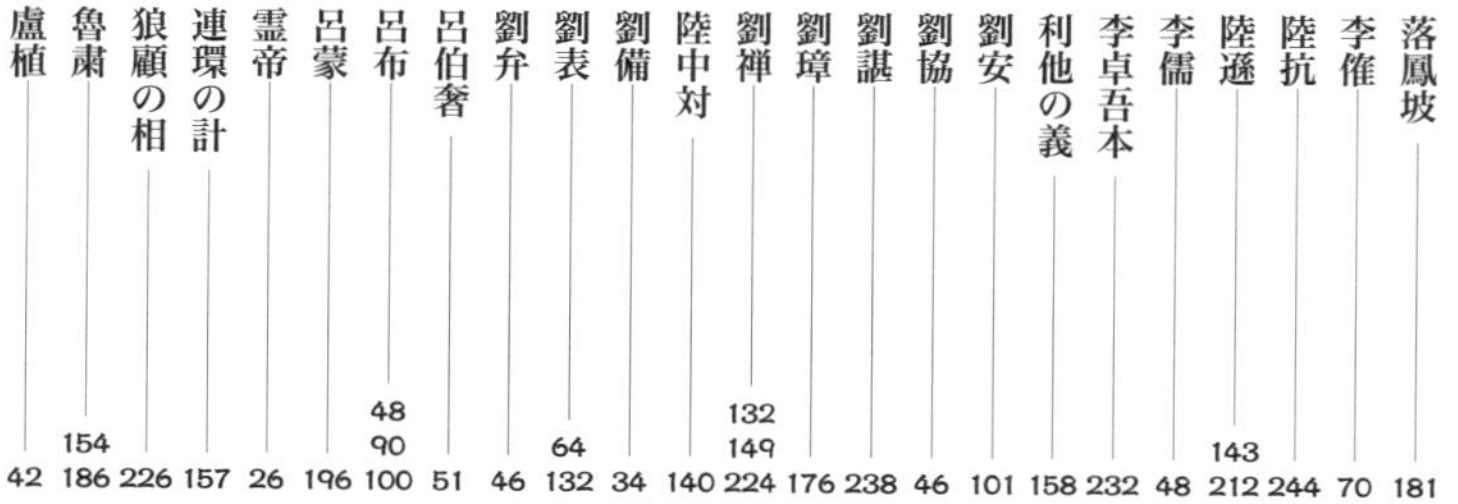

落鳳坡 181
李傕 70
陸抗 244
陸遜 143 212
李儒 48
李卓吾本 232
利他の義 158
劉安 101
劉協 46
劉諶 238
劉璋 176
劉禅 132 149 224
隆中対 140
劉備 34
劉表 64 132
劉弁 46
呂伯奢 51
呂布 48 90 100
呂蒙 196
霊帝 26
連環の計 157
狼顧の相 226
魯粛 154 186
盧植 42

さらに深く知りたい人のために

翻訳書

- **今鷹真・井波律子・小南一郎『正史 三国志』**(ちくま学芸文庫、1992～93年)
  正史『三国志』の全訳。裴松之注も含めて訳されている。

- **立間祥介『三国志演義』**(徳間文庫、2006年)
- **小川環樹・金田純一郎『完訳 三国志』**(岩波文庫、1988年)
- **井波律子『三国志演義』**(講談社学術文庫、2014年)
  『三国志演義』の全訳。いずれも良訳で、かつ入手しやすい。

- **立間祥介『全相三国志平話』**(潮出版社、2011年)
  『三国志平話』の全訳。原本の全ページにほどこされる挿絵もすべて収録。

- **吉川英治『三国志』**(新潮社文庫、2013年)
  翻訳書ではなく歴史小説ではあるが、吉川の名文で演義のストーリーを忠実になぞる。翻訳特有の読みづらさがなく、演義のおもしろさを十分に味わえる。

一般書

- **金文京『三国志演義の世界【増補版】』**(東方書店、2010年)
  演義の基本知識をていねいにまとめた名著。演義の成り立ちや思想、外伝作品など、より深い分析もわかりやすくカバーする。

- **石井仁『魏の武帝　曹操』**(新人物文庫、2010年)

- **渡邉義浩『諸葛孔明伝　その虚と実』**(新人物文庫、2011年)
  正史にもとづく曹操・諸葛亮の伝記。変革者曹操を生んだ時代背景、名士諸葛亮と劉備との間の緊張関係など、従来にない曹操像・諸葛亮像を提示した「義兄弟」本。

- **渡邉義浩『三国志　演義から正史、そして史実へ』**(中公新書、2011年)
  正史と演義のちがい、そして正史から導かれる史実を述べる。

- **渡邉義浩・仙石知子『「三国志」の女性たち』**(山川出版社、2010年)
  三国志の女性を通じて、演義の文学性や明清時代の価値観を明らかにする唯一の著作。

- **渡邉義浩『関羽　神になった「三国志」の英雄』**(筑摩選書、2011年)
  なぜ関羽は神になり、そして今も祀られているのか、演義での関羽描写を手がかりに関帝信仰の歴史と現在を明らかにする。

- **渡邉義浩『魏志倭人伝の謎を解く』**(中公新書、2012年)
  倭人伝に隠された陳寿の意図を明らかにし、邪馬台国の虚像と実像と解き明かす。

- **満田剛『三国志　正史と小説の狭間』**(白帝社、2006年)
  最新研究を広くカバーし、三国志の史実を追う。正史を本格的に読む際の入門書。

- **福原啓郎『西晋の武帝　司馬炎』**(白帝社、1995年)
  司馬懿から西晋の滅亡まで、司馬氏の晋に焦点を当てた唯一の概説書。

- **坂口和澄『正史三国志　群雄銘銘傳【増補・改訂版】』**(潮書房光人社、2013年)
- **渡辺精一『三国志人物事典』**(講談社文庫、2009年)
  前者は正史の、後者は演義の人物事典。どちらも主要人物をほぼすべて網羅するとともに、独創的な分析をまじえる。

そのほかの参考文献

■伊藤晋太郎「関羽と貂蝉」(『日本中国学会報』五五号)
■稲葉一郎『中国の歴史思想』(創文社)
■井波律子『三国志曼荼羅』(岩波現代文庫)
■井波律子『三国志演義』(岩波新書)
■井上泰山ほか『花関索伝の研究』(汲古書院)
■井上泰山『三国劇翻訳集』(関西大学出版部)
■上原究一「丈八蛇矛の曲がりばな――張飛像形成過程続考」(『三国志研究』七号)
■小川環樹『中国小説史の研究』(岩波書店)
■後藤裕也『語り物「三国志」の研究』(汲古書院)
■後藤裕也・小林瑞恵・高橋康浩・中川諭『三国志演義読本』(勉誠出版)
■小松謙「三国志物語の原型について」(『林田愼之助博士傘寿記念 三国志論集』)
■雑喉潤『三国志と日本人』(講談社現代新書)
■仙石知子「毛宗崗本『三国志演義』に描かれた関羽の義」(『東方学』一二六号)
■高島俊男『水滸伝の世界』(ちくま文庫)
■竹内真彦「『三国志演義』における馬超および馬一族の形象について」(『龍谷紀要』二三号)
■竹内真彦「『三国志演義』における関羽の呼称」(『日本中国学会報』五三号)
■竹内真彦「十八路諸侯をめぐって」(『林田愼之助博士傘寿記念 三国志論集』)
■土田健次郎『儒教入門』(東京大学出版会)
■徳田武『日本近世小説と中国小説』(青裳堂書店)
■長尾直茂「『通俗三国志』述作に関する二、三の問題」(『上智大学国文学論集』二六号)
■中川諭『『三国志演義』版本の研究』(汲古書院)
■二階堂善弘・中川諭訳『三国志平話』(コーエー)
■袴田郁一「吉川英治『三国志』の原書とその文学性」(『三国志研究』八号)
■袴田郁一「『全相平話三國志』人物事典」(『三国志研究』九号)
■三崎良章『五胡十六国　中国史上の民族大移動』(東方書店)
■三山陵『中国年画の小宇宙庶民の伝統芸術』(勉誠出版)
■満田剛監修『図解三国志群雄勢力マップ詳細版』(スタンダーズ)
■渡辺精一『全論　諸葛孔明』(講談社)
■渡邉義浩『図解雑学　三国志』(ナツメ社)
■渡邉義浩『図解雑学　三国志演義』(ナツメ社)
■渡邉義浩『三国志研究入門』(日外アソシエーツ)
■渡邉義浩『儒教と中国　「二千年の正統思想」の起源』(講談社選書メチエ)
■渡邉義浩『「三国志」の政治と思想　史実の英雄たち』(講談社選書メチエ)
■今村与志雄訳・魯迅『中国小説史略』(ちくま学術文庫)
■立間祥介訳・沈伯俊『三国志演義大辞典』(潮出版社)
■譚其驤『中国歴史地図集』(地図出版社)
■「関帝廟と横浜華僑」編集委員会『関聖帝君鎮座150周年記念　関帝廟と横浜華僑』(自在株式会社)

そして私に問われたのです天下の行く末を!!その思いに私は心を動かされ
先帝のために働こうと誓ったのです
南方も平定され軍備も万端!!今こそ北伐を決行し先帝の思いをとげるべきときです!!

監修者 渡邉 義浩（わたなべ よしひろ）

1962年、東京都生まれ。筑波大学大学院歴史・人類学研究科博士課程修了。現在、早稲田大学文学学術院教授。専門は中国古代思想史。三国志学会事務局長も務める。
主な著書に『図説 呉から明かされたもう一つの三国志』（青春新書インテリジェンス）、『三国志 運命の十二大決戦（祥伝社新書）、『三国志—演義から正史、そして史実へ』（中公新書）、『三国志 英雄たちと文学』（人文書院）、『一冊でまるごとわかる三国志』（だいわ文庫）などがある。

著　者 袴田 郁一（はかまだ ゆういち）

1987年生まれ。早稲田大学大学院文学研究科在籍。修士(中国学)。専門は中国史学思想。研究論文に、「吉川英治『三国志』の原書とその文学性」（『三国志研究』八号）など。歴史・文学・哲学などあらゆる面から、複合的かつ丁寧に切り込む語り口は、読む者に新たな三国志世界の扉を開かせてくれる。趣味は日本各地の関帝廟を巡ること。

マンガ 山本 佳輝（やまもと よしてる）

愛媛県出身。カープ男子。TVゲーム「真・三國無双」（コーエー）で三国志と出会い、『蒼天航路』（講談社）で夢中になる。大学の史学科に進み、PCゲームから大学の蔵書まで「三国志」を貪ってきた三国志大好き作家。好きな人物は、呂布・周瑜・曹操。

マンガ編集協力 サイドランチ

STAFF
本文デザイン　小林麻実（TYPEFACE）
DTP　荒井雅美、原田あらた
作画協力　柳和孝、いつき楼、西岡知三
編集協力　パケット

マンガでわかる 三国志

●協定により検印省略
監修者　渡邉 義浩
著　者　袴田 郁一
マンガ　山本 佳輝・サイドランチ
発行者　池田 士文
印刷所　大日本印刷株式会社
製本所　大日本印刷株式会社
発行所　株式会社池田書店
〒162-0851　東京都新宿区弁天町43番地
電話03-3267-6821（代）
振替00120-9-60072

落丁、乱丁はお取り替えします。

ISBN978-4-262-15559-3

20009512